身代わり侍女は冷酷皇帝の『癒し係』を拝命中

『花の乙女』と言われても無自覚溺愛は困ります！

綾東　乙

JN104131

23319

角川ビーンズ文庫

目次
Contents

トリンティア
サディウム伯爵家の養女。
姉の代わりに王城で
侍女をしている
ウォルフレッド
『冷酷皇帝』と噂される
銀狼国の新皇帝。
端整な顔立ち
身代わり侍女は冷酷皇帝の『癒し係』を拝命中
『花の乙女』と言われても無自覚溺愛は困ります！

登場人物紹介

Character Profile

セレウス

ウォルフレッドを
支える若き宰相

ゲルヴィス

銀狼国の将軍。
気さくな性格

ベラレス公爵

銀狼国の大貴族の一人

イルダ

常に淡々と
している
侍女頭

エリティーゼ

トリンティアの
美しい義姉

本文イラスト／唯奈

第一章 新米侍女、冷酷皇帝に抱き枕を命じられる

秋も深まってきた今の季節は、井戸水《いどみず》は指先がじんとしびれるほどに冷たい。

それでも、半月前に王城の侍女《じじょ》になったばかりのトリンティアにとっては、外廊《がいろう》の拭《ふ》き掃除《そうじ》は好きな仕事のひとつだ。

場所にもよるものの、掃除の合間に視線を上げれば、重厚《じゅうこう》な石造りの壁《かべ》にほどこされた見事な浮き彫り《レリーフ》を見ることができる。

約一年半にも及《およ》ぶ皇位争いの内乱のせいで、外廊の向こうに広がる庭は草木が繁《しげ》り放題になっているが、浮き彫りは、人間達の争いになど興味はないと言わんばかりにただ端然《たんぜん》とそこにある。

この廊下にほどこされているのは、銀狼国《ぎんろうこく》の建国神話の一節らしい。

高台から天へ向かって吼《ほ》える巨大《きょだい》な銀狼と、その足元に跪《ひざまず》く人々の姿が、その次の浮き彫りには、古めかしいが豪奢《ごうしゃ》な衣装《いしょう》を纏《まと》い、剣《けん》を佩《は》く王の姿と、その脇《わき》に控《ひか》える乙女《おとめ》の姿が描《えが》かれている。

「蒼天《そうてん》に響《ひび》き渡《わた》るは貴《とうと》き銀狼の勝鬨《かちどき》の声
数多《あまた》の敵は銀狼の威《い》に打たれ、地に伏《ふ》せる」

幼い頃《ころ》、義理の姉のエリティーゼとともに家庭教師に習った建国神話の一節が、無意識にトリンティアの口をついて出る。

「人知を超《こ》える力を振《ふ》るう王を癒《いや》すは麗《うるわ》しき『花の乙女』

猛《たけ》き王も乙女のそばでは微睡《まどろ》まん……」

柔《やわ》らかな微笑《ほほえ》みを浮かべる見事な『花の乙女』の浮き彫りに、トリンティアは感嘆《かんたん》の溜息《ためいき》をこぼす。

赤子を除けば、銀狼国の建国神話を知らぬ者など、一人もいないだろう。

銀狼の化身《けしん》と言われる皇帝《こうてい》に仕え、華《はな》やかに咲《さ》く美しい巫女《みこ》達。建国神話にも謳《うた》われる麗しの乙女に一度も憧《あこが》れたことのない少女など、きっといないに違《ちが》いない。

トリンティアとて例外ではない。王城に奉公《ほうこう》してから聞いたあの噂《うわさ》さえなければ、のんきに憧れていただろう。

石造りの外廊に跪いたトリンティアは、ぶるりと痩《や》せた身体《からだ》を震《ふる》わせる。外廊を渡る風は冷たいが、この震えは風のせいではない。恐怖《きょうふ》のためだ。

半年前、銀狼国の新皇帝として即位《そくい》した青年皇帝・ウォルフレッドは、陰《かげ》で『冷酷《れいこく》皇帝』とあだ名されるほど、苛烈《かれつ》で容赦《ようしゃ》のない性格なのだという。

一介《いっかい》の侍女であるトリンティアが皇帝にまみえる機会など、天地がひっくり返っても起こりえないだろうが、視界の端《はし》に入ることすら絶対に避《さ》けたい。

義父のサディウム伯爵《はくしゃく》のことを思い出し、身体が恐怖に震え出す。トリンティアにとって、貴族の男性は、狼《おおかみ》やおとぎ話に出てくる怪物《かいぶつ》以上に恐《おそ》ろしい。

雑巾《ぞうきん》を固く握《にぎ》りしめ、床《ゆか》に膝《ひざ》をついて震えていると。

「ちょっと！　何さぼってるのよ！」

「さっさとしなさいよね！　私達の分だってあるんだから！」

同室の少女達から厳しい声が飛んできた。

「ほんっと、嫌《いや》よねぇ。こんな冷たい水で拭き掃除なんて」

「手があかぎれになっちゃうじゃないの。ほら、汚《よご》れた雑巾、洗って絞《しぼ》ってよ」

二人がトリンティアに雑巾を投げてよこす。

即位後、新皇帝ウォルフレッドは、王城の人手不足を解消するため、各地の領主に人員の供出を割り当てた。トリンティアも同室の少女達もそんな経緯《けいい》で王城へ奉公に上がった者達だ。でなければ、下働きだったトリンティアなど、絶対に王城の侍女になれない。

トリンティアは自分を侍女として推薦《すいせん》してくれた血のつながらぬ姉を思う。エリティーゼがサディウム伯爵を説得してくれなかったら、トリンティアは今もまだ故郷のサディウム領で奴隷《どれい》に等しい扱《あつか》いを受けていただろう。

トリンティアを妹として、唯一《ゆいいつ》、大切に想《おも》ってくれるエリティーゼと別れるのは、身を裂《さ》かれるように哀《かな》しかった。

けれども同時に、トリンティアを思いやってくれる義姉《あね》の優《やさ》しさに応《こた》えねばと……。

ほどなく想う人と結ばれ、サディウム領を離《はな》れていく姉が、何の憂《うれ》いもなく旅立てるようにしなければと。そう、決意して王城へと来たのだ。

裕福《ゆうふく》な商家の出だという二人は、華やかさとは無縁《むえん》の雑用ばかりの侍女の扱いにひどく落胆《らくたん》したらしく、ことあるごとに不平不満をこぼしている。

「侍女として王城で奉公していれば、皇帝陛下の御目《おめ》に留まることもあるかもしれないと期待していたけど……」

「でも、いくら見目麗しくて凛々《りり》しい御方でも『冷酷皇帝』じゃあねぇ……。いつご不興を買って首を斬《き》られるか」

同僚《どうりょう》が恐ろしげに身を震わせる。

「命が惜《お》しければ、『冷酷皇帝』の視界には入らないに越《こ》したことはないわよね。あーあ。前皇帝の御代《みよ》なら、皇子殿下《でんか》が四人もいらっしゃって、どなたかの御目に留まれば贅沢《ぜいたく》し放題だったでしょうに……」

トリンティアが雑巾を絞っている間も、二人の不満は止《とど》まるところを知らない。「どうぞ」と雑巾を渡しても、動く気配すらなかった。

「あ、あの……。手を動かさないと、終わりませんよ……？」

おずおずと話しかけた途端《とたん》、二人が眉《まゆ》を逆立てる。

「なぁに⁉　私達に命令しようっていうの⁉」

「不満があるなら、あんたが自分で掃除なさいよ！」

険しい表情の二人に詰《つ》め寄られ、たじたじとなる。

「も、申し訳ありません！　で、ですが、ちゃんと掃除をしないと、侍女頭《じじよがしら》のイルダ様にまた叱《しか》られてしまうことに……」

「うるっさいわね！」

「あんたの掃除が遅《おそ》いんでしょ!?　それを私達のせいだって言いたいわけ!?」

「い、いえ、そういうわけでは……っ」

びくびくと震えながら首を横に振るが、怒《いか》りに火がついた二人はおさまりそうにない。

「だいたい、前から気に入らなかったのよね！」

「領主の養女って話だから、どんなのかと思ったら。拾われっ子の下働きなんでしょ？」

「そんな身分のくせに、たまたま同室だからって、偉《えら》くなったと錯覚《さっかく》してるんじゃないの!?　やめてよねっ！　下働きなんて、本当なら私達とは口もきけない身分なんだから！」

「ち、違いますっ！　すみませんっ、そんなつもりじゃ……っ」

震える両手をぎゅっと胸の前で握りしめ後ずさろうとしたが、それより早く、背後に回り込まれる。

「下働きのくせにこんな綺麗《きれい》なリボンなんか結んじゃって！　生意気なのよ！」

言うが早いか、後ろで髪《かみ》をひとつに束ねていたレースのリボンをほどかれる。ばらりと広がったくすんだ枯葉《かれは》色の髪が、風になぶられた。

「返してくださいっ！」

大切なリボンを取られたとわかった瞬間《しゅんかん》、自分でも驚《おどろ》くほどの大声が出る。

「それは姉様からの大切な贈《おく》り物なんです！　お願いですから返してくださいっ！」

手を伸《の》ばして摑《つか》もうとするが、ひらりとかわされる。

「へぇ。そんなに大切なものなんだ。だったら、頼《たの》み方ってものがあるんじゃないの？」

「土下座して、返してくださいってお願いしなさいよ」

鼠《ねずみ》をいたぶる猫《ねこ》のような笑《え》みが、二人の顔に刻まれる。

大切なリボンを返してくれるのなら、土下座なんてなんということもない。トリンティアは素《す》直《なお》に膝をつこうとした。が。

「やだぁ。風が」

わざとらしい声を上げて、同僚が摑んでいたリボンを放す。風にあおられたリボンが、泳ぐように宙を舞《ま》って飛んで行く。

「あ……っ！」

トリンティアは弾《はじ》かれたように立ち上がると、リボンを追って駆《か》けだした。

「必死になって、みっともなぁい」

「追いつけるかしらぁ？」

背後から二人の嘲笑《ちょうしょう》が飛んできたが、答える余裕なんてない。

視線は風に舞うリボンを見据《みす》えたまま、石造りの外廊を駆ける。曲がり角にさしかかるところで、風にあおられ、さらに高く舞い上がろうとするリボンを摑んだ瞬間。

「きゃあっ！」

ちょうど、曲がり角の向こうから出てきた青年に、横から体当たりするようにぶつかる。

たたらを踏《ふ》んだ青年を巻き込む形で大理石の床に倒《たお》れ込む。尻《しり》もちをついた青年の上にのしかかるような格好だ。それでもリボンを放さなかったのは、執念《しゅうねん》以外の何物でもない。

「陛下!?」

「狼藉者《ろうぜき》か!?」

青年に付き従っていた二人の男性が口々に叫《さけ》ぶ。剣《けん》の柄《つか》に手をかける鋭《するど》い音が鳴った。

(へい、か……?)

混乱した頭が、耳に入ってきた単語の意味を理解するより早く。

「きゃあぁぁっ！　皇帝陛下っ!?」

同僚たちの絹を裂くような悲鳴が辺りに響《ひび》き渡《わた》った。


銀狼国の王城の謁見《えっけん》の間は、張りつめた緊張感《きんちょうかん》に満ちていた。

「――つまり、ゼンクール公爵《こうしゃく》は、わたしの即位を認める気はない、と?」

玉座に座るウォルフレッドが口を開いた瞬間、室内にひやりと不可視の霜《しも》が降りる。

「めっ、滅相《めっそう》もございませんっ！」

泡《あわ》を食った使者が、大理石の床に頭をこすりつけんばかりに平伏《へいふく》する。

「左様なことは決して……っ！　ただ、公爵は老齢《ろうれい》で病を得ておりまして……っ。王都へ参ることが難しい身。畏《かしこ》くも皇帝陛下《こうてい》に拝謁の栄誉《えいよ》を賜《たまわ》るのでしたら、『天哮《てんこう》の儀《ぎ》』において、陛下の御代を言祝《ことほ》ぐ際に参らせていただけましたらと……っ」

そこだけ一足早く真冬が来たようにぶるぶる震《ふる》える使者を、ウォルフレッドは壇上《だんじょう》から無感動に見下ろした。

前皇帝の甥《おい》であったウォルフレッドが、いとこである四人の皇子達との内乱を勝ち抜《ぬ》き、銀狼国の皇帝として即位《そくい》して、約半年。老齢と病を理由に頑《かたく》なに拝謁を拒《こば》むゼンクール公爵の意図は見え透《す》いている。意に沿わぬことで、ゼンクール公爵家は新皇帝の即位を認めているわけではないと、内外に知らしめたいのだろう。

ゼンクール公爵の末娘《すえむすめ》は前皇帝の側室となり、第四皇子・レイフェルドを生んでいる。レイフェルドは前皇帝の寵愛《ちょうあい》も深く、公爵の強力な後押しもあったため、上の皇子達を飛び越えて、皇位を継《つ》ぐかもしれないと言われていた青年だ。

つつがなくことが進んでいれば、新皇帝として孫が即位し、皇帝の祖父として権力を振《ふ》るえていたはずのゼンクール公爵にしてみれば、ウォルフレッドに膝を屈《くっ》し、忠誠を誓《ちか》うことは、屈辱《くつじょく》以外の何物でもあるまい。

だが、レイフェルドはウォルフレッドとの戦いの最中《さなか》、傷を負って谷へ落ち、そのまま行方《ゆくえ》不明となっている。ゼンクール公爵にとっては、レイフェルドが生死不明ということも、野望を諦《あきら》めきれぬ原因のひとつなのだろう。

皇帝としての強権を発動して、ゼンクール公爵を領地から王都へ無理やり呼び寄せることは不可能ではない。だが。

ウォルフレッドは黙《もく》したまま、素早《すばや》く思考を巡《めぐ》らせる。銀狼国で一、二を争う勢力を持つゼンクール公爵に、新皇帝への忠誠を誓わせることで、ウォルフレッドに迎合《げいごう》する有象《うぞう》無象《むぞう》の貴族達と、逆に敵意を募らせるであろう勢力。それによって生まれる軋轢《あつれき》を。

ずくり、と右のこめかみが錐《きり》で刺《さ》されたように痛む。

ちっ、と鋭く舌打ちすると、平伏する使者の背が、鞭打《むちう》たれたようにびくりと震えた。

頭を万力で締《し》め上げられるような痛みは強まるばかりだ。同時に、内臓から腐《くさ》っていくかのような鈍《にぶ》い痛みが、全身を冒《おか》していく。

（……手が、足りんな）

奥歯を嚙《か》みしめて痛みをこらえながら、ウォルフレッドは内心で嘆息《たんそく》する。

王都は今、約半月後に控《ひか》えた『天哮の儀』の準備で慌《あわ》ただしい。『天哮の儀』とは、銀《ぎん》狼《ろう》の血を引く皇帝が狼《おおかみ》と化して声高く天へ吼《ほ》え、天の加護を冀《こいねが》う建国以来の重要な儀式だ。

即位後、初めて行われる『天哮の儀』は、新皇帝としての権威《けんい》を王都へ集まる貴族達に知らしめる最たる機会であり、単なる伝統儀式以上の意味がある。

今後の治世を安定させるためにも、決して失敗は許されない。今は儀式を成功させるために、全力を注ぐべきだ。

そもそも、ウォルフレッドに忠誠を誓っていない大貴族はゼンクール公爵だけではない。

ゼンクール公爵に並ぶ大貴族、ベラレス公爵もまた、老齢と病を理由に屋敷《やしき》に引っ込んだままだ。だが、表舞台《おもてぶたい》に出てきておらずとも、いまだ隠然《いんぜん》たる勢力を保持しているのは他《ほか》の貴族達の動きを見れば明らかだ。

ゼンクール公爵にかかずらっている間に、ベラレス公爵に背後を襲《おそ》われてはたまらない。

ウォルフレッドは心の中で方針を決めると口を開いた。

「わざわざ使者を遣《つか》わしたゼンクール公爵には、返礼をせねばならんな」

使者がおずおずと顔を上げる。刺すようなこめかみの痛みへの苛立《いらだ》ちを唇《くちびる》に乗せ、ウォルフレッドは冷笑を刻んだ。

「おぬしの首を斬《き》って贈《おく》るというのはどうだ？」

「ひぃぃっ」

蒼白《そうはく》な顔でのけぞった使者が悲鳴を上げる。がくがくと震える使者を冷ややかに一瞥《いちべつ》し、

「だが……」と低い声で呟《つぶや》いた。

「首だけでは、公爵への言葉も伝えられぬな」

「さ、左様でございます！」

使者が壊《こわ》れた人形のようにこくこく頷《うなず》く。頭の中では、これまでにウォルフレッドが処《しょ》刑《けい》した貴族達の顔と名前が目まぐるしく巡っているに違《ちが》いない。

「わたくしめにお任せいただけましたら、陛下の御言葉《おことば》を一言も過《あやま》たず公爵様にお伝えいたしましょう！　公爵様が拝謁に来られるよう、言葉を尽《つ》くして説得いたしますっ！」

己《おのれ》の首がかかった使者が必死に熱弁を振るう。ウォルフレッドは期待を持たせるように、ゆっくりと頷いた。

「そうか。それは頼もしいことだ。では、ゼンクール公爵に伝えてもらおうか。『天哮の儀』でまみえることをわたしも楽しみにしている、と」

公爵は、これを聞いてどう考えるだろうか。『冷酷皇帝《れいこくこうてい》』といえど、譲歩《じょうほ》せざるをえなかったのだと驕《おご》るか、『天哮の儀』まで猶予《ゆうよ》ができたと暗躍《あんやく》するか……。

何か画策しているのなら、せいぜい早くに尻尾《しっぽ》を出してくれればよい。

無言で顎《あご》をしゃくると、「下がってよい」と玉座の脇《わき》に黒い鎧《よろい》を纏《まと》って控える将軍のゲルヴィスが、しかつめらしい声で告げた。使者が逃《に》げるようにそそくさと退出する。

扉《とびら》の外に控える衛兵が重々しい扉を閉め切ったのを見届けてから、ウォルフレッドは玉座に右ひじをつき、荒《あら》い息を吐《は》き出した。こめかみの痛みは、耐《た》えがたいほどになっている。背中にじわりと嫌《いや》な汗《あせ》がにじんでいるのが、ふれずともわかる。

「かなりお加減が悪いようですね」

今までずっと黙していた宰相《さいしょう》のセレウスが静かに口を開く。

「苛立った様を演じるのにはちょうどよいがな」

ウォルフレッドは唇を吊《つ》り上げてうそぶいた。日に日に痛みが増してきている気がする。今では、気を張っていなくては、謁見の最中でさえ痛みに呻《うめ》きそうになるほどだ。

「……『花の乙女《おとめ》』の行方は？」

強大な銀狼の力を振るう代償《だいしょう》として、苦痛に苛《さいな》まれる銀狼国の皇族。それを癒《いや》すことができるのは、数万人に一人しか現れぬ『花の乙女』と呼ばれる特殊《とくしゅ》な力を宿した女性達と、彼女達が作る『乙女の涙《なみだ》』と呼ばれる秘薬だけだ。

本来であれば見つかり次第《しだい》すぐに神殿《しんでん》で保護されるはずの『花の乙女』達だが、皇位争いの影響《えいきょう》で、現在、ウォルフレッドのそばには一人もいない。

答えを知りつつ一縷《いちる》の望みをかけて問うと、案の定、セレウスは怜悧《れいり》な面輪《おもわ》をしかめてかぶりを振った。

「申し訳ございません。手を尽くして探してはいるのですが……」

「まさか、お前の手腕《しゅわん》をもってしても、一人として見つからんとはな。貴族どもはよほど奥深くに『花の乙女』達を匿《かくま》っているらしい」

嘆息まじりに呟いたウォルフレッドに、セレウスが生真面目《きまじめ》な声で応じる。

「実際、その通りなのでしょう。内乱の際、皇子達は真っ先に『花の乙女』の確保に動きましたから。そして、陛下の銀狼の御力が抜きん出ていると知った後は、決して陛下に『花の乙女』を得させぬよう、その点だけは志をひとつにしているようでございます」

「あー、確かに。俺が敵だったら、俺だって何があろうと陛下が『花の乙女』を手に入れるのを阻止《そし》するだろうなぁ」

丸太のような腕《うで》を組んだゲルヴィスが、妙《みょう》にしみじみとした口調で何度も頷く。

「俺も人間相手ならそうそう引けを取る気はないんすけど、さすがに人の知恵《ちえ》を持った獣《けもの》の相手はご遠慮《えんりょ》したいっすよ」

　ここに余人がいれば「なんと不敬な！」と即座《そくざ》に叱責《しっせき》が飛ぶような口調だが、広い謁見《えっけん》の間にいるのは、三人だけだ。ゲルヴィスの言葉を咎《とが》める者は誰《だれ》もいない。

「今日の謁見はこれで終わりだったな？」

「はい。目をお通しいただきたい文書は、執務室へすでに運びこんでおります」

　セレウスが淡々《たんたん》と頷く。

「手回しのよいことだ。その調子で、一刻も早く『花の乙女』を見つけてほしいものだな。いや、乙女自身でなくともよい。『乙女の涙』だけでも手に入れられれば……」

「全力を尽くします」

　恭《うやうや》しく一礼するセレウスに視線を向けもせず、ウォルフレッドは玉座から立ち上がる。動いた拍子《ひょうし》にひときわ強く頭が痛み、思わず押し殺した呻きを洩《も》らした。ゲルヴィスの太い眉《まゆ》が心配そうに寄る。

「ひどい顔色っすよ？　やっぱり痛みでろくに眠《ねむ》れていないんじゃないっすか？　少し休息を取られたらどうっすか？」

「不要だ。休んだところで、痛みがとれるわけでもないからな」

「しっかし……。倒《たお》れちゃ元も子もないでしょう？　弱みを見せた途端《とたん》、反旗を翻《ひるがえ》して喉笛《のどぶえ》に噛みつこうって連中がわんさといるんすから」

　ゲルヴィスが顔をしかめたままこぼす。

「倒れんさ」

刃《やいば》を振《ふ》るうように、きっぱりと断言する。

「謀反《むほん》など、起こさせん。そのための『冷酷皇帝』だ」

ウォルフレッドの顔を見たゲルヴィスが、やれやれと嘆息する。

「わかった。わかりましたよ。ったく、そんな顔をしている時の陛下は、他人の言うことなんざ聞きゃあしないのはよぉく知ってますからね。ま、でも」

不意に、ゲルヴィスが獰猛《どうもう》な笑《え》みを見せる。

「どうしても眠りたい時は、俺に言ってください。一撃《いちげき》喰らわせてでも、無理やり眠らせてさしあげますから」

「その際は、見えるところに傷を残すのは避《さ》けてくださいね」

セレウスがさらっと人でなしなことを言う。

「……お前たちの忠心には涙が出るな」

二人のやりとりに、久々に口元に笑みが浮《う》かぶ。

「『花の乙女』さえ見つかれば、苦痛に苛まれることもなくなるのだがな……」

ひとつ吐息《といき》し、ウォルフレッドは執務室へ行くべく歩を進めた。

「ひぃっ！　あなた、なんてことを……っ！」

恐怖《きょうふ》に満ちた同僚《どうりょう》達の叫《さけ》びに、トリンティアは呆然《ぼうぜん》と自分が押し倒した青年を見た。

二十代前半だろうか。トリンティアよりは年上に見える。吊り目がちの思わず見惚《みほ》れるほど凛々《りり》しい面輪は、驚愕《きょうがく》に碧《あお》い瞳《ひとみ》が瞠《みは》られている。鋼《はがね》を連想させる細身の身体《からだ》を包むのは、金糸銀糸で刺繍《ししゅう》がほどこされた豪奢《ごうしゃ》な絹の衣装《いしょう》だ。

「も、申し訳ございま――」

一瞬《いっしゅん》で全身の血の気が引き、慌《あわ》てて跳《と》びすさろうとしたが、逆にしっかと腕を摑《つか》まれ、引き寄せられる。もう一度謝ろうとするより早く。

「も、申し訳ございませんっ！」

駆《か》け寄ってきた同僚達が、地面にひれ伏《ふ》すのが視界の端《はし》に見えた。

「こ、この娘《むすめ》が一人で急に走り出したのですっ！」

「罰《ばつ》を与《あた》えるのでしたら、どうか、この娘だけに……っ！」

震《ふる》える声で同僚達が言い募《つの》る。トリンティアが反論しても、きっと信じてもらえまい。『冷酷皇帝』と陰《かげ》で噂《うわさ》される新皇帝《こうてい》・ウォルフレッドに粗相《そそう》をするなど、どんな罰が与えられるのか。たった半月の王城勤めの間に聞いた噂が、トリンティアの脳内を駆け巡《めぐ》る。

新皇帝は、もともとは前皇帝の甥《おい》という、内乱が起こらなければ本来は皇位につくはずのなかった身だ。皇帝になるまでの道は数多《あまた》の血と屍《しかばね》に彩《いろど》られているという。

曰《いわ》く、戦《いくさ》では自ら先陣《せんじん》を切って突撃《とつげき》し、敵の大将を血祭りにあげた。敵対する者は貴族であろうと容赦《ようしゃ》なく処刑し、たとえ味方であっても、皇帝の不興を買った者は同じ目に遭《あ》わされる。皇帝の私室には、夜な夜な捕虜《ほりょ》や罪人が連れてこられ、皇帝の血の渇望《かつぼう》を慰《なぐさ》めるため、嬲《なぶ》り者にされている……。などなど、耳にした噂は多岐《たき》にわたる。

いったいどんな罰を受けるのかと恐怖に喉が詰《つ》まる。平伏《へいふく》して謝罪しなければと思うのに、いくら叱咤《しった》しても身体はがくがくと震えるばかりで、まったく動いてくれない。と。

「立て」

冷ややかな声がトリンティアに命じる。

とっさに反応できないトリンティアを押しのけ、ウォルフレッドがさっと立ち上がる。が、腕を掴んだ手だけはそのままだ。

「聞こえぬか？　立てと言っている」

床《ゆか》にへたり込んだまま、震えるトリンティアに、ウォルフレッドがふたたび命じる。ぐいっと腕を引かれるが、床にはりついたかのように、足に力が入らない。

「も、申し訳ございませんっ。腰《こし》が抜《ぬ》けて……っ」

うまく動かない唇《くちびる》でかろうじてそれだけを伝えると、ウォルフレッドが苛立《いらだ》たしげに舌打ちした。かと思うと。

「ひゃっ⁉」

不意に、横抱《よこだ》きに抱き上げられ、すっとんきょうな悲鳴が飛び出す。

「セレウス。そこの二人の名前と所属を聞いておけ」

　一方的に命じたウォルフレッドが、混乱のあまり身を硬《かた》くするトリンティアにかまう様子もなく、淀《よど》みない足取りで廊下《ろうか》を進んでいく。

「陛下!?　これはいったい……っ!?」

　ほどなく、同僚達の名前を確認《かくにん》するため残っていた青年が急ぎ足で追いついてくる。鎧《よろい》を纏《まと》った大柄《おおがら》な男が、からかうような声を上げた。

「急に侍女《じじょ》をかっさらうなんて……。一目《ひとめ》惚《ぼ》れでもしたんすか？」

「そんなわけがなかろう。余計な口ばかり叩《たた》いていると、舌を引き抜くぞ、ゲルヴィス」

　冷ややかにウォルフレッドが告げたところで、大きな扉《とびら》の前に着いた。ゲルヴィスが大《おお》股《また》に踏《ふ》み出し、皇帝の歩みを妨《さまた》げぬよう、さっと扉を開ける。

　中は、皇帝の私室らしかった。トリンティアが見たこともないほど豪華《ごうか》な部屋だ。

「あ、あのっ」

　声をかけた拍子にわずかに緩《ゆる》んだ腕の中から飛び出し、今度こそ、大理石の床に額をこすりつけて平伏する。縋《すが》るようにずっと握《にぎ》りっぱなしだったリボンをしまう間さえ惜《お》しい。

「大変申し訳ございませんでした！　なにとぞ、なにとぞお許しくださいませ！」

「名は？」

　温度を感じさせぬ声が問う。

「ト、トリンティア・モイエと申します……」

　恐怖に震えの止まらぬ声で告げたトリンティアは、さらに強く額を床にこすりつける。

「お願いでございます！　罰をお与えになるのでしたら、どうか私だけに……っ！　故郷には累《るい》を及《およ》ぼさないでくださいませっ！」

「己《おのれ》が望みを言える立場だと？」

氷よりも冷ややかにトリンティアの懇願《こんがん》を叩き斬《き》ったのは、セレウスと呼ばれていた淡《あわ》い金の髪《かみ》をした青年だ。侍女として奉公《ほうこう》する中で、名前だけは聞いた記憶《きおく》がある。『冷酷《れいこく》皇帝《こうてい》』の右腕《みぎうで》と言われる、若くして大抜擢《ばってき》された宰相《さいしょう》だ。

ということは、ゲルヴィスと呼ばれた鎧を纏った黒髪の大男のほうは、『黒い嵐《あらし》』とも、銀狼国一の騎士《きし》とも呼ばれる人物だろうか。

一片《いっぺん》の慈悲《じひ》も感じられぬセレウスの声に、トリンティアはびくりと震えて口をつぐむ。

「セレウス。尋《たず》ねているのはわたしだ」

「申し訳ございません。差し出た真似《まね》をいたしました」

ウォルフレッドの短い制止の声に、セレウスが一歩下がる気配がする。

「『癒し《トリンティア》』か……。古語だな」

ウォルフレッドが低く呟《つぶや》く。己の名が古語に由来するなど、初耳だ。

「各領から供出された人員の一人と見たが、どこの領から遣《つか》わされた？」

「サ、サディウム領でございます……」

「サディウム領？」

ウォルフレッドの声が訝《いぶか》しげに上がる。苛烈《かれつ》に反応したのは、セレウスだった。

「サディウム領から遣わされたのは、サディウム伯爵《はくしゃく》の娘のはず。あなたを見る限り、とても伯爵家の娘とは思えませんが？」

「た、確かに伯爵の娘ですっ！　そ、その、養女の身でございますが……っ！」

「養女、か」

ウォルフレッドがくつりと冷笑《れいしょう》をこぼす。

『拾い物《モィエ》』と名づけるとは、サディウム伯爵は、なかなか機知に富んでいるらしい」

と、ウォルフレッドが一歩踏み出した。かつり、と靴音《くつおと》が固く響《ひび》く。

「面《おもて》を上げよ」

命じられるままに、おずおずと顔を上げる。恐怖と緊張《きんちょう》に強張《こわば》った身体は、動くだけでぎしぎしと軋《きし》むようだ。

トリンティアの前で片膝《かたひざ》をついたウォルフレッドが、血の気の引いた顔を覗《のぞ》きこむ。心の奥底まで見通すような碧い瞳でトリンティアを射貫《いぬ》き。

「で、トリンティア・モイエ。お前は何者だ？」

「……な、何者と言われましても……？」

吸い込まれるような深く碧《あお》い瞳を見上げながら、トリンティアは呆《ほう》けたように呟く。

「答えられぬか」

ウォルフレッドが目を眇《すが》める。それだけで、空気が重く沈《しず》み、威圧感《いあつかん》に喉《のど》が詰まる。唇だけでなく全身が震えて、謝罪の言葉を紡《つむ》ぐことすらできない。

「トリンティアという名は、誰《だれ》がつけた？」

偽《いつわ》りは許さぬと、厳しく問いただすウォルフレッドに、震える唇を苦労して動かす。

「わ、私を産み落としてすぐ、産褥熱《さんじょくねつ》で死んだ母が、朦朧《もうろう》としながら呟いていた、と。そう聞いております……。母は身重の身体でサディウム領へ現れたそうで……。私は、父の名も母の名も、どちらも知りません……」

ウォルフレッドが端整《たんせい》な面輪《おもわ》をしかめて嘆息《たんそく》する。

「……そういう事情ならば、己が何者か知らずとも、当然か」

「っていうか、陛下はこの嬢《じょう》ちゃんが何者だと思っていらっしゃるんで？」

ゲルヴィスが好奇心《こうきしん》を隠《かく》す様子もなく尋ねる。

「まさか……」

いち早く何かに気づいて声を上げたのはセレウスだ。

「喜べ」

不意に伸《の》びてきたウォルフレッドの右手が、トリンティアの顎《あご》を摑んで、くいと持ち上げる。

視線が合った瞬間《しゅんかん》、トリンティアは息を呑《の》んで身を震わせた。獲物《えもの》を前にした狼《おおかみ》のような王威に打たれて。

碧い瞳《ひとみ》に喜悦《きえつ》を浮《う》かべ、ウォルフレッドが告げる。

「探し求めていた『花の乙女《おとめ》』が手に入ったぞ」

いったい何がどうなっているのか。

つい先ほど、ウォルフレッドにぶつかるまで、トリンティアは侍女として掃除《そうじ》や雑用に明け暮れていたはずなのに。事態の急転に思考が追いつかない。

ウォルフレッドから侍女頭《じじょがしら》のイルダに引き渡《わた》された後、夕刻、侍女達に数人がかりで湯《ゆ》浴《あ》みさせられたトリンティアは、絹の夜着だけを纏った薄着《うすぎ》姿でウォルフレッドの私室に控《ひか》えていた。

痩《や》せぎすの身体《からだ》に、絹の夜着を纏ったトリンティアを見たイルダと、迎《むか》えに来たセレウスに、そろって「これは絶望的に……」と嘆息された時には、情けなさに消え入りたい気持ちになった。

いくら高価な衣装を纏おうと、痩せこけた身体ではみっともないだけだというのは、指《し》摘《てき》されずとも、トリンティア自身が誰よりも知っている。

なぜトリンティアなどに絹の薄物を着せたのか、セレウスの意図はさっぱりわからない。

セレウスに命じられた通り、天蓋《てんがい》のある大きな寝台《しんだい》のそばで跪《ひざまず》いたトリンティアは恐怖《きょうふ》と混乱に震《ふる》えながらウォルフレッドの訪《おとず》れを待っていた。

ひたひたと大理石の床《ゆか》の上を素足《すあし》で歩む音に、トリンティアは額をこすりつけるようにさらに深く平伏《へいふく》する。

「不束者《ふつつか》でございますが、誠心誠意お仕えさせていただきます」

来る前にセレウスに教えられた口上を、震えながらもなんとか間違《まちが》わずに言い終える。

わずかに気を緩めた瞬間、床から這《は》いあがってくる冷気に、思わずくしゃみが飛び出した。

秋も深まってきた夜に薄物の夜着だけというのは、さすがに寒い。

頭上からウォルフレッドの吐息《といき》が降ってきて、トリンティアは身を硬くした。恐怖に気が遠くなりかけたトリンティアの耳が、かすかな衣擦《きぬず》れの音を捉《とら》える。かと思うと。

「着ろ」

ばさりと大きな布地がトリンティアの上に落ちる。驚《おどろ》いて顔を上げると、頭に乗っかった布の隙間《すきま》から、ウォルフレッドの姿が見えた。

膝丈《ひざたけ》の夜着のズボンだけを穿《は》いた上半身裸《はだか》の姿。見てはいけないものを見てしまった気がして、ふたたび平伏し、身を縮める。

「で、ですが、陛下の御召《おめ》し物を私などが奪《うば》うわけには……っ！」

身動きせずに平伏していると、苛立《いらだ》った声が降ってきた。

「聞こえなかったか？　着ろと言っている。……お前に風邪《かぜ》をひかれるわけにはいかぬ」

少し、困ったような声。わけがわからず、おずおずと顔を上げると、ずるりとずれた布地が視界をふさいだ。

「ですが……。私がこちらをお借りしたら、陛下がお寒いのでは？」

トリンティアの言葉に、ウォルフレッドが、はん、と鼻を鳴らす。

「その程度で風邪をひくほどやわではない。わかったらさっさと着ろ。時間の無駄《むだ》だ」

「あ、ありがとうございます」

本当に着てよいらしい。トリンティアは丁寧《ていねい》に礼を述べると、急いで絹の夜着に袖《そで》を通した。大きすぎてぶかぶかだが、身体の線が隠れてほっとする。脱《ぬ》いだばかりの夜着のあたたかさに緊張がわずかにほどける。

夜着で私室に控えるように言われた時はまさかと思ったが、服を着ろと言われたということは、やはり何か手違いがあったのだ。一介《いっかい》の侍女《じじょ》にすぎないトリンティアが、皇帝《こうてい》のそばに侍《はべ》るわけがない。ほっとして、いとまごいをしようとした瞬間。

トリンティアは力強い腕に荷物でも抱《かか》えるように抱《だ》き上げられ、大きな寝台に投げ出されていた。柔《やわ》らかな布団《ふとん》が、トリンティアの痩せこけた身体を受け止める。

「あの……っ⁉」

声を上げた時には、ウォルフレッドも寝台に上がっていた。掛布《かけふ》を引き上げながらのしかかってくるウォルフレッドの胸板《むないた》を、本能的な恐怖で押し返すが、力で敵《かな》うわけがない。

必死の抵抗《ていこう》など物ともせずに、隣《となり》に寝転《ねころ》んだウォルフレッドの力強い腕《うで》が、混乱と緊張に強張る身体をぎゅっと抱き寄せる。と。

「固い」

不満この上ない声が洩《も》れる。

「何だこれは？　骨と皮だけか？　薄物の上から見た時もたいがいだと思ったが、見た目以上に酷《ひど》いぞ」

　だが、トリンティアは答えるどころではない。額や頬《ほお》にぴったりとくっついたウォルフレッドの素肌《すはだ》に、恥《は》ずかしさのあまり、気を失いそうだ。

　麝香《じゃこう》だろうか。あたたかな素肌からは、かすかに甘く、それでいて濃厚《のうこう》な香《かお》りが薫《かお》ってきて、頭がくらくらする。

　無理。無理だ。このままでは、心臓が壊《こわ》れて死んでしまう。

「あ、あの、陛下……っ」

　何とか腕が緩《ゆる》まないだろうかともがくと、「動くな」と叱責《しっせき》された。

「お前が動くたびに、骨が当たって痛い。じっとしていろ」

「で、ですが……」

　羞恥《しゅうち》が限界を突破《とっぱ》して、息がうまくできない。麝香の香りをかぐだけで、思考が融《と》けて気を失いそうだ。

　息を詰《つ》めて身を硬《かた》くしていると、何か思うところがあったのか、ウォルフレッドの腕がわずかに緩んだ。トリンティアはほっとして、ひそやかに息を吐《は》く。だが、鼓動《こどう》の高鳴りはまったくおさまりそうにない。ぱくぱくぱくぱくと、鳴り響《ひび》く心臓の音がウォルフレッドにまで聞こえるのではないかと思う。

「言っておくが、お前に手を出す気はないぞ。いくら飢《う》えていても、鶏《とり》がらをしゃぶるほど落ちぶれてはおらん。そもそも、味わえるところ自体ないだろうが」

「で、でしたらお放しくださいませ……っ！」

だが、懇願《こんがん》に返ってきたのは、「何を言う？」と呆《あき》れ果てた声だった。

「セレウスから何も聞いていないのか？」

「こ、殺されたくなければ、陛下の御心《みこころ》に従うように、と……」

部屋へ来る前に言い含《ふく》められていた言葉をうっかり正直に答えてしまい、うろたえる。

失言のせいでウォルフレッドの気が変わってしまったら大変だ。トリンティアの生殺与《せいさつよ》奪《だつ》権を握《にぎ》っているのは『冷酷皇帝《れいこくこうてい》』なのだから。

いま身体に回されている力強い腕は、その気になれば即座《そくざ》にトリンティアを縊《くび》り殺せるに違いない。石になったつもりで息をひそめた耳に聞こえてきたのは、嘆息だった。

「セレウスめ。何も説明していないではないか」

緩んだと思った腕が、ふたたびトリンティアを強く抱き寄せる。

「うむ。やはり、お前にふれていると痛みが消えるな」

「ひゃっ」

抱き寄せられた拍子《ひょうし》に、あたたかな吐息が首筋を撫《な》で、思わず声がこぼれる。ウォルフレッドの耳に心地《ここち》よい低い声が、静かに告げた。

「お前を殺すわけなどなかろう。ようやく見つけた『花の乙女』なのだから」

「花の……、乙女？」

そういえば先ほどもそんなことを言っていた気がする。ぼんやりとおうむ返しに呟《つぶや》くと、ウォルフレッドが碧《あお》い目を眇《すが》めた。

「まさか、知らぬのか？」

「い、いえっ！　知っております！　で、ですが、私が『花の乙女《おとめ》』だなんて……っ！　そんなこと、ありえませんっ！」

「自分の出自もわからぬのに、なぜそう言える？」

わずかに身を離《はな》したウォルフレッドに、射貫《いぬ》くような視線を向けられ、トリンティアは身体を強張《こわば》らせてふるふると首を振《ふ》る。

「で、ですが……っ！『花の乙女』というのは、もっと清らかで美しくて……っ！　絶対に、私などではありませんっ！」

「だが」

ウォルフレッドが、宝物にふれるかのようにトリンティアの痩せた身体を抱き寄せる。

「お前が、わたしの痛みを癒《いや》すのは確かだ」

「え……？」

わけがわからずきょとんと呟くと、ウォルフレッドが薄《うす》く笑った。どこか、苦みを帯びた笑《え》みで。

『花の乙女』が何のために皇帝や皇族のそばに侍ると思う？『花の乙女』自身と、彼女らが作る秘薬『乙女の涙《なみだ》』には、皇族を癒す力があるからだ。人の身に余る銀狼《ぎんろう》の力を宿すがゆえに、常に苦痛に苛《さいな》まれる皇族を……」

初めて聞く話に固まっているトリンティアの首筋に、ウォルフレッドが顔をうずめる。広い襟《えり》ぐりから覗《のぞ》く素肌に呼気がふれ、トリンティアは無意識に身体《からだ》を震わせた。

「セレウスからも聞いたが、お前は『乙女の涙』を作ることはできぬのだろう？」

「も、申し訳ございませんっ！　その、『乙女の涙』が何かすら存じあげず……っ」

ウォルフレッドの問いかけに謝罪する。『乙女の涙』という言葉自体、初めて聞いた。

セレウスによると、一般《いっぱん》民衆には知らされていないが、皇族男性の苦痛を取りのぞくために『花の乙女』が作る秘薬・『乙女の涙』が必須《ひっす》なのは、貴族達にとっては常識らしい。伯爵《はくしゃく》の養女とはいえ、下働きと変わりない暮らしをしていたトリンティアは、まったく知らなかった。

『乙女の涙』は材料も製法も『花の乙女』しか知らぬそうで、「本当に作れないのか？」とセレウスに厳しく問い詰められたが、知らないものはどうしようもない。

「よい。予想はついていた。自分が『花の乙女』であることすら知らぬ者が、材料や製法すら秘された『乙女の涙』を作れるはずがないからな」

低い声で呟いたウォルフレッドがさらに強くトリンティアを抱きしめる。

「だが、お前に『花の乙女』の資質があるのは確からしい。……お前にふれていると、絶え間なく響いていた苦痛が消える……」

ほう、と深く吐息《といき》するさまは、熱にうかされる重病人が、ひとくちの清水をようやく口に含んだかのような安堵《あんど》に満ちていて、トリンティアの胸まで切なく疼《うず》く。だが。

「あ、あの……。ずっと抱きしめていないといけないのでしょうか……?」

不敬罪で罰《ばっ》されるわけではないと知ってほっとする。とはいえ、こうして抱きしめられていたら、早晩、心臓が壊れそうだ。

「ああ。見知らぬ者を寝台《しんだい》に招き入れるなど、確かに、不用心この上ないな……。だが」

不意にウォルフレッドが獰猛《どうもう》に笑う。牙《きば》を剝《む》く狼《おおかみ》のように。

「仮にお前が敵から遣《つか》わされた刺客《しかく》だとしても、お前の細い首など片手でもへし折れる」

「っ!」

一瞬《いっしゅん》で背中が粟立《あわだ》ち、冷や汗《あせ》がにじむ。『冷酷皇帝』というあだ名が、頭の中をぐるぐると駆《か》け巡《めぐ》る。

「わ、私は決して刺客などでは……っ」

恐怖《きょうふ》にひりつく喉《のど》からかすれた声を絞《しぼ》り出すと、ウォルフレッドが小さく息を吐いた。

だが、威圧感《いあつかん》はまったく減じない。

「ああ、そうであることを願うぞ。せっかく手に入れた『花の乙女』を殺すのは惜《お》しい」

恐怖に気圧《けお》されたまま、トリンティアは壊れた操《あやつ》り人形のようにこくこく頷《うなず》く。

自分が今いるのは、狼の顎《あぎと》の中だ。狼が無慈悲《むじひ》に獲物《えもの》の喉笛を嚙《か》み砕《くだ》くように、ウォルフレッドの気分ひとつで、トリンティアの首は胴《どう》から離れる羽目になるだろう。

「しかし……。もう少し肉をつけろ。骨が痛くてかなわん」

「も、申し訳ございません……」

ウォルフレッドが憮然《ぶぜん》と告げるが、身を縮めることしかできない。これでも自分では、王城へ来てからそこそこ肉がついたと喜んでいたのだが。

サディウム領では領主の館《やかた》で働いていたが、奴隷《どれい》のような扱《あつか》いだったのだ。失敗したり、伯爵の気に障《さわ》るようなことをすれば、ただでさえ粗末《そまつ》な食事を抜かれることだって、たびたびだった。王城に来て一番嬉《うれ》しいことはと問われたら、毎日、ちゃんと三食を食べられることだと即答できる。

と、不意にウォルフレッドが首筋にうずめた鼻を、すんと鳴らす。

「ああ……。薔薇《ばら》の香油《こうゆ》か。『花の乙女』にふさわしい。イルダはよい仕事をするな……」

あたたかな吐息が肌をくすぐり、恥ずかしさに思考が沸騰《ふっとう》する。

「あ、あの……っ」

不敬と叱《しか》られようが、これ以上は耐《た》えられない。ぐいぐいとウォルフレッドを押し返そうとして、洩れる呼気の気配が変わったのに気づく。深く穏《おだ》やかなこれは……。

「へ、陛下……?」

首を《は》ひねってウォルフレッドを見ると、すぐ目の前に精悍《せいかん》に整った面輪《おもわ》があって、鼓動が跳《は》ねる。

鋼をほどいたような銀の髪《かみ》が、蠟燭《ろうそく》のほのかな光を反射して鈍《にぶ》く輝《かがや》いている。目を閉じてすこやかな寝息《ねいき》を立てる表情は、『冷酷皇帝』と恐《おそ》れられている青年のものだとは信じられないほど安らかだ。

　まさか、こんなにあっさり寝入るとは予想外だったが、とにかく助かった。

　腕《うで》の中から抜け出そうとするが、押しても引いても、まったく全然、動かない。細身だが筋肉質な腕は丸太のように固く、緩《ゆる》む気配がまったくない。

（どうしよう……。逃《に》げられない……）

　異性の、しかも雲の上の身分の青年の腕の中で一晩を過ごさなければならないなんて、いろいろな意味で心臓に悪すぎる。端整《たんせい》な面輪は目をつむれば見えないが、華《はな》やかで甘い麝香《じゃこう》の香《かお》りが、逃げられないと思い知らせるかのように呼吸するたびに絡《から》みつき、嫌《いや》でも鼓動が速くなる。

　トリンティアは固く目を閉じ、一刻も早く時が過ぎるのをひたすら願い続けた。


「ん……」

　窓から差し込んだ朝日がトリンティアのまぶたを撫でる。

　起きて支度《したく》をしなければ。遅《おく》れては叱られてしまう。だが、ひどく身体が重くて、動かせない。むぅ、と不明瞭《ふめいりょう》に呟きながら、重いまぶたを開け。

「っ⁉」

眼前の光景に息を呑《の》む。思わず見惚《みほ》れずにはいられない端整な面輪が、目の前にあった。

飛び出しかけた悲鳴を飲み込んだ拍子《ひょうし》に、己《おのれ》が置かれた状況《じょうきょう》を思い出す。

そうだ。夕べ、ウォルフレッドにお前は『花の乙女』だと言われ、抱《だ》きしめられて……。

目をつむってじっと身を縮めていたのだが、いつの間にか、寝入ってしまったようだ。

我《われ》ながら、意外と図太いものだと感心する。

ウォルフレッドはまだ夢の中にいるらしい。穏やかな寝息がトリンティアの頬《ほお》を撫でてくすぐったい。

起きている間は『冷酷皇帝《れいこくこうてい》』の名にふさわしく威圧感に満ちているが、眠《ねむ》っている今は、心胆《しんたん》を寒からしめるような凄《すご》みは霧散《むさん》している。

トリンティアはなんとかウォルフレッドの腕の中から抜け出せないかと身動《みじろ》ぎしたが、眠りに落ちる前と同じく、まったく緩む様子がない。

というか、ウォルフレッドは本当にトリンティアを一晩中、抱きしめていたのだろうか。

そう考えると、恥《は》ずかしさで、かぁっと頬が熱くなる。

困って視線を彷徨《さまよ》わせたトリンティアは、気づく。昨夜《さくや》は薄暗《うすぐら》くてわからなかったが、朝の明るい光の中で見るウォルフレッドの身体には、大小さまざまの傷跡《きずあと》がついていた。

戦《いくさ》の中でついた傷なのだろうか。どれもすでに治りきって、うっすらと白い跡が残るだけだが……。数が尋常《じんじょう》ではない。

『戦では常に先陣《せんじん》に立ち、自ら突撃《とつげき》して敵の大将を屠《ほふ》っていた』

『冷酷皇帝』についての噂《うわさ》のひとつが、脳裏《のうり》に甦《よみがえ》る。人によっては、恐怖と嫌悪《けんお》に眉《まゆ》をひそめる者もいるだろう。だが、トリンティアの心に浮《う》かび上がったのは。

(この方は、ご自身の手で皇位を勝ち取られたんだ……)

純粋《じゅんすい》な驚愕《きょうがく》と尊敬の念だった。

こんな貴族は、初めてだ。トリンティアが知る貴族達は、連綿と受け継《つ》ぐ貴族の血と権力を当然のものと誇《ほこ》り、毎日、いかに安楽で贅沢《ぜいたく》に暮らすかに固執《こしつ》していて……。豪奢《ごうしゃ》な王城に暮らす皇帝は、その最たるものだろうと思っていたのに。

(痛んだりは、しないのかな……?)

痛みに苦しまねばならぬのが、どれほど辛《つら》いかは、トリンティアにもよくわかる。ウォルフレッドの左肩《ひだりかた》から胸元《むなもと》にかけては、ひときわ大きな傷跡がある。少し引きつれた白い傷跡に、トリンティアは無意識に手を伸《の》ばした。ふれた肌はあたたかく、手のひらにとくとくと鼓動《こどう》が伝わってくる。と。

「陛下？　まだお休みでいらっしゃいますか？」

扉《とびら》の向こうから、ノックの音とセレウスの声が聞こえた。途端《とたん》。

「ひゃっ!?」

突然、覚醒《かくせい》したウォルフレッドが目にもとまらぬ速さで身を起こし、枕元《まくらもと》に置かれていた剣《けん》を取る。放《ほう》り出されたトリンティアは、思わず悲鳴を上げた。

険しい顔で扉とトリンティアに素早《すばや》く視線を巡らせたウォルフレッドが、状況を理解したのか、大きく息をつき、剣の柄《つか》から手を放す。

「思いがけなく寝過ごしたようだ」

扉の向こうへ告げたウォルフレッドの声に、「失礼いたします」とセレウスとゲルヴィスが室内に入ってくる。

が、寝台に平伏《へいふく》し、震《ふる》えるトリンティアは、二人を見る余裕《よゆう》などなかった。ようやく腕の中から解放された喜びより、動けば問答無用で斬《き》られそうな恐怖が心を占《し》めている。

「陛下が陽《ひ》が昇《のぼ》り始めても起きてらっしゃらないなんて、珍《めずら》しいっすね」

ゲルヴィスの意外そうな声に、ウォルフレッドが応じる。

「痛みなく眠れるのがこれほど安らげるとはな。思わず、前後不覚に寝入ってしまった。この娘《むすめ》は『花の乙女《おとめ》』で間違《まちが》いないらしい」

視線が集中するのを感じるが、平伏するトリンティアは身を縮めることしかできない。

「……が」

ウォルフレッドの声が不機嫌《ふきげん》そうに低くなり、トリンティアはぎゅっと目をつむる。もしかして、寝ている間に何か粗相《そそう》をしてしまったのだろうか。

「セレウス。わたしを見くびるな。いくら何でも、鶏《とり》がらに手を出すほど、飢《う》えてはおらぬ。薄物はやめろ。骨が当たって痛くてかなわん。夜着は厚手のものにしろ」

一方的に命じたウォルフレッドが不意にトリンティアを呼ばう。

「おい、鶏がら」

言われなくとも、自分のことだと瞬時《しゅんじ》に悟《さと》る。

「これからしばらく、お前は抱き枕だ。ひとまずお前は肉をつけろ」

「だ、抱き……っ⁉　は、はいっ！」

抱き枕なんて仕事があるのだろうか。だが、『冷酷皇帝』相手に疑問など口に出せるはずもなく、トリンティアは布団《ふとん》に顔をこすりつけるようにして額《ぬか》ずいた。

第二章　『花の乙女』の役目は心臓に悪すぎる

扉が開く音に、トリンティアは手にしていた針と布を慌《あわ》てて目の前の小さなテーブルに置いて立ち上がった。

謁見《えっけん》の間の真裏にある隠《かく》し部屋へ入ってきたのは、立派な衣装《いしょう》を纏《まと》ったウォルフレッドだ。凜々《りり》しい姿は見惚れてしまいそうなほどだが、トリンティアにはそんな余裕などない。

テーブルから一歩離《はな》れたトリンティアの腕を、大股《おおまた》に歩み寄ったウォルフレッドが摑《つか》んで抱き寄せる。ふわりとお仕着せの侍女《じじょ》服のスカートが揺《ゆ》れた。

疲《つか》れたような吐息《といき》が、ウォルフレッドからこぼれ出る。

「痛みが消える術《すべ》が見つかったのは喜ばしいが……。反動が問題だな」

ウォルフレッドが低い声で呟《つぶや》くが、トリンティアは腕の中で身を硬《かた》くするだけだ。抱きしめたまま、ウォルフレッドが深い呼吸を繰《く》り返す。数度、深呼吸したところで。

「陛下。そろそろよろしいですか？」

謁見の間からセレウスの声が問うてくる。

「ああ、戻《もど》る」

答えたウォルフレッドがあっさりと腕をほどく。振《ふ》り返り、足早に戻っていくさまは、トリンティアの存在など忘れたかのようだ。

ぱたり、と隠し部屋の扉が閉まり、トリンティアはへなへなと長椅子《ながいす》にくずおれた。

ばくばく鳴る心臓を、両手で服の上からぎゅっと押さえる。そうしなければ、暴れ回る心臓が身体《からだ》から飛び出してしまいそうだ。緊張《きんちょう》で、喉《のど》がからからに干《ひ》上《あ》がっていた。

心臓に悪い。悪すぎる。

異性に抱きしめられるだけでも緊張するというのに、きらびやかな衣服を身に纏った皇帝が相手だなんて。なんだか、昨日からずっと、醒《さ》めない夢を見ているような心地《ここち》がする。

ゆるゆると息を吐《は》きながら、トリンティアはさほど広くない隠し部屋を見回した。

こんな部屋が謁見の間の裏側にあるなんて、まったく知らなかった。奥の壁《かべ》のタペストリーの後ろに扉が隠されており、部屋があるとはわからぬようになっているらしい。

廊下《ろうか》のほうも、扉は石造りの壁の彫刻《ちょうこく》に巧《たく》みに隠されていて、部屋の存在を知っている者でなければ、扉があることさえ気づかないだろう。

セレウスの説明によると、この隠し部屋は皇帝の謁見の際に陰《かげ》ながら警護する騎士《きし》が控《ひか》える場所らしいが、ふだんは使われていないようで、空気は少し埃《ほこり》っぽい。

ひとたび皇帝の身に何かあれば飛び出せるように壁が薄く造られているのか、隠し部屋にいても玉座に座るウォルフレッドの声がはっきりと聞こえる。

今回入ってきた属領からの拝謁者は、税の軽減を願っているらしい。切々と領の窮状《きゅうじょう》を訴《うった》えているが、すげなく嘆願《たんがん》を退けるウォルフレッドの声には、一片《いっぺん》の慈悲《じひ》も感じられない。さらには、セレウスが淡々《たんたん》と理詰《りづ》めで領主の言を論破していく。おそらく謁見の間は、真冬の吹雪《ふぶき》よりも寒々しい場と化しているに違いない。

いつの間にか自分まで震えているのに気がついて、トリンティアは慌ててかぶりを振った。意識を切り替《か》え、テーブルの上に置きっぱなしの針と布を手に取る。

これは、午前中ここで待機を命じられた際に、「働きもせず、ただ座っているわけにはいきません！」と言ったトリンティアに、「ならば刺繍《ししゅう》でもしていろ」と、ウォルフレッドが用意してくれたものだ。気を紛《まぎ》らわせられる物があって、本当によかった。

てっきり、そばに侍《はべ》るのは夜だけかと思っていたのだが、ウォルフレッドは謁見が終わるたび隠し部屋に来ては、ほんのわずかな時間トリンティアを抱《だ》きしめ、すぐに戻ってゆく。その様子は泳ぐ者が息継《いきつ》ぎをするかのようだ。

「役立たずでみすぼらしい私なんかが、『花の乙女』であるはずがないのに……」

手元の花の刺繍に視線を落とし、トリンティアはぽつりと呟く。

昔、まだトリンティアがサディウム伯爵《はくしゃく》の養女として大切に育てられていた幼い頃《ころ》、一度だけ、伯爵家を訪問した『花の乙女』を見たことがある。

銀糸で刺繍がほどこされた純白のドレスを纏ったその人は、天上の女神《めがみ》が降り立ったかと思うほど、美しい人だった。いま思い返すと、年齢《ねんれい》は三十歳を過ぎていたかと思うが、気品にあふれた姿は、幼いトリンティアに「お姫様《ひめさま》がいる！」と強烈《きょうれつ》な印象を植えつけた。

あの時、『花の乙女』と何か言葉を交《か》わした気がするのだが……。

緊張に固まっていたせいか、どんな会話を交わしたのかまったく覚えていない。ただ、優《やさ》しく頭を撫《な》でてくれた手の感触《かんしょく》だけは、鮮明《せんめい》に覚えている。もし、母親というものがいたらこんな感じなのだろうかと、何度も思い出したものだ。

トリンティアなどが、そんな彼女と同じ、『花の乙女』だなんて、やっぱり何かの間違いだとしか思えない。

それに、トリンティアが『花の乙女』だとしたら……。

昨夜《さくや》、上半身裸《はだか》のウォルフレッドに抱き寄せられたのを思い出した途端《とたん》、手元がくるって、指先にぶすりと針を突《つ》き刺《さ》した。

「っ！」

飛び出しそうになった声を、かろうじて抑《おさ》え込む。謁見の間に声が聞こえたら大変だ。

怪我《けが》をした指先をもう一方の手で握《にぎ》りしめ、背中を丸めて痛みを堪《こら》えていると、不意に、謁見の間に通じる扉《とびら》が開いた。入ってきたのはもちろんウォルフレッドだ。

トリンティアの前に立ったウォルフレッドが腕《うで》を摑んで引き寄せようとする。

「お、お待ちくださいっ！　その、うっかり針で指を刺してしまったのです。もし、血が出ていたら……っ」

トリンティアは泡《あわ》を食って押し止《とど》めながら、ぎゅっと左手を握り込んだ。皇帝《こうてい》の衣装に汚《よご》れをつけたら、どんな罰《ばつ》が下されるか。

抵抗《ていこう》したが、無駄《むだ》だった。ウォルフレッドの大きな手のひらが腰《こし》に回り、問答無用で引き寄せられる。同時に、もう片方の手で、握り込んでいた左手をこじ開けられた。

「にじんでいるだけだ。汚れるほどの血は出ておらん」

指先に視線を落としたウォルフレッドが、そっけなく呟く。かと思うと。

「ひゃあっ⁉」

指先をぱくりと咥《くわ》えられ、トリンティアは今度こそ悲鳴を上げた。すっとんきょうな声に驚《おどろ》いたのか、ウォルフレッドがわずかに目を見開く。

一瞬で、蒸発するのではないかと思うほど頰《ほお》が熱くなる。ウォルフレッドの口の中の熱が、トリンティアにまで移ったかのようだ。指先が融《と》けるのではないかと心配になる。

「ひゃっ！」

あたたかくなめらかな舌にぺろりと舐《な》められ、心臓が跳《は》ねる。

「これで問題なかろう」

指を引き抜《ぬ》いたウォルフレッドがあっさり告げ、トリンティアをさらに強く抱き寄せる。

もし腕の中にいなければ、膝《ひざ》から崩《くず》れ落ちていただろう。

「陛下」

扉の向こうから聞こえるセレウスの声が、トリンティアには天の助けのように聞こえた。

「急《せ》かし過ぎだろう、あいつは」

鬱陶《うっとう》しそうに呟いたウォルフレッドが腕をほどき、さっと身を翻《ひるがえ》す。

だが、トリンティアは見送る余裕《よゆう》などなかった。へなへなと床《ゆか》にへたりこむ。気を失っていないのが不思議なくらいだ。心臓が耳元でばくばくと騒《さわ》ぎ立てて、うるさいほどだ。

昨夜は、皇帝を押し倒《たお》した罪で死刑《しけい》になるのではないかと怯《おび》えていた。けれど、今は不敬罪で処刑されるより、恥《は》ずかしさで心臓が壊《こわ》れるほうが先ではないかと思う。

夕べ、ほんの少しだけ腕を緩《ゆる》めてくれたウォルフレッドを思い出す。願い出れば、もう少し心臓に負担の少ない方法をとってくれるかもしれない。

（一度、セレウス様か陛下に嘆願してみよう……）

未《いま》だにばくばくとうるさい心臓を服の上から押さえながら、トリンティアは決意した。

昨日と同じように侍女達の手を借りて湯浴《ゆあ》みした後、トリンティアが着せられたのは、羊毛を厚く織った上質な生地《きじ》の夜着だった。夜着なので、ゆったりしていて首回りが広いものの、どう頑張《がんば》っても身体の線など見えない分厚さでほっとする。

だが、この後に待つものを考えるだけで、心臓がきゅぅっ、と縮んで顔が火照《ほて》ってくる。

「ついてきなさい」

昨夜と同じく、セレウスが感情の窺《うかが》えない声で、冷ややかにトリンティアを促《うなが》す。乱れのない足取りで進む様子は、声をかけることさえ憚《はばか》られる雰囲気《ふんいき》をたたえていた。

「よいですか。陛下のお身体、ひいては銀狼国の安寧《あんねい》は、『花の乙女《おとめ》』であるあなたにかかっていると言っても過言ではありません。『乙女の涙《なみだ》』を作ることもできぬのですから、せめて陛下のおそばで抱き枕《まくら》としてしっかり務めなさい」

セレウスがようやく口を開いたのは、皇帝の私室まで来た時だった。

「は、はい……」

震《ふる》える声で頷《うなず》く。トリンティアに拒否権《きょひ》がないことは、最初から明白だ。口にしようとしていた嘆願が喉《のど》の奥へと逃《に》げていく。セレウス相手では、トリンティアの願いなど、あっさりと却下《きゃっか》されるだけに違《ちが》いない。

「陛下はまもなくいらっしゃいます」

部屋の中へトリンティアを案内したセレウスが一方的に告げて踵《きびす》を返す。トリンティアは昨日と同じように寝台《しんだい》のそばの床に平伏《へいふく》した。

こうなったら、ウォルフレッドに直談判《じかだんぱん》をするほかない。

待つほどもなく、扉が開く音がする。近づいてくる足音にトリンティアはさらに深く頭を下げた。緊張《きんちょう》のあまり、分厚い夜着を着ているというのに、身体《からだ》がかたかたと震え出す。

「……今日も寒いのか?」

目の前で立ち止まったウォルフレッドが問う。今日も夜着を脱《ぬ》がれてはたまらないと、トリンティアは慌《あわ》ててかぶりを振《ふ》った。

「い、いえっ、違います! その……、ひゃっ!?」

腕を掴《つか》まれたかと思うと、強引《ごういん》に引き起こされる。さっと身を屈《かが》めたウォルフレッドがトリンティアを抱き上げ、ひょいと寝台に置いた。

ふかふかの寝台が優しくトリンティアを受け止めてくれる。慣れぬ柔《やわ》らかさに身を起こすより早く、ウォルフレッドの膝を乗せたマットが深く沈《しず》む。

「お、お待ちくださいませっ」

片手で肩《かた》を押され、あえなく仰《あお》向けに倒されたトリンティアは、のしかかってくるウォルフレッドの胸板《むないた》を必死で押し返した。トリンティアの抵抗に、ウォルフレッドが渋々《しぶしぶ》といった様子で動きを止める。

「何だ？」

不機嫌極《ふきげんきわ》まりない声で問われ、びくりと肩が震える。蠟燭《ろうそく》の幽《かす》かな明かりを反射してきらめく銀の髪《かみ》は、磨《みが》かれた剣《けん》のようだ。起き上がろうにも起き上がれず、トリンティアは恐怖《きょうふ》にひりつく喉を飲み込んだ唾液《だえき》で潤《うるお》し、ウォルフレッドを見上げて訴《うった》えた。

「あ、あのっ、抱き枕とおっしゃっていましたが、毎夜陛下と……。その、同じ寝台で眠《ねむ》る必要があるのでしょうか？　昼間もずっとおそばにおりましたし、その……っ」

午前中の謁見《えっけん》が終わり、昼食をとった後、執務《しつむ》室で書類仕事をするウォルフレッドのそばにも侍ったのだ。椅子《いす》に座るウォルフレッドの足元の床にトリンティアが座り、背中を足に預ける形で過ごしたのだが、何刻も一緒《いっしょ》にいたのだから、もう十分ではなかろうか。

トリンティアの訴えに、ウォルフレッドがあっさり頷く。

「もしかしたら、そのうち不要になるやもしれんな」

「で、でしたら……」

横を向いて逃げ出そうとすると、肩を摑んで仰向けに戻《もど》された。

「よく聞け。長く『花の乙女』が不在だったのだ。一夜くらいでは、まったく足りぬ」

「そんな……っ」

愕然《がくぜん》とウォルフレッドを見上げる。だが、「そのうち」とは、いったいいつなのだろう？　それまで、トリンティアの心臓はもつのだろうか？　と。

ふむ、と何やら考えるようにウォルフレッドが呟《つぶや》く。

「お前が早く抱き枕から解放されたいように、早く回復したいのはわたしも同じだ。セレウスの企みなど、乗ってやる気はないが……。試《ため》してみるのも、ありかもしれんな」

ふっ、とウォルフレッドが唇《くちびる》を吊《つ》り上げる。悪戯《いたずら》を思いついた悪童のような笑《え》みを浮かべたかと思うと、引き締《し》まった身体が覆《おお》いかぶさってくる。

逃げる暇《ひま》すらなかった。唇が熱いものにふさがれ、思わず悲鳴が飛び出しそうになる。

――狼に、喉笛を嚙《か》み千切られたかと思った。

見開いた視界に、碧《あお》い瞳《ひとみ》が映る。射貫《いぬ》くような視線から逃げるように、ぎゅっと固く目を閉じる。

かぶりを振って逃げたいのに、顎《あご》を摑んだウォルフレッドの手が許してくれない。

窒息《ちっそく》する、と恐ろしくなったところで、ようやく唇が離《はな》れた。

反射的に新鮮《しんせん》な空気を求めて喘《あえ》ぐ。間近で薫《かお》る麝香《じゃこう》の甘く濃厚《のうこう》な香《かお》りにくらくらする。

乱れてまとまらない思考のまま、固くつむっていたまぶたをこわごわ開けた瞬間。

火傷《やけど》しそうな熱情を宿した瞳が、真っ直《す》ぐにトリンティアを見つめていた。

「っ！」

──食べられる。

本能が冷酷《れいこく》に告げる。美しい狼《おおかみ》に、一息に喰《く》い殺される、と。

恐怖が思考を真っ白に染め上げる。頭のどこかで、ふつり、と糸が切れる音がした。同時に。

喉の奥から、自分のものとは思えないほどの大きな泣き声があふれ出す。ぼやけてにじむ視界の向こうで、ウォルフレッドが碧い瞳を見開くのが見えた。

だが、止めようにもたがが外れてしまったかのように、涙も声も止められない。

恐怖、羞恥《しゅうち》、不安、混乱……。痩《や》せた身体の中に納まりきらなくなった感情が、洪水《こうずい》のようにあふれ出す。

「陛下っ⁉　何があったんすか⁉」

泣き声が部屋の外まで届いたのだろう。扉《とびら》の向こうからゲルヴィスの戸惑《とまど》った声が届く。

「かまうな。放《ほう》っておけ」

幼い子どものように激しく泣くトリンティアを見下ろしたまま、ウォルフレッドが扉を振り向きもせず、すげなく返す。端整《たんせい》な面輪《おもわ》には、泣き続けるトリンティアをどう扱《あつか》えばいいのかわからないと言いたげな戸惑いが浮《う》かんでいた。

トリンティア自身ですら、自分がどうなってしまったのかわからない。

こんな風に大声で泣くなんて、幼い子どもの頃《ころ》以来だ。うじうじと泣き続けていると、いつも鬱陶《うっとう》しそうに蹴《け》られたり、引っぱたかれたりしたから。だから、そんな目に遭《あ》わないように、端《はし》っこで息をひそめて、嵐《あらし》が通り過ぎるまでやり過ごしてきたはずなのに。

きっと、どこかが壊《こわ》れてしまったのだ。人の姿をした狼が、感情を押さえつけていた鎖《くさり》まで、噛み千切ってしまったに違いない。

しゃくりあげながら、覆いかぶさったままのウォルフレッドを見上げる。

眉《まゆ》を寄せ、困り果てた表情で見下ろすウォルフレッドの碧い瞳と視線が合う。と、ふい、と目線を逸《そ》らされた。

「……悪かった」

視線を合わせぬまま、ウォルフレッドが低い声で告げる。

予想だにしなかった言葉に、驚《おどろ》きのあまり涙が止まる。瞬《まばた》きした拍子《ひょうし》に、最後の涙がまつげから頬《ほお》へとすべり落ちた。

ウォルフレッドが袖口《そでぐち》でトリンティアの頬をぬぐう。思いがけなく優《やさ》しい手つきと絹の柔らかさに、トリンティアはようやく我《われ》に返った。

「も、申し訳ございませんっ」

身体ごと横を向き、自分の夜着の袖で乱暴に頬をぬぐう。

申し訳なさと恥《は》ずかしさで、ウォルフレッドを見られない。

しかも、『冷酷皇帝《れいこくこうてい》』の前で泣くなんて、なんと愚《おろ》かなのか。先ほどの「悪かった」は、きっと混乱のあまり、聞き違いをしてしまったに違いない。

「も、申し訳あり――」

とにかく謝らなければと口を開くと同時に、トリンティアの背中側に身を横たえたウォルフレッドが、不意に瘦《や》せた身体を抱《だ》き寄せる。こつん、と後頭部に額が押しつけられた。

「加減を誤った。――許せ」

困ったような、低い声。

「お、お許しくださいとお願いしなければならないのは、私のほうでは……っ⁉」

びくびくしながら答えると、背後から、ふ、と苦笑《くしよう》する気配がした。

「加減を誤ったのはわたしなのだから、お前が許しを請う必要はないだろう？　……許してくれるか？」

ウォルフレッドがそう言うのなら、トリンティアに異論はない。

「は、はい……」

頷《うなず》くと、ほっ、と吐《は》き出した息が、乱れて露《あら》わになったうなじにかかった。あたたかな呼気が、トリンティアの強張《こわば》りをわずかにほどく。

「『乙女《おとめ》の涙《なみだ》』が切れてから……。ずっと苦痛に苛《さいな》まれてきたのだ。痛みに呻《うめ》くことなく深く眠れることが、どれほどの癒《いや》しか……」

胸に迫《せま》るような低い声。

痛みで眠れない辛《つら》さなら、トリンティアも身に覚えがある。へまをして折檻《せっかん》を受けた夜は、眠れなくて辛かった。痛みを忘れられる深い眠りがこないかと、いつも祈《いの》るような気持ちでぎゅっと身体《からだ》を丸めていた。

「しばらくは、お前を放すことはできん。早く慣れろ」

「な、慣れろとおっしゃいましても……っ」

今でも心臓が飛び出しそうなのに、どうやったら慣れるというのだろう。

「必要ならば、少しくらいの譲歩《じょうほ》はしてやる」

「で、では、お放しいただけますか……？」

一縷《いちる》の希望に縋《すが》って願うと、逆に、ぎゅっと引き寄せられた。ぱくり、と心臓が跳《は》ねる。

「少し、と言っただろう？　却下《きゃっか》だ」

「あ、あのっ！　では、せめて腕《うで》を緩《ゆる》めてくださいっ」

ぴったりくっつくと、布地越《ご》しでもウォルフレッドの引き締まった身体つきがわかって、今すぐ逃《に》げ出したい気持ちになる。

懇願《こんがん》に、渋々といった様子でウォルフレッドが腕を緩める。トリンティアは、ほっと息を吐き出した。

「これは、早く慣れる方策、を……」

ウォルフレッドの声が不明瞭《ふめいりょう》に消えてゆく。次いで聞こえてきたのは、深い寝息《ねいき》だ。寝つきが早いのは、唯一《ゆいいつ》の救いかもしれない。

泣いたせいでまぶたが重い。背中から伝わるあたたかさが、緊張《きんちょう》をゆるゆると融《と》かしてゆく。トリンティアは目を閉じ、訪《おとず》れる優しい眠《ねむ》りに身をゆだねた。


鼻の下のくすぐったさに、ウォルフレッドは目を覚ました。

目の前にあったのは、すやすやと眠るトリンティアの顔だ。昨夜《さくや》は背中を向けていたが、いつの間にか寝返りを打ったのだろう。

いつも恐怖《きょうふ》に身を強張らせて顔を伏《ふ》せているので、トリンティアの顔をまじまじと見るのは、初めてだ。あどけない寝顔と、痩せっぽちな身体つきとが相まって、今年で成人の十八歳を迎《むか》えているとは思えないほど、幼く見える。

ウォルフレッドは眠る少女の痩せた身体をそっと抱き寄せた。固い。骨と皮と申し訳程度の肉しかないのではなかろうか。女性らしいまろやかさが欠片《かけら》もない。

怯《おび》えていないトリンティアを目にして、ウォルフレッドは実は少女が意外と愛らしい顔立ちをしていることに初めて気がついた。派手さはない。だが、品よく整った面輪は、野《の》辺《べ》に咲《さ》く可憐《かれん》な花を連想させる。

不意に、胸を締《し》めつけるような夕べのトリンティアの泣き顔と声が脳裏《のうり》に甦《よみがえ》り、ウォルフレッドの心に苦い気持ちが湧《わ》き上がる。

昼間、隠《かく》し部屋で怪我《けが》をした指を口に含《ふく》んだ時、単にふれる以上に痛みが和《やわ》らいだ気がした。ならば、確かめてみようと……。くちづけた途端《とたん》、ウォルフレッドを襲《おそ》ったのは、苦痛を覆《くつがえ》すような悦楽《えつらく》だった。

経験したことのない、背筋を撫《な》で上げられるような甘い痺《しび》れに、我を忘れそうになったのは否定できない。

確かに、やりすぎた自覚はあるが……。まさか、大泣きされるとは予想の埒外《らちがい》すぎた。

幼子のように泣きじゃくる姿にどうにも罪悪感が刺激《しげき》されて――。

「悪かった」などと、誰《だれ》かに謝罪したのは何年ぶりだろう。ゲルヴィスとセレウスが知ったら、目をむいて驚くに違《ちが》いない。いや、ゲルヴィスはその後、腹を抱《かか》えて爆笑《ばくしょう》するだろうが。

『冷酷皇帝』として、敵に憎悪《ぞうお》され恨《うら》まれることなど、数限りなくしてきたし、それに心を痛めることもなかった。その程度で惑い、足を鈍《にぶ》らせていては、皇位争いを制するなど、できるはずもない。

だが、夕べのトリンティアの涙は、ウォルフレッドの心の鎧《よろい》で覆《おお》われていない部分に妙《みょう》に突《つ》き刺《さ》さった。十歳で母と死別したこともあり、ウォルフレッドは女性の扱いに慣れているとは言いがたい。ただひとりの例外といえば――。

ウォルフレッドはかぶりを振《ふ》って、胸に湧き上がりかけた感情を追い払《はら》う。

その拍子に、かつて聞いた真実かどうかも定《さだ》かでない夢物語を思い出す。銀狼《ぎんろう》の血を引く者と、『花の乙女』の絆《きずな》が強ければ強いほど、癒しの力が強く発揮されるのだと。建国神話に謳《うた》われる銀狼国の始祖が、『花の乙女』の癒しを得て、あらゆる敵を打ち破ったように。

「どうせ、皇帝《こうてい》の権威《けんい》を高め、『花の乙女』を集めるための詭弁《きべん》だろうが……」

はん、と小さく鼻を鳴らす。絆なんて、そんな曖昧《あいまい》なもので癒しの効果が変わるなど、にわかには信じがたい。とはいえ。

「せめて、もう少し慣れてほしいものだがな……」

低い声で溜息《ためいき》まじりに呟《つぶや》く。

銀狼国の皇族の身に流れる、銀狼の血。人の身に納まりきらぬ力を振るう代償《だいしょう》は、絶え間ない苦痛と、力を振るうたび心の中で暴れ、逆巻く凶暴性《きょうぼうせい》だ。

命がけで手に入れた皇位を、『花の乙女』が手に入らぬばかりに手放す羽目に陥《おちい》るなど、そんな事態を認められるものかと、苦痛をひた隠しにして公務に励《はげ》んできたが……。

ウォルフレッドは眠るトリンティアの身体に回した腕に力をこめる。それだけで、身体の奥底まで侵食《しんしょく》していた苦痛が、春の陽射《ひざ》しをあびた雪のようにほどけ、少しずつ消えてゆくのを感じる。

『花の乙女』を見つけた今、以前のような苦痛まみれの日々に戻《もど》ることなど、考えられない。一度、安楽を知ってしまった心身は、ふたたびの責め苦に耐《た》えられるかどうか……。

数か月もの間、苦痛を隠し通してきたウォルフレッドでさえ、自信が持てない。

「……代々の皇帝達が、『花の乙女』に溺《おぼ》れた理由もわからなくはないな」

トリンティアが『乙女の涙』を作ることができれば、それに越《こ》したことはないが、作れない以上、彼女に直接ふれることでしか苦痛を癒す術《すべ》はない。となれば、トリンティアが手を出す気も起きない鶏《とり》がらなのは、幸いというべきなのかもしれない。いっときの逃避《とうひ》で『花の乙女』に溺れ、堕落《だらく》するような事態は、死んでも御免《ごめん》だ。

が、せめてもう少し、『花の乙女』の務めに慣れてもらわねば……。ふれるたび、びくびくと怯え、震《ふる》えられるのはさすがに困る。

さて、どうしたものか……。と、ウォルフレッドは眠る少女を見つめて思案した。

「……で。夕べはナニがあったんすか？」

にやにやと笑いながら、好奇心《こうきしん》を隠さぬ様子でゲルヴィスが口を開いたのは、豪勢《ごうせい》な朝食がそろそろ終わろうという頃《ころ》だった。

おいしさに感動しつつ、柔《やわ》らかな白パンを頬張っていたトリンティアは、思わず喉《のど》を詰《つ》まらせた。うぐぐ、と呻きながら胸を叩《たた》き、なんとか嚥下《えんげ》しようと苦闘《くとう》する。

ウォルフレッドの私室の広いテーブルで朝食をとっているのは、ウォルフレッドとトリンティア、セレウス、ゲルヴィスの四人だ。

「皇帝陛下と同じテーブルで食事だなんて、畏《おそ》れ多すぎて食べ物が喉を通りません！」

と固辞したが、「別々に食事をするなど、時間の無駄《むだ》だ。さっさと食え」と、一言のもとに却下された。実際に食事をしてみれば、緊張よりもごちそうへの喜びが大きすぎて、無心で食べてしまうのだが。

パンは手で簡単にちぎれるくらいふわふわの白パンだし、サディウム領にいた頃《ころ》には滅《めっ》多《た》に食べられなかったお肉ばかりか、卵や魚、果物だってある。皇帝の食卓《しょくたく》とは、なんとすごいのだろうと、食事のたびに感動してばかりだ。

しかも、「嬢《じょう》ちゃん、遠慮《えんりょ》しねぇでもっと食え」と、ゲルヴィスが食べきれぬほどの料理を皿に載《の》せてくれるので、おなかがはちきれるのではないかと、心配になるほどだ。

興味津々なゲルヴィスの視線に、トリンティアは頬に熱がのぼるのを感じる。子どもみたいに大泣きしたなんて、呆《あき》れられているのではなかろうか。

答えられずにうつむいていると、ウォルフレッドの冷ややかな声が聞こえた。

「何もない。鶏がらが、『冷酷皇帝《れいこくこうてい》』に怯えて泣いただけだ」

これ以上の詮索《せんさく》を断《た》ち切るような声音《こわね》に、ゲルヴィスが口をつぐむ。代わりに怜悧《れいり》な面《おも》輪《わ》をしかめ、口を開いたのはセレウスだ。

「しかし、『天哮の儀』まで、あと半月ほどです。お身体の回復は間に合うのですか？」

「心配いらぬ。『花の乙女《おとめ》』は手に入ったのだ。間に合わぬわけがなかろう？」

「……陛下がそうおっしゃるのでしたら、よろしいのですが……」

まだ何か言いたそうにしながらも、セレウスが引き下がる。

「で、鶏がら」

「は、はいっ」

自分が呼ばれるとは思っていなかったトリンティアは、ぴんと背筋を伸《の》ばした。膝《ひざ》の上で両手を握《にぎ》りしめ、びくびくしながらウォルフレッドの言葉を待っていると。

「何か、望みのものはあるか？」

「……え？」

予想もしていなかった言葉に、思考が止まる。

「『花の乙女』の務めを果たしている褒美《ほうび》をやろう。何か欲しいものはあるか？」

欲しいもの。今まで、そんなことなど、考えたこともなかった。決して手に入らぬのに、考えるだけ無駄だから。

褒美と言われた瞬間《しゅんかん》に、思い浮《う》かんだ願いはひとつだけある。だが、口に出していいものか躊躇《ためら》っていると、心を読んだかのようにウォルフレッドが促《うなが》す。

「あるのだろう？　言え」

命じられ、おずおずとウォルフレッドを見上げる。

「あ、あの、王城に侍女《じじょ》として奉公《ほうこう》したら、半年に一度しか里帰りのお休みをいただけないと聞いたのですが――」

「却下《きゃっか》だ。お前をわたしのそばから離《はな》せるわけがなかろう」

みなまで言わぬうちに、即座《そくざ》に切り捨てられる。

「も、申し訳ございませんっ！」

頭を下げると、諦《あきら》めたような吐息《といき》が聞こえた。

「……何か、里帰りしたい理由でもあるのか？」

尋《たず》ねる声は、先ほどよりもいくぶん優《やさ》しい。

「その、すぐに里帰りしたいわけではなく……。私を可愛《かわい》がってくださったエリティーゼお姉様が、いつか結婚《けっこん》式を挙げられる時に、里帰りのお許しをいただけたらと……」

トリンティアを役立たずと蔑《さげす》む者ばかりだったサディウム家の中で、二つ年上である伯《はく》爵《しゃく》の娘《むすめ》・エリティーゼだけが、トリンティアを妹として扱《あつか》い、優しく接してくれた。

ウォルフレッドにぶつかった原因のリボンも、王城へ侍女として上がるのだから、何か身を飾《かざ》るものを、とエリティーゼが餞別《せんべつ》に贈《おく》ってくれた二本のリボンのうちの一本だ。

そのエリティーゼに、密《ひそ》かに結婚話が持ち上がっている。叶《かな》うなら、エリティーゼの花《はな》嫁《よめ》姿を、この目で見て祝福の言葉を贈りたい。

「サディウム伯爵家のエリティーゼ嬢と言えば、『銀狼国の薔薇《ばら》』とも讃《たた》えられる美貌《びぼう》の令嬢であり、レイフェルド殿下《でんか》の婚約者でもありましたね。しかも、最初サディウム家の申し出では、王城へ上がることになっていたのは、エリティーゼ嬢のはずです」

食後の茶を喫《きっ》していたセレウスが淡々《たんたん》と口を開く。

「レイフェルドの？」

おうむ返しに呟いたウォルフレッドの眉《まゆ》が寄る。不快そうな表情に、トリンティアは思わず口を開いていた。

「ち、違《ちが》うんです！　エリティーゼお姉様は、本当はレイフェルド殿下との婚約を喜んでいたわけではなくて……っ。サディウム伯爵が決められたことに従っただけなんです！」

前皇帝の第四皇子だったレイフェルドが、ウォルフレッドの政敵だったということは、政治に疎《うと》いトリンティアでも、さすがに知っている。

ウォルフレッドとの会戦でレイフェルドが行方《ゆくえ》不明となった時の伯爵の落胆《らくたん》ぶりは凄《すさ》まじかった。当然だ。エリティーゼをゆくゆくは皇妃《こうひ》にと、野望を描《えが》いていたのだから。

だが、伯爵の落胆とは逆に、エリティーゼだけは婚約の不履行《ふりこう》をひっそりと喜んでいた。

『どうしても、レイフェルド様を好きだと思えないの。わたくしにはもったいないくらいの高貴な身分で、見目麗《みめうるわ》しい御方《おかた》だというのに……。わたくしのことを、身を飾る宝石のひとつとしか思われていないような気がして、仕方がないの……』

エリティーゼはこっそりとトリンティアだけに胸の内を教えてくれた。

『お父様には逆らえないけれど、叶うなら、レイフェルド様に嫁《とつ》ぎたくないの……。ねぇ、トリンティア。本当はわたくし、好きな方がいるの。たった数度、お会いしただけの方だけれど、とても素敵《すてき》な方なの……』

『銀狼国の薔薇』と讃えられる美貌を薄紅色《うすべにいろ》に染めて話すエリティーゼに、トリンティアはどうか姉の恋《こい》が叶いますようにと、心から祈《いの》った。どうか神様。私が差し上げられるものは何でも捧《ささ》げますから、姉様を想《おも》う方と結ばせてあげてください、と。

だから、新皇帝《こうてい》より各領主に人員の供出が命じられた時、レイフェルドが行方不明となり婚約が解消となったエリティーゼを、妃候補《きさき》として王城へ上げようとしていたサディウム伯爵に、トリンティアは震えながら、「どうか、私を代わりに王城へ行かせてくださ い」と懇願《こんがん》したのだ。

「サディウム伯爵か……」

ウォルフレッドが険しい顔で呟《つぶや》く。時季外れに里帰りをさせてくださいなんて、大それた願いだったろうか。びくびくしながら返事を待っていると、セレウスが割って入った。

「陛下。そろそろ謁見《えっけん》のお時間でございます」

「もうそんな時間か。では、褒美の話はまた後だな。鶏がら、里帰りの話はいったん保留だ。他《ほか》に何か考えておけ」

「は、はい……っ」

他に……。と言われても何かあるだろうか、とトリンティアは震えながら頷《うなず》いた。


「使用人部屋に？」

午後の執務《しつむ》中、同僚《どうりょう》達と使っていた使用人部屋に荷物を取りに行かせていただけませんかと頼《たの》んだトリンティアに、ウォルフレッドは訝《いぶか》しげに眉を寄せた。

いま執務室にいるのはトリンティアとウォルフレッドの二人きりだ。

「少しとはいえ私物もありますし、取りに行きたいのですが……。駄目《だめ》でしょうか？」

端整《たんせい》な面輪を見上げて懇願すると、溜息《ためいき》をつかれた。

「ひとつ聞くが、執務室から使用人部屋までの道はわかっているのだろうな？」

「あ……っ」

侍女として日が浅いトリンティアは、王城のどこに何があるか、限られた範囲《はんい》しか知らない。顔を強張《こわば》らせたトリンティアに、ウォルフレッドが、ふ、と口元を緩《ゆる》める。

「少し待て。この書類を書き終えたら、届けるついでに案内してやる」

「と、とんでもございませんっ！　陛下にご足労をかけるなんて、そんな……っ！　道を教えていただけましたら、自分で参ります！」

かぶりを振《ふ》って恐縮《きょうしゅく》するトリンティアに、ウォルフレッドは書類から顔すら上げず、すげなく告げる。

「書類を持って行くついでだ。少しだけ待て」

待つほどもなく、書き終えた紙を巻いて手にしたウォルフレッドが立ち上がる。トリンティアも慌《あわ》てて立ち上がると、ウォルフレッドがトリンティアの手を取って歩き出した。

「あ、あのっ、手を……っ」

「ん？　これくらいかまわぬだろう？」

トリンティアの戸惑《とまど》う声を無視して、ウォルフレッドが歩を進める。

幸い、ウォルフレッドが目指す部屋までは、誰《だれ》にも会わなかった。各領主に人員の供出を命じただけあって、王城というのにかなり人気《ひとけ》がない。

「使用人部屋は……」

「ここまで連れて来ていただければ後はわかります！　ちゃんと一人で戻《もど》れますので！　本当にありがとうございました」

ウォルフレッドがみなまで言う前に、ぺこりと一礼してつながれていた手を引き抜《ぬ》く。

部屋に入るウォルフレッドを見送り、トリンティアは使用人達が使う裏の方へと進んでいく。使用人部屋が並ぶ一角に入り、同僚達と三人で使っていた部屋の扉《とびら》をノックすると、中から「はぁい」と二人の声が聞こえた。

「失礼します……」

ウォルフレッドに連れて行かれて、結果的に掃除《そうじ》をさぼったことを怒《おこ》っているかもしれない。トリンティアはびくびくと扉を押し開けた。二人がそろって振り返る。途端《とたん》、

「「きゃあぁぁぁっ！」」

甲高《かんだか》い悲鳴が二人の口からほとばしる。

「ゆ、幽霊《ゆうれい》……っ⁉」

「ば、化けて出てこないでよ……っ！　わ、私達のせいじゃないんだから……っ！」

抱《だ》き合って震《ふる》える二人に、何と説明すればいいだろうと悩《なや》みながら声をかける。

「あ、あの……。私、生きていますけれど……」

「「え……？」」

まじまじとトリンティアを見やった二人の目がすぐに三角に吊《つ》り上がる。

「ちょっと！　今までどこに行ってたのよ!?」

「あんたがいないせいで、私達が雑用までしなきゃいけなかったのよ!?」

「す、すみません……」

反射的に詫《わ》びるが、二人の剣幕《けんまく》は収まりそうにない。

「謝って済む問題じゃないでしょう!?　どう責任を取ってくれるわけ!?」

「二日間もどこに行ってたのよ!?　てっきり陛下に処刑《しょけい》されたと思ってたのに！」

詰《つ》め寄る二人に答えようとして、気づく。二人のうち片方の髪《かみ》に揺《ゆ》れているのは。

「私のリボン……っ！」

恐《おそ》ろしい『冷酷皇帝《れいこくこうてい》』に頼み込んででも、どうしても手元に置いておきたかった、エリティーゼに贈ってもらった二本のレースのリボンのもう片方だ。

「返してくださいっ！」

思わず手を伸《の》ばすと、ぱしん！　と乱暴に振り払《はら》われた。指先がじんと痛む。

「何言ってるの!?　これはもう、私のものよ！」

「そうよ！　親切でもらってあげたの！　死人にリボンなんか不要でしょ！」

「そんな……っ！　私は生きてます！　返してくださいっ！」

「嫌《いや》よ！」

懇願はすげなくはねつけられる。

「これは迷惑料《めいわく》としてもらってあげたの！　姉様にいただいた大切なリボンなんです！」

「そのリボンだけはあげられません！　これだけは、誰にも譲《ゆず》るわけにいかない。

エリティーゼの思いやりが詰まったリボン。これだけは、誰にも譲《ゆず》るわけにいかない。

いつも従順だったトリンティアの反抗《はんこう》に、二人の目がますます吊り上がる。

「生意気だわ！　そもそも、下働き上がりに高価なリボンなんて似合うワケがないのよ！」

「そ、それでも私の大切なリボンなんです！　返してくださいっ！」

なおも食ってかかると、不意にばしん！　と頬《ほお》を張られた。久々に与《あた》えられた痛みに、頭より先に身体《からだ》が反応して震え出す。

痛い。怖《こわ》い。でも、諦《あきら》めたくない。

トリンティアの脳裏《のうり》に浮《う》かんだのは、昨日の朝見たウォルフレッドの傷跡《きずあと》だ。皇帝であるウォルフレッドですら、戦って傷ついて、自分の欲しいものを手に入れたのだ。そう思うと、心の中にほんのわずかな勇気が湧《わ》いてくる。

精いっぱいの気迫《きはく》をこめて、二人を睨《にら》み返す。

「私はリボンを贈《おく》る気はありません！　そもそも、大切にしまっていた物を勝手に使うなんて、泥棒《どろぼう》と一緒《いっしょ》じゃないですか！　返してくださいっ！」

「どっ、泥棒ですって……っ!?」

二人に力いっぱい突《つ》き飛ばされる。手加減の無い力に、ぐらりと身体が後ろに傾《かし》ぎ――、力強い腕《うで》に抱きとめられる。甘い麝香《じゃこう》の香《かお》りに、振り返るより先に腕の主《ぬし》を知る。

「お前は、よくわたしにぶつかるな」

呆《あき》れたように呟いたウォルフレッドが、つ、と端整な面輪《おもわ》を室内へ向けた。

「で。これは、どういうことだ？」

真冬の吹雪《ふぶき》よりも冷ややかな声が、空気を凍《こお》りつかせる。

「へ、陛下……っ」

水揚《みずあ》げされた魚のように口を開閉させた二人が、床《ゆか》に平伏《へいふく》する。かすれた声は震え、ほとんど音になっていない。ウォルフレッドが凛々《りり》しい眉《まゆ》をひそめた。

「わたしの大切な『花』に何があったのかと聞いておる。……答えられぬ口ならば、必要ないな？」

ひいぃぃっ、と二人の口から、堪えきれぬ悲鳴が洩《も》れる。

「も、申し訳ございません……っ」

「陛下の大切な方とはつゆ知らず……っ」

「つまり、謝罪せねばならぬ悪事を働いたと認めるわけだな？」

ウォルフレッドの声がさらに低く、冷たくなる。

放たれる威圧感《いあつかん》に、トリンティアも恐怖《きょうふ》に喉《のど》が干上《ひあ》がって息ができなくなる。矛先《ほこさき》を向けられた二人は、震えるばかりで声すら出ない様子だ。

「答えられぬなら、やはり口はいらんな。舌を引き抜くか、首ごと斬《き》るか……」

鞭打《むちう》たれたように震えた二人から、もはや泣き声なのか悲鳴なのか判然としないすすり泣きがこぼれ出る。思わずトリンティアはウォルフレッドを振り返り、腕を摑《つか》んでいた。

「ど、どうかそこまでではお許しくださいませ……っ！　行き違《ちが》いがあっただけなのです！

二人は、私が死んだものと思ってリボンを……！」

トリンティアを見下ろしたウォルフレッドが首を傾げる。

「お前は、この二人に罰《ばつ》を与えずともよいのか？」

「もちろんです！　罰など望んでおりません！　リボンを返してもらえたら十分です！」

「だ、そうだ」

平淡《へいたん》なウォルフレッドの声を聞いた途端、同僚がさっとリボンを取り、恭《うやうや》しく差し出す。

受け取ろうと一歩踏《ふ》み出した瞬間《しゅんかん》、左の足首がずきりと痛んだ。突き飛ばされた時にひねったらしい。が、ウォルフレッドの気が変わらぬうちにと、痛みを無視して受け取る。

「では行くぞ」

戸口へ戻ってきたトリンティアの手をウォルフレッドが握《にぎ》り、大股《おおまた》に歩きだす。必死についていこうとしたが、数歩も行かぬうちに、痛みに足がもつれた。

「おい!?」

つんのめったトリンティアを、振り返ったウォルフレッドが素早《すばや》く抱きとめる。

「も、申し訳ございません……っ」

立とうとするが、痛みで足に力が入らない。と、不意にふわりとウォルフレッドに横抱きに抱き上げられた。

「っ⁉　下ろしてくださいませ！」

反射的に足をばたつかせた拍子《ひょうし》に痛みが走り、呻《うめ》き声が洩れる。足に視線を向けたウォルフレッドが、凜々しい面輪をしかめた。

「足を挫《くじ》いたのか？」

「す、少しひねっただけです！　大丈夫《だいじょうぶ》ですから、下ろしてください！」

「立てなかったくせに何を言う？　もっとひどく痛めたいのか？」

トリンティアは身をよじるが、ウォルフレッドは危なげもなくすたすたと歩き続ける。

たまたま向こうから来た従僕が、ウォルフレッドとトリンティアを目にした途端、信じられぬものを見たように凍りつく。かと思うと、弾《はじ》かれたように片膝《かたひざ》をついて頭《こうべ》を垂れた。

ウォルフレッドは一瞥《いちべつ》すらせず前を通り過ぎるが、トリンティアはとてもではないが、冷静ではいられない。どうにかして姿を消せないかと、無駄《むだ》と知りつつ身を縮める。

「本当に下ろしてください！　このままでは、陛下によからぬ噂《うわさ》が立ちかねません！」

必死で訴《うった》えると、ウォルフレッドがはんっ、と鼻を鳴らした。

「今さら、『冷酷皇帝』に悪名のひとつや二つ加わったところで、何も変わらぬ」

ウォルフレッドは自分が陰《かげ》でなんと呼ばれているか、知っているらしい。端整《たんせい》な面輪に、凄《すご》みのある冷笑《れいしょう》が浮かぶ。

「いったいどんな噂が流れるか、楽しみだ」

腕の中で震えている間に皇帝《こうてい》の私室に着く。奥へと進んだウォルフレッドがトリンティアを下ろしたのは布張りの長椅子《ながいす》だった。

「待っていろ」

一方的に言い置いたウォルフレッドが、立派な戸棚《とだな》から簡素な木箱を持ってくる。ぱかりと開けた木箱の中には、いくつもの小さな壺《つぼ》や包帯が入っていた。どうやら薬箱らしい。と、不意にウォルフレッドが目の前の床に膝をついて屈《かが》み、トリンティアは度肝《どぎも》を抜《ぬ》かれた。

「足を出せ」

言葉と同時に、ウォルフレッドが左足を取り、丁寧《ていねい》に靴《くつ》を脱《ぬ》がせる。乱暴な口調とは裏腹に、手つきは驚《おどろ》くほど優《やさ》しい。が、感心している場合ではない。

「だ、大丈夫ですから！　こんなの、放《ほう》っておけばすぐに治りますっ！」

足を引っ込めようとするが、大きな手にしっかりと左足を摑まれていて敵《かな》わない。

「放っておけるわけがなかろう。『花の乙女《おとめ》』のお前が怪我《けが》をしたら困るのはわたしだ」

「で、ですが、陛下に診《み》ていただくなんて……、っ！」

不意に足首にふれられ、痛みに呻く。

「痛いくせに無理をするな。……ああ、お前が言った通り、ひねっただけのようだな」

木箱に納められていた壺のひとつから、どろりとした軟膏《なんこう》をすくったウォルフレッドが、膝の上にのせて固定したトリンティアの足首に、丁寧に塗《ぬ》り広げる。ミントが入っているのだろうか。青臭《あおくさ》い草の匂《にお》いに混じって、かすかに清涼《せいりょう》な香りが届く。

慄《おのの》くトリンティアをよそに、手慣れた様子でウォルフレッドが足首に包帯を巻いていく。

「……なぜ、庇《かば》った？」

「え？」

不意に問われて、トリンティアはきょとんと瞬《まばた》いた。足首に視線を落としたまま、ウォルフレッドが淡々《たんたん》と問う。

「ひねったのは、突き飛ばされた時だろう？　怪我まで負わされたというのに、なぜ、あの者達を庇った？　庇う必要もない厚顔無恥《こうがんむち》な輩《やから》だというのに」

心底理解できぬと言いたげなウォルフレッドの声。

「なぜかと問われましても……。先ほどは夢中で……。それに、勝手にリボンを使っていただけで罰せられるなんて、気の毒ですし……」

あのまま放っておけば、ウォルフレッドが苛烈《かれつ》な罰を与えそうで。そう思った瞬間、勝手に身体が動いていた。

「だが、大切なリボンなのだろう？」

「それはその通りです！　ですが、二人に罰を受けてほしいとまでは思いません」

きっぱりと告げると、ウォルフレッドが不愉快《ふゆかい》そうに眉を寄せた。

「お人好《ひとよ》しすぎるな、お前は。見たところ、あの二人の横暴は今回に限らぬようだが」

見てきたように断言され、言い淀《よど》む。

「それ、は……。私がいつもいたらないせいなので……」

サディウム家でも、「役立たず」とどれほど罵声《ばせい》を浴びせられてきただろう。

「お前の言い分はわかった。だが」

ウォルフレッドの強い声に、導かれるようにうつむいていた面輪を上げる。晴れた空と同じ碧《あお》い瞳《ひとみ》が、真っ直《す》ぐにトリンティアを見つめていた。

「お前はわたしの『花の乙女』だ。あのような小物に侮《あなど》られることは、わたしが許さん」

「す、すみませ──」

「それと」

謝ろうとした声を、ウォルフレッドが遮《さえぎ》る。

「少なくとも、わたしはお前を役立たずとは思っておらんぞ」

「っ！」

息が詰《つ》まる。思わずまじまじとウォルフレッドの端整な面輪《おもわ》を見つめ返すと、訝《いぶか》しげに首を傾《かし》げられた。

「なぜ、泣く？」

言われて初めて、涙《なみだ》が頰《ほお》を伝っているのに気づく。

「す、すみませんっ。これ、は……」

役に立っていると、面と向かって言ってもらえたことなど、初めてで。

「嬉《うれ》しく、て……」

泣き止《や》まねばと袖口《そでぐち》でぬぐっても、涙は後から後からあふれてくる。

みっともない姿を見られたくなくて顔を背《そむ》けようとすると、包帯を巻き終えたウォルフレッドに、顔を覆《おお》っていた手を摑まれた。

驚く間もなく、腰《こし》を浮《う》かせたウォルフレッドの面輪が眼前に迫《せま》り。

ちゅ、と濡《ぬ》れた頰にくちづけられ、思考が止まる。

「なっ、ななな何を……っ!?」

押し返したいのに、ウォルフレッドに両手を摑まれていて敵わない。

「これも、ある意味では『乙女の涙』だと思ってな」

ふ、と笑《え》みをこぼしたウォルフレッドの唇《くちびる》が、濡れた頰を辿《たど》ってゆく。ぎゅっと目をつむって顔を背けても逃《に》げられない。

ちゅ、ちゅ、と涙をすい取られ、恥《は》ずかしさで思考が沸騰《ふっとう》する。

何とか逃げたくて身をよじった拍子に、体勢を崩《くず》した。

「ひゃっ」

長椅子に横倒《よこだお》しになったトリンティアの上に、ウォルフレッドが覆いかぶさってくる。

ぎゅっと目をつむったままのトリンティアの感覚が、あたたかな重さと甘やかな麝香《じゃこう》の香《かお》りを捉《とら》える。押し寄せる香気《こうき》に息が詰まりそうだ。

「へ、陛下……っ!?」

「大人しくしていろ」

抗《あらが》うトリンティアに、ウォルフレッドが短く命じる。だが、いくら『冷酷皇帝《れいこくこうてい》』の命令でも、じっとしているなんて無理だ。と、ぺろり、と湿《しめ》ったものが頬を舐《な》めあげる。

「ひゃあぁっ⁉」

ばたつかせた足が、がん、と長椅子の縁《へり》にぶつかった。

「痛っ」

トリンティアの悲鳴に、ウォルフレッドが我《われ》に返ったように身を離《はな》す。

「……痛みは？」

床《ゆか》に降りたウォルフレッドがふたたび跪《ひざまず》いて、ぶつけた左足を手に取る。トリンティアは慌《あわ》てて身を起こすと暴れたせいで乱れたスカートを押さえた。左足がじんじんと痛い。が、それよりも。

「あ、足よりも、心臓のほうが壊《こわ》れそうです……っ」

ばくばくと身体《からだ》から飛び出しそうなほど、心臓が暴れ回っている。

トリンティアの返事に、目を瞬いたウォルフレッドがふは、と笑う。

「なら、大丈夫《だいじょうぶ》そうだな」

ウォルフレッドは、いったい何を見て大丈夫だと判断したのか。痛いくらいに、心臓がばくばく鳴っているのに。

「……夕べは試し損ねたゆえ、試してみる価値はあるかと思ってな。お前の涙でも、苦痛を癒《いや》す効果はあるようだ」

「っ！」

告げられた瞬間《しゅんかん》、夕べの激しいくちづけを思い出し、ぼんっと思考が沸騰する。同時に、狼《おおかみ》の顎《あぎと》に晒《さら》された恐怖《きょうふ》を思い出し、ふるりと身体が震《ふる》えた。

「ん？　痛みが酷《ひど》いか？」

「い、いえ！　大丈夫です！」

不思議な方だ。狼のように冷酷《れいこく》で獰猛《どうもう》な表情を見せるかと思えば、まるで壊れ物を扱《あつか》うように、丁寧に手当てをしてくれる。と、トリンティアは自分がまだ礼を言えていないことに気がついた。

「あ、あの！　手当てをしていただき、本当にありがとうございました！」

深々と頭を下げる。返ってきたのは、照れたようなぶっきらぼうな声だった。

「礼などいらん。お前に怪我をされて、困るのはわたしだからな」

立ち上がる衣擦《きぬず》れの音がしたかと思うと、ひょい、とふたたび横抱《よこだ》きにされる。

「へ、陛下っ⁉」

「執務室《しつむ》へ戻《もど》る。まだ仕事が残っているからな」

扉《とびら》を開け、廊下《ろうか》を歩みながら、ウォルフレッドが答える。まだ仕事があるのに、わざわざ手当てをしてくれたことには感謝しかない。だが。

「お、下ろしてくださいませ！　自分で歩けますっ！」

「無理をして怪我が長引いたらどうする？　大人しく抱かれていろ」

トリンティアを見下ろす碧い瞳には、まぎれもない気遣《きづか》いが宿っている。こんな風に誰《だれ》かに優《やさ》しくされた経験なんて、エリティーゼ以外にない。心がくすぐったくて、鏡を見なくとも顔が真っ赤になっているのがわかる。

「熟《う》れた林檎《りんご》のように真っ赤になっているぞ」

からかうように笑うウォルフレッドの声を聞きながら、トリンティアは力強い腕《うで》の中で、ひたすらうつむき、身を縮ませていた。

「陛下。数刻おそばを離れている間に、信じがたい噂《うわさ》を耳にしたのですが」

夕刻。ゲルヴィスと連れ立って執務室へ入ってきたセレウスは、開口一番、整った面輪をしかめて告げた。

「ああ、俺も聞いたぜ。たぶん同じ噂だ。王城中でもちきりになってやがる」

二人の言葉を聞いた瞬間、トリンティアの胸に嫌《いや》な予感がよぎる。

「噂とは？」

トリンティアの胸中も知らず、ウォルフレッドが促《うなが》す。ゲルヴィスが、傷のある頬に楽しくて仕方がないと言わんばかりの笑みを浮かべた。

「『冷酷皇帝』がついに『花の乙女《おとめ》』を見つけて、溺愛《できあい》しているらしいって噂っすよ。陛下、俺達がいない間に、いったいナニをなさってたんすか？」

にやにやと笑う様子は、今朝、昨夜《さくや》のことを尋《たず》ねた時とまったく同じ表情だ。

ウォルフレッドの足元に座り込んだトリンティアは、泣きたい気持ちになる。というか、溺愛などされていないのに、どこをどう間違《まちが》って広まってしまったのか。

「ふむ。意外と広まったものだな」

当の本人はいっそ感心するほど泰然《たいぜん》としている。いち早く反応したのはセレウスだった。

「揺《ゆ》さぶりをかけられるおつもりですか？」

トリンティアが見上げる先で、ウォルフレッドが唇を吊《つ》り上げる。端整《たんせい》な顔立ちだけに、得も言われぬ凄《すご》みが漂《ただよ》った。

「さて……。どれほどの貴族どもが動くだろうな？」

「何を企《たくら》んでらっしゃるんで？」

わくわくした表情でゲルヴィスが問う。ウォルフレッドがくつりと喉《のど》を鳴らした。

「貴族どもに一石を投じてやるだけだ。わたしが『花の乙女』を得たことで、大人しく恭《きょう》順《じゅん》するなら、それでよし。腹に一物抱《かか》える輩《やから》も、『花の乙女』を得たと知れば、穏《おだ》やかではいられまい。あれこれ画策して動いてくれれば、尻尾《しっぽ》を摑《つか》みやすくなるからな」

「けど陛下、そりゃあ……」

ゲルヴィスがいかつい顔をしかめ、歯切れ悪く呟《つぶや》く。ぴり、と空気が紫電《しでん》を孕《はら》んだ。

「決して手出しはさせぬ」

真っ向からゲルヴィスを睨《にら》み返し、きっぱりとウォルフレッドが断言する。

「今度こそ、手折《たお》らせはせん。不届き者が現れれば、即刻《そっこく》、返り討《う》ちにしてやる」

強い声音《こわね》で告げたウォルフレッドが、顎《あご》をしゃくってトリンティアを示す。

「というわけで、どうだセレウス。こいつは表に出せそうか？」

三人の視線が集中し、トリンティアは机の陰《かげ》でびくりと身体を震わせた。何だろう。大切なことが、トリンティア抜《ぬ》きでどんどん進められている気がする。

値踏《ねぶ》みするような目でトリンティアを見つめていたセレウスが嘆息《たんそく》する。

「……お望みの程度によりますが。イルダ殿《どの》の腕に希望をかけるしかないかと」

「侮《あなど》られぬ程度に繕《つくろ》えれば、それでよい。わたしの代で初めての『花の乙女』だからな」

「……善処いたしましょう」

セレウスが真冬に花を咲《さ》かせろと命じられたかのように吐息《といき》する。が、トリンティアはそれどころではない。

「わ、私に何をさせるおつもりなんですか……っ⁉」

「察しがよいな」

ウォルフレッドが笑うが、褒《ほ》められた気などしない。むしろ、首元に狼の牙《きば》がかかったように恐《おそ》ろしい。トリンティアは震えながら首を横に振《ふ》る。

「む、無理です！　できませんっ！　私にできることなんて、たかが知れています！」

「何をするかもわからぬのに、なぜ無理と言い切れる？」

じりじりと後ずさろうとした途端《とたん》、「離れるな」と釘《くぎ》を刺《さ》される。かと思うと、椅子《いす》を引き、身を屈《かが》めたウォルフレッドに強引《ごういん》に横抱きにされた。

「ひゃあぁっ⁉　何をなさるんですか⁉」

「おどおどし過ぎだ。もう少し、泰然としろ」

顔をしかめたウォルフレッドが命じるが、無茶《むちゃ》振《ぶ》りもよいところだ。

「む、無理です！　セ、セレウス様達もいらっしゃるのに、こんな……っ！」

「もう、他《ほか》の者にも見られたではないか。今さら、どうということもあるまい？」

「他の者も、って……。もしかして嬢《じょう》ちゃんを抱き上げて、城内を闊歩《かっぽ》なさったんすか⁉」

ぶはっ、と吹《ふ》き出したゲルヴィスが腹を抱えて大笑いする。ゲルヴィスのあけすけな反応に、トリンティアの顔にさらに熱がのぼるが、ウォルフレッドは落ち着いたものだ。

「この程度で動揺《どうよう》していては、『花の乙女』の務めは果たせんぞ？」

「で、ですが……」

羞恥《しゅうち》と混乱で、じわりと涙《なみだ》がにじんでくる。ウォルフレッドが困り果てたように形良い眉《まゆ》を下げた。

「そう怯《おび》えるな。ゲルヴィス、セレウス。何か方策はないか？　さすがに、これでは障《さわ》りが出る」

「人を動かすには、褒美《ほうび》と恐怖が手っ取り早い手段ですが……」

淡々《たんたん》と進言したセレウスの言葉を、ウォルフレッドは鼻で笑って一蹴《いっしゅう》する。

「ろくな褒美も思いつかぬ奴《やつ》だぞ？　何より、これ以上怯えさせてどうする？」

「つまり、これ以上、嬢ちゃんが怖《こわ》がらなけりゃあ、いいんすよね？」

頭をがしがしと掻《か》いたゲルヴィスが、不意にトリンティアを覗《のぞ》きこんで優しく笑う。

「嬢ちゃん、そんなに陛下が怖いのか？」

いかつい顔なのに、包容力を感じさせる頼《たの》もしい笑《え》みに、トリンティアは引きこまれるように、こくんと頷《うなず》く。

「こ、皇帝《こうてい》陛下だなんて、雲の上の御方《おかた》であまりにも畏《おそ》れ多くて……っ。それに……」

はっと我《われ》に返り、口をつぐむ。が、ウォルフレッドは聞き逃《のが》してくれなかった。

「それに、何だ？」

「な、何でもございませんっ」

ぷるぷるとかぶりを振ると、す、と碧《あお》い瞳《ひとみ》が眇《すが》められた。刺すような威圧感《いあつかん》に心臓が縮み、身体《からだ》ががたがた震《ふる》え出す。

「あー、陛下？　さらに怯えさせてどうするんすか」

ゲルヴィスが呆《あき》れたように口を挟《はさ》む。次いで、トリンティアに向けられたのは、先ほどと同じ、慈愛《じあい》に満ちた笑みだ。

「嬢ちゃん。陛下が怖い理由があるのなら、正直に教えてくれねぇか？　大丈夫だ。何を言っても嬢ちゃんに罰《ばっ》を与《あた》えたりしないと、俺が保証する」

きっぱりと告げられた頼もしい言葉に、心が揺れる。おずおずと視線を上げると、目が合ったゲルヴィスが力強く頷いた。

ウォルフレッドとセレウスは恐ろしいが、ゲルヴィスは見た目とは裏腹に、あまり恐ろしくはない。いつも皿に料理を盛ってくれるし、三人の中では一番心許せる存在だ。

「そ、その……」

意を決して、トリンティアは震える唇《くちびる》を開く。

「わ、私は粗忽者《そこつもの》ですから……。『冷酷皇帝《れいこくこうてい》』と呼ばれてらっしゃる陛下に粗相《そそう》をしてしまったら、どんな罰を受けるかと思うと、怖くて……」

かつてサディウム家で受けた折檻《せっかん》の記憶《きおく》が甦《よみがえ》り、震えが止まらなくなる。ただでさえ、痩《や》せっぽちなトリンティアでは、絶対に力では敵《かな》わないのに。高圧的に責められ、折檻されたら、トリンティアにはもう、泣いて許しを請《こ》うことしかできることがない。しかも、泣いたら泣いたで鬱陶《うっとう》しい、とさらに蹴《け》り飛ばされるのだ。

「なるほど……」

何やら考え深げに呟いたウォルフレッドが軽く視線を向けると、心得たようにセレウスとゲルヴィスが執務室《しつむ》を出ていく。トリンティアが止める間もなかった。

「わたしの、どこが怖いのだ？」

「……え？」

静かに問われた内容に、トリンティアは間抜《まぬ》けな声を洩《も》らす。おずおずと視線を上げると、真剣《しんけん》な表情をしたウォルフレッドと目が合った。碧い瞳が、心の奥底まで見通そうとするかのように、真っ直《す》ぐにトリンティアを見下ろしている。

「わたしのどこが怖いのだ？　直せるところがあれば、善処しよう」

予想だにしていなかった言葉に面食《めんく》らう。まさか、ウォルフレッドがそんな譲歩《じょうほ》をしてくれるなんて、思ってもみなかった。

「ああ、先に言っておくが」

思考が働かず、呆然《ぼうぜん》と見上げていると、ウォルフレッドが口元を歪《ゆが》めた。

「『冷酷皇帝』というのは、わたしとセレウスで広めた噂《うわさ》だぞ」

「……え？」

理解の範疇《はんちゅう》を超《こ》えて、思考がぷすん、と焼き切れる。

凄惨《せいさん》な噂とともに恐ろしげに囁《ささや》かれる、陰での呼び名。それを、自ら広めたとは。

「どうして、ですか？　どうしてそんなことを……？」

考えるより早く、するりと疑問がこぼれ出る。

「今の銀狼国には、『強い王』が必要だからだ」

ウォルフレッドが強い声音で即答《そくとう》する。

「強い、王様……ですか？」

わからないと言いたげなトリンティアの表情を読み取ったウォルフレッドが苦笑《くしょう》する。

「前皇帝は『弱い王』だった。『乙女《おとめ》の涙』で苦痛を癒《いや》すのではなく、『花の乙女』に溺《おぼ》れ、政《まつりごと》を顧《かえり》みず……。結果、貴族達は好き勝手にふるまい、国は乱れた」

黙《もく》したまま見上げるトリンティアに、ウォルフレッドが問う。

「わたしが前皇帝の皇子ではなく、甥《おい》だということは知っているな？　皇位争いを制して皇帝となったことも」

こくんと頷くとウォルフレッドが続ける。

「一年半に及《およ》ぶ皇位争いにより、もともと乱れていた銀狼国は決定的に乱れた。今や、各領の貴族達は己《おのれ》の権勢を伸《の》ばし私腹を肥やすことに夢中で、皇帝に忠誠を誓《ちか》っている者など、皆無《かいむ》に等しい。……己の足元が、ゆっくりと腐《くさ》り始めていることにも気づかずに」

二人きりの執務室に、ウォルフレッドの低い声だけが揺蕩《たゆた》う。

「今、銀狼国に必要なのは、領主や貴族どもの反発を有無《うむ》を言わせず押さえつける力を持つ『強い王』だ。国をまとめられず、貴族達の横暴を許していれば、早晩、ふたたび内乱が起きるか、他国に攻め入《せ》られよう」

ウォルフレッドの言葉に、身体に震えが走る。

皇位争いの時、戦《いくさ》に駆《か》り出された男達が帰らなかったり、帰ってきても怪我《けが》を負って働けなくなり、税が払《はら》えず一家が離散《りさん》したという話は、嫌《いや》というほど伝え聞いた。

幸いサディウム領は戦禍《せんか》に巻き込まれずに済んだが、攻め入られて畑に火を放たれたり、村が焼かれた領は、冬を越《こ》す食料がなく、山のような餓死者《がし》が出たという噂も耳にした。

「ふたたび戦が起これば、真っ先に苦しむのは民《たみ》であろう」

ウォルフレッドの端整な面輪《おもわ》が悼《いた》むように歪む。

「何十人、何百人と屠《ほふ》ってきたわたしが言えることではないと、承知している。だが……。これ以上、無辜《むこ》の民に、無用な血を流させたくはないのだ」

真摯《しんし》な願いがこめられた言葉。

「わたしがすぐに皇位から追い落とされることになれば、ふたたび内乱が起こるのは必至だ。それを避《さ》けるためにも、わたしは『強い王』として、反皇帝派の貴族達を従わせなければならぬ。──たとえ、恐怖《きょうふ》で縛《しば》りつけることになろうとも」

「だから、『冷酷皇帝』の噂を……？」

トリンティアの問いに、ウォルフレッドが迷いなく頷く。

「そうだ。手っ取り早く人を従わせるのに、恐怖は有効だからな」

「……よいのですか？」

するりとこぼれた疑問に、ウォルフレッドが不思議そうな顔をする。

「何がだ？」

問い返されて、言い淀《よど》む。トリンティアには、政治のことなど、まったくわからない。

けれど、罵《ののし》られ、蔑《さげす》まれる心の痛みはわかるから。

「自分から望んだとしても、『冷酷皇帝』と呼ばれるのは、お辛《つら》くないですか……？」

心配になって問うた途端《とたん》、ウォルフレッドが虚《きょ》をつかれたように瞬《まばた》いた。

かと思うと、思わず見惚《みほ》れてしまうような柔《やわ》らかな笑みを浮《う》かべる。

「そんなことを聞いたのは、お前が初めてだ」

「も、申し訳――、ひゃっ」

とんちんかんなことを言ったのかと思い謝ろうとした途端、身を屈《かが》めたウォルフレッドに額にくちづけされた。麝香《じゃこう》の香《かお》りが強く薫《かお》る。

「あ、あの……っ⁉」

うろたえて見上げると、額から唇を離《はな》したウォルフレッドに視線を合わせて覗き込まれた。碧い瞳に見つめられるだけで、顔がますます熱を持つ。

「『花の乙女』であるお前に誓おう」

そ、と大きな手のひらがトリンティアの手を握る。反射的に、ぴくりと身体が震えた。

「『冷酷皇帝』と呼ばれるわたしだが、お前を傷つけることは決してせぬ。それゆえ……」

眉《まゆ》を下げたウォルフレッドが、困ったように微笑《ほほえ》む。

「そう、怯《おび》えてくれるな」

「も、申し訳ございません……っ」

『冷酷皇帝』が、ウォルフレッドが自ら広めた噂だと知って、ほんの少しだけ安堵《あんど》したのは確かだ。だが、だからといって、恐怖がすべて消え去ったわけではない。

けれど同時に、命じれば済むものを、真摯に頼むウォルフレッドを信じたくもあって。

「で、できる限りの努力をいたします……」

ウォルフレッドの頼みに応《こた》えられたらと思う。

罰を与えられるのが恐《おそ》ろしいからという理由だけではなくて、エリティーゼ以外で初めてトリンティアに優《やさ》しくしてくれた人に、恩返しができたら、と。

第三章　冷酷皇帝は『花の乙女』に誓う

ウォルフレッドに足の手当てをしてもらった翌日。

十数人もの貴族達が居並ぶ謁見《えっけん》の間で、ウォルフレッドのそばの椅子《いす》に腰《こし》かけたトリンティアは、震《ふる》え出さないように、絹の手袋《てぶくろ》に包まれた両の拳《こぶし》を、膝《ひざ》の上で握《にぎ》りしめていた。

顔の前に垂れたヴェール越《ご》しに、ちらちらとこちらに向けられる貴族達の視線を感じる。

正体を見極《みきわ》めようと言わんばかりの胡乱《うろん》げな視線は刃《やいば》のようだ。

そっと視線を動かせば、斜《なな》め前の玉座に尊大に座すウォルフレッドと、その両脇《りょうわき》に立つゲルヴィスとセレウスの姿が見える。

古めかしい型の白い絹のドレスを着せられたトリンティアは、『花の乙女』として謁見に同席せよ」と命じられ、わけもわからぬままここにいる。皇帝《こうてい》であるウォルフレッド達と共に、壇上《だんじょう》の玉座にいるなんて……。誰《だれ》か、これは夢だと言ってほしい。

『何も言わずに、ただ大人しく座っていろ。それだけでよい』

とウォルフレッドに命じられた通り、トリンティアは気を抜《ぬ》くと震え出しそうな身体《からだ》をひたすら叱咤《しった》して、ぴんと背筋を伸ばして座り続けている。

貴族達がウォルフレッドに謁見を求めた理由は、約半月後に開催《かいさい》されるという『天哮の儀』について、進言したいことがあるためらしい。貫禄《かんろく》のある老貴族を中心とした一団の言い分を聞くに、彼等は『天哮の儀』を執《と》り行ってほしくないようだ。

「陛下のご威光《いこう》は銀狼国にあまねく知れ渡《わた》っております。祝福する『花の乙女』もまだ見つかっておらぬというのに、玉体に負担をかけてまで執り行わずとも、陛下の御代《みよ》に翳《かげ》りが差すことなど決して……」

「ほう。それで、貴族どもに『天哮の儀』も満足に執り行えぬ新皇帝と侮《あなど》られよと？」

進言を途中で叩《たた》き斬るように、ウォルフレッドが冷ややかな声を上げる。ひやり、と謁見の間の温度が下がった気がして、トリンティアはさらに強く両手を握りしめた。

進言した貴族が、「め、滅相《めっそう》もございません！」と青い顔で首を横に振《ふ》る。

「わたくしどもは陛下の御身《おんみ》を案じているだけでございます！　尊き陛下の身を案じるのは、臣下として当然のことでございましょう？」

「なるほど。主人思いの臣下を得て、わたしは幸運だな」

ウォルフレッドがゆったりと頷《うなず》く。端整な面輪に浮《う》かんだ小さな笑《え》みに、謁見の間の空気が、春の雪解けを迎《むか》えたかのように、ほっと緩《ゆる》む。

「でしたら――」

「だが」

期待を込めて開かれた貴族の口を、針のように鋭《するど》いウォルフレッドの声が縫《ぬ》い留める。

「おぬしらの心配は無用となった。ようやく『花の乙女』を得たのでな」

「っ！」

瞬間《しゅんかん》。トリンティアは視線の矢に貫《つらぬ》かれて、息絶えるかと思った。

貴族達が一斉《いっせい》にトリンティアを見つめる。驚愕《きょうがく》、疑《ぎ》惑《わく》、怒《いか》り、憎悪《ぞうお》……。ありとあらゆる負の感情がヴェール越しに叩きつけられ、堪《こら》えきれずに身体が震える。

今すぐここから逃《に》げ出したい。だが、心とは裏腹に身体が震えて、指一本たりとも動かせない。ただただ、合わなくなった歯の根がかたかたと鳴るだけだ。

「揃《そろ》いも揃って恐ろしげな顔で睨《にら》むな。わたしの『花』が怯えているではないか」

不意に、あたたかく大きな手に右手を包まれる。摑《つか》まれた指の先を見上げると、いつの間にか玉座を離れ、トリンティアの椅子の横に立つウォルフレッドの姿が目に入った。

大丈夫《だいじょうぶ》だと言いたげな碧《あお》い瞳《ひとみ》を見た途端、震えが止まる。トリンティアの手をすっぽりと包むあたたかな手は、思わず縋《すが》りつきたくなるほど頼《たの》もしい。

つ、と眼下の貴族達を見下ろす端整な横顔を、魅《み》入《い》られたように見つめ続ける。

「へ、陛下……っ！　ひとつお聞かせくださいませ……！　その『花の乙女』は、どちらで見《み》出《いだ》されたのでございますか⁉」

信じられない――。そう言いたげな切羽《せっぱ》詰《つ》まった声が、貴族達の間から上がる。ウォルフレッドの唇《くちびる》が楽しげに吊《つ》り上がった。

「この乙女は、とある貴族がわたしに献上《けんじょう》したのだ」

「な……っ⁉」

雷《かみなり》が落ちたような衝撃《しょうげき》が、貴族達の間を走り抜ける。慌《あわ》ただしくお互《たが》いの顔を見合わせる貴族達の顔に浮かぶのは猜疑心《さいぎしん》だ。喘《あえ》ぐように声を発したのは、まだ若い貴族だった。

「お、恐れながら……っ。その『花の乙女』は、本物でございますか……!?」

「本物か、だと？」

ひやり、とウォルフレッドが発した怒気《どき》に、空気が凍《こお》りつく。

と、ウォルフレッドが握ったままのトリンティアの手を持ち上げた。ちゅ、と手袋越《ご》しに指先にくちづけを落とされる。反射的に手を引き抜こうとしたが、しっかりと握りしめたウォルフレッドの指が許してくれない。

「わたしの目が節穴だと言いたいのか？」

トリンティアの指先に顔を寄せたまま、ウォルフレッドが嗤《わら》う。先ほどトリンティアに見せた表情とは打って変わって、狼《おおかみ》が牙《きば》を剝《む》くように獰猛《どうもう》に。

「望むなら、今ここで銀狼《ぎんろう》の力を振るってやろう。だが……。最近、戦《いくさ》から離れ、血に飢《う》えておるのでな？　誰かの喉笛《のどぶえ》を嚙《か》み切るまで、おさまらぬやもしれんぞ？」

「ひぃぃっ！」

と、若い貴族が悲鳴を上げて情けなくへたりこむ。

椅子に座っていなければ、きっとトリンティアもへたりこんでいただろう。指先を握るウォルフレッドの手の力強さだけが、かろうじてトリンティアを現実につなぎとめている。

「おぬしらは、わたしがつつがなく『天哮の儀』を行えるか案じているようだが……」

貴族達を睥睨《へいげい》し、ウォルフレッドが迷いのない声音《こわね》で告げる。

「『天啐の儀』は予定通り行う。これは、決定事項《じこう》だ」

続いて「もう下がってよい」と告げたウォルフレッドの言葉に、金縛《かなしば》りから解き放たれたように貴族達が謁見の間を後にする。廊下《ろうか》に控《ひか》える衛兵が、分厚い扉《とびら》を閉めた途端《とたん》。

「ぶぁっはっは！　いやーっ、見物でしたね！　あの貴族どもの顔！」

ゲルヴィスが腹を抱《かか》えて大笑いする。感心した声を上げたのはセレウスだ。

「お見事でございます。貴族達の間に的確に楔《くさび》を打ち込まれましたね。誰が裏切って陛下に『花の乙女』を献上したのかと、互いに疑心暗鬼《ぎしんあんき》になっていることでございましょう」

「『花の乙女』さえ、わたしに渡さなければ、わたしが苦痛に耐《た》えきれずに自滅するだろうと、期待しているようだからな。今頃《いまごろ》、お互いに腹の内を探《さぐ》り合っていることだろう」

ウォルフレッドが人の悪い笑みを浮かべる。

「これで、勝手に瓦解《がかい》してくれたらよいのだがな。まあ、そう甘くはなかろう。せいぜいお互いを牽制《けんせい》しあって、足を引っ張り合ってくれればよい」

「しっかし、陛下もなかなかやるじゃないっすか～？　嬢《じょう》ちゃんを庇《かば》った時の甘～い雰囲《ふんい》気《き》は、溺愛《できあい》してるってゆー噂《うわさ》にいっそう真実味が増す甘さだったっすよ？」

ゲルヴィスがからかうように唇を吊り上げると、

「甘い？　何をわけのわからんことを言っている？」

ウォルフレッドが呆《あき》れたように鼻を鳴らす。

だが、トリンティアは三人のやりとりなど、ろくに聞いていなかった。

頭がくらくらする。サディウム伯爵《はくしゃく》とよく似た印象の貴族達。彼らから注がれた憎悪のまなざしが、身体に刻みつけられた恐怖《きょうふ》の記憶《きおく》を嫌《いや》でも呼び覚ます。

「鶏《とり》がら、よくやった。お前のおかげで――」

ウォルフレッドがトリンティアの右手を放す。大きな手が頭を撫《な》でようと辿《たど》り着く前に。

「おいっ⁉」

トリンティアは、ウォルフレッドの手がほどけた瞬間、意識を失っていた。


握っていた手を放した途端、糸が切れたようにふらりと傾《かし》いだトリンティアに、ウォルフレッドは度肝《どぎも》を抜かれた。椅子から落ちそうになった身体を、慌てて抱《だ》きとめる。

「どうした⁉」

呼びかけるが、返事はない。顔を隠《かく》す厚いヴェールを乱暴にめくり上げた瞬間、ウォルフレッドの視界に飛び込んできたのは、血の気を失って蒼白《そうはく》な、苦悶《くもん》に歪《ゆが》んだ面輪《おもわ》だった。

取り返せない、血塗《ちぬ》られた過去の記憶が甦《よみがえ》り、一瞬で全身が総毛だつ。

「おいっ⁉」

気を失っているだけ――。そうわかっているはずなのに、呼ぶ声が震え、ひび割れる。

生気を失った蒼白な面輪。血に染まった白いドレス。もう二度と、ウォルフレッドの名を呼ぶことはない優《やさ》しい声――。

失った過去が、ウォルフレッドを圧《お》し潰《つぶ》さんばかりに襲《おそ》ってくる。

「大丈夫です。嬢ちゃんは気を失っただけです」

ぐっ、とゲルヴィスの分厚い手のひらがウォルフレッドの肩《かた》を強く摑む。痛みすら感じるほどの強さに、ウォルフレッドはようやく我《われ》に返った。

「そう、か……。気を失っているだけか……」

自分自身に言い聞かせるように呟《つぶや》く。こぼした声は、自分でも呆《あき》れるほど頼《たよ》りなかった。

「元々、度胸とは無縁《むえん》の性格みたいですし、慣れない場所に急に引っ張り出されて、気力を使い果たしたんでしょう。少ししたら目覚めますよ」

「そうだな……」

穏《おだ》やかに言い聞かせるゲルヴィスの声に、自分を納得《なっとく》させるように頷く。

くたりと力を失った痩《や》せた身体《からだ》をそっと抱き上げ。

「しかし、このまま放《ほう》ってはおけぬ。……謁見《えっけん》の予定は、まだ入っているのだったな？」

「はい。あと三件ございます」

セレウスが即答《そくとう》する。その声は、謁見の予定を変える気など欠片《かけら》もないと言外に告げていた。急な予定変更《へんこう》が不可能なのは、ウォルフレッドとて承知している。だが、こんな状態のトリンティアを放っておくことは、断じてできない。

トリンティアの蒼白な顔を見るだけで、胸の奥が錐《きり》で突《つ》かれたように鋭く痛む。

昨日、傷つけないと誓《ちか》ったばかりだというのに、一日も経《た》たぬうちに、気を失うほどの重圧を与《あた》えてしまうとは。完全に、ウォルフレッドの読み違《ちが》いだ。

貴族達との謁見の際、震《ふる》えていた小さな手を思い出す。

『冷酷皇帝《れいこくこうてい》』を恐《おそ》れ、怯《おび》えているのだと思っていた。『冷酷皇帝』がウォルフレッドが自ら広めた噂だと知れば、少しは恐怖が減じるだろうと。だが。

力を込めるだけで握《にぎ》り潰せそうな痩せっぽちの少女が、何にこれほど怯えているのか、ウォルフレッドには想像がつかない。

「陛下?」

セレウスの声に、ウォルフレッドは思考の海から引き上げられる。今、考えなければならないことは、気を失ったトリンティアをどうするかだ。

ひとつ吐息《といき》し、ウォルフレッドはトリンティアを抱き上げたまま、隠し部屋へと歩を進める。意図に気づいたゲルヴィスが先回りしてさっと扉を開けた。

隠し部屋の中は無人だった。ウォルフレッドには騎士《きし》達の警護など必要ない。自分の身は自分で守れるのだから城下の治安を保つために巡回《じゅんかい》でもさせていたほうが、よほど良い。

昨日、トリンティアが待機していた部屋の隅《すみ》に置かれた長椅子《ながいす》に歩み寄る。そっと下ろしても、眉根《まゆね》を寄せたままのトリンティアは、まったく目覚める気配がない。ヴェールを取って乱れた髪《かみ》を優しくひと撫でると、ウォルフレッドは足早に隠し部屋を後にした。

もぞり、とトリンティアが寝返《ねがえ》りを打つと、額が固くて弾力《だんりょく》のあるものにぶつかった。

「気がついたか？」

すぐそばから、安堵《あんど》したような声が降ってくる。耳に心地《ここち》よく響《ひび》く声が誰《だれ》のものかを理解した途端、一瞬《いっしゅん》で眠気《ねむけ》が吹《ふ》き飛んだ。ぱちりと開けた視界に飛び込んできたのは、トリンティアを見下ろすウォルフレッドの端整な面輪と皇帝の私室の天井だ。寝台《しんだい》で眠るトリンティアの隣《となり》に座り、書類を読んでいたらしい。

「気分はどうだ？」

問われて、ようやく頭が動き出す。

そうだ。綺麗《きれい》なドレスを着せられ、謁見の間で居並ぶ貴族達に睨《にら》まれて、それで――。

「も、申し訳ございませんでした！」

いつの間に私室に移動したのか。飛び起き、寝台の上で平伏《へいふく》する。自分がまだ絹のドレスのままだと知って、心臓がさらに縮む。絶対に変な皺《しわ》をつけてしまったに違いない。

「誠《まこと》に申し訳ございません！　どうかお許し――」

「待て。少し落ち着け」

手にしていた書類をサイドテーブルに置いたウォルフレッドが、虚《きょ》をつかれた声でトリンティアの言葉を遮《さえぎ》る。が、落ち着いてなどいられない。

がくがくと身体が震える。顔に泥《どろ》を塗られたと、どれほど怒《おこ》っているだろう。恐ろしくてウォルフレッドを見られない。

「お前は『花の乙女《おとめ》』としての務めを果たした。むしろ、謝らなければならないのは、お前に気を失うほどの緊張《きんちょう》を強《し》いたわたしのほうだろう？」

「え……？」

耳にした言葉が信じられなくて、呆然《ぼうぜん》と顔を上げる。トリンティアを見つめるウォルフレッドの表情はひどく苦い。

「昨日、お前を傷つけぬと言ったばかりだというのに……。皇帝《こうてい》ともあろう者が約束を違《たが》えるなど、己《おのれ》のふがいなさが情けない」

「違……っ、違いますっ！」

ぶんぶんぶんっ、と首を横に振《ふ》る。

「確かにものすごく怖かったですけれど、あれは陛下のせいではなくて、その……っ」

「その、何だ？」

言い淀《よど》んだ隙《すき》をウォルフレッドが突く。

「そ、の……」

口に出してよいものか迷った末に、唇《くちびる》を引き結ぶ。驚《おどろ》きに、いっとき止まっていた震えが、ふたたび襲ってくる。

と、寝台の上に揃《そろ》えていた手を、不意にウォルフレッドに握られる。反射的に走った震えを押し止《とど》めるかのように、もう片方の手がトリンティアの頬《ほお》を包んだ。強張《こわば》りをほどくかのような、大きくあたたかな手。

「なぜ、それほど怯える？　『冷酷皇帝』が噂《うわさ》だと知ってなお、わたしが怖いか？」

痛みを孕《はら》んで不安に揺《ゆ》れる声。引き込まれるように上げた視線が、碧《あお》い瞳《ひとみ》にぶつかった。不安に揺れるまなざしを見た途端《とたん》、胸の奥が締《し》めつけられたように痛くなる。

傷つけられたことは数えきれないほどあっても、誰かを傷つけた経験なんてほとんどなくて。どうすればよいかわからぬまま、あわあわと声を出す。

「こ、怖かったのは陛下ではなくて……っ。いえ、演技とわかってさえ、陛下も十分恐ろしかったのですけれど……っ」

真っ正直に答えてしまい、ウォルフレッドの形良い眉がぎゅっと寄る。己の粗忽《そこつ》さに泣きそうになりながら、トリンティアは懸命《けんめい》に説明した。

「こ、怖かったのは、貴族の方々の視線で……っ。まるで、サディウム伯爵が目の前に大勢現れたようで、あまりに恐ろしくて……っ」

ウォルフレッドの片眉が訝《いぶか》しげに上がる。

「なぜだ？　サディウム伯爵は義理とはいえ、お前の父親だろう？」

「ち、父上だなんてっ！　そんな風にお呼びしたら、どんな折檻《せっかん》を受けるか……っ！」

身体の奥底からせり上がってくる恐怖に、がくがくと震える。ウォルフレッドの眉間《みけん》がきつく寄った。

「どういうことだ？」

固く閉《と》ざした扉《とびら》をこじ開けるような声。心の奥底まで暴《あば》くような強いまなざしに、これ以上、隠《かく》してはおけないのだと悟《さと》る。話さなければ、ウォルフレッドはさらに不機嫌《ふきげん》になるに違いない。

「サ、サディウム伯爵《はくしゃく》が、どうして私を養女にしてくださったのかはわかりません……。な、七歳くらいまでは、エリティーゼ姉様と本当の姉妹のように育てていただいたのです。けれど……」

まなざしから逃《のが》れるように深くうつむき、トリンティアは震えの止まらぬ声を紡《つむ》ぐ。

「わ、私は役立たずだったんです……っ。ある日突然《とつぜん》、そう言われて。何もかも、全部取り上げられて、お前は今日から下働きだと言われて……っ」

幼いトリンティアには、何が起こったのか、まったくわからなかった。ただ、サディウム伯爵がおとぎ話で読んだ怪物《かいぶつ》のように変貌《へんぼう》したのが恐ろしくて。それ以上に、大好きな姉と離《はな》れなければいけないのが、何より哀《かな》しくて。泣きじゃくっていると、『鬱陶《うっとう》しい！』と蹴《け》り飛ばされた。

『サディウム家の一員だなどと、間違っても思い上がるな！　お前のような役立たず、拾わずに餓死《がし》させておけばよかった！』

と。下働きとして身を粉にして働けば、少しでも怒《いか》りがとけるのではないかと期待した。

けれど、サディウム伯爵の怒りはとけるどころか、加速するばかりで……。

トリンティアが今まで世を儚《はかな》まずにいられたのは、ひとえにエリティーゼのおかげだ。エリティーゼはトリンティアが食事を抜《ぬ》かれてひもじい思いをしていればパンを差し入れてくれ、殴《なぐ》られて腕《うで》を腫《は》らしていれば、手当てをしてくれた。

「で、ですから……」

震え声はいつのまにか涙声《なみだごえ》に変じている。下を向いているとこぼれそうになる涙を固く目を閉じて堪《こら》え、トリンティアは指先を掴《つか》むウォルフレッドの手を、ぎゅっと握り返した。

「決して陛下のせいではないのです！　私が役立たずで迷惑《めいわく》ばかりおかけしているので、陛下がお怒りになるのも当然――、っ！」

不意に、ぐい、と腕を引かれる。濃厚《のうこう》な麝香《じゃこう》の香《かお》りが押し寄せたと思った時には、ウォルフレッドに抱《だ》き寄せられていた。

「もう、よい」

ウォルフレッドの低い声が耳朶《じだ》を打つ。獣《けもの》の唸《うな》り声のように轟《とどろ》く低い声。

恐怖《きょうふ》に口をつぐんだトリンティアの頬を、あふれだした感情が涙となってこぼれ落ちる。にじんだ視界の向こうで、ウォルフレッドが困ったように眉を下げたのが見えた。

「泣くな。お前に泣かれると、どうすればよいかわからぬ」

わずかに身を離したウォルフレッドが、大きな手のひらでトリンティアの涙をぬぐう。

「わたしが怒りを覚えているのはお前ではない。サディウム伯爵にだ。自分の都合で養女に迎《むか》えておきながら、年端《としは》もいかぬ少女を手酷《てひど》く扱《あつか》うなど……。反吐《へど》が出る」

碧い瞳が苛烈《かれつ》な光を宿し、怒りを孕んだ声が唸るように低くなる。

「以前から、よからぬ噂を多く耳にしていたが、やはりろくでもない輩《やから》のようだな」

「そう、なのですか……？」

サディウム領では、伯爵は絶対的な存在で、伯爵の行状に異を唱える者など、一人としていなかった。

「ああ。そのような下衆《げす》と同列に思われていたとは、不快極《きわ》まる。……いや。お前を気絶させるほど怯《おび》えさせたのだ。わたしも人のことは言えぬな」

「いいえっ」

トリンティアは思わず声を上げていた。

「陛下は恐《おそ》ろしいですが……。同時に、お優《やさ》しい方です！　私などを気遣《きづか》ってくださったばかりか、足の手当てまで……！」

必死に言い募《つの》ると、ウォルフレッドが虚をつかれた顔をした。かと思うと、ふ、と吐息《といき》とともに口元を緩《ゆる》める。

「そうか……。では、もう恐ろしくはないな？」

「え……っ⁉」

問われて、思わず固まる。同時に、ウォルフレッドに抱き寄せられているのを思い出して、かぁっ、と頬に熱がのぼった。

「そ、それはその……っ。やはり、畏《おそ》れ多すぎまして……っ」

腕の中から逃れようとすると、逆にぎゅっと抱き寄せられる。

「離れるな」

ウォルフレッドの指先が優しく髪《かみ》を梳《す》いて、片方の耳を露《あら》わにする。無防備になった耳朶にあたたかな吐息がかかった。

「お前の事情を知ろうともせず、振り回して悪かった……。お前が『花の乙女』である以上、今後もお前に苦労をかけることは否《いな》めん。だが」

気を失っているうちにほどかれ、乱れていた長い髪を、ウォルフレッドの骨ばった手があやすように撫《な》でる。

「これだけは、誓《ちか》おう。わたしはサディウム伯爵のように、暴力をお前に振るうことは決してせぬ。絶対にだ。お前がわたしのそばにいる限り……。お前を守ろう」

真摯《しんし》で力強い声。と、ウォルフレッドが小さく微笑《ほほえ》む。

「どうだ？　これでもわたしが怖《こわ》いか？」

「そ、それは……」

「守る」だなんてトリンティアに言ってくれた人は、今まで一人もいなかった。

エリティーゼでさえ、サディウム伯爵の目の届かないところでは助けてくれたものの、正面から伯爵の意に逆らうことはできず……。

ウォルフレッドは今までトリンティアが経験したことのない近さで優しくふれてくるの

で、いったいどうすればよいのかわからない。

優しい。けれども恐ろしい。それをどう伝えたらよいかわからず言葉を探しあぐねていると、ウォルフレッドにもう一度、頭を撫でられた。

「答えられぬのならば、無理に答えずともよい。急に印象を変えよと言っても難しかろう。そのうち、慣れてくれればよい。わたしも、お前を怖がらせぬように努めよう」

子どもをあやすような優しい手つきと声に、ほっとして息を吐《は》き出す。

「だが……。先ほどの話は気にかかるな」

不意に低くなった声に緊張《きんちょう》する。思わずウォルフレッドを見上げると、予想以上の近さに端整な面輪《おもわ》があった。ぱくりと心臓が跳《は》ねる。

身動《みじろ》ぎして逃れようとするが、ウォルフレッドの腕は離れない。

「離れるなと言っただろう？」

「で、ですが……」

心臓がばくばくと騒《さわ》いでいる。

「慣れるためにも、このくらい我慢《がまん》しろ」

「は、はい……」

せめて、凜々《りり》しい面輪を目に入れなければ、少しは動悸《どうき》も収まるかとうつむいたトリンティアの耳に、ウォルフレッドの低い呟《つぶや》きが届く。

「サディウム伯爵はなぜ、お前を養女にしたのか……。理由を知っているか？　お前の両親が何者だったのかも」

「いえ、何も……」

トリンティアはうつむいたまま、ふる、と首を横に振《ふ》る。

「昔、聞いた話では、亡《な》くなった母は臨月の身で、ふらりとサディウム領へ来たそうです。そして、私を生んですぐ亡くなったと……。母を亡くした私を憐《あわ》れんで、伯爵様が私を引き取ってくれたのだと……。そう、聞いたことがあります。ですから、私は、父はおろか、母の名前さえ知らないのです……」

顔も声も、ましてや思い出の欠片《かけら》ひとつない生みの母。

トリンティアが知っているのは、母が共同墓地のどこかに葬《ほうむ》られているということと、「トリンティア」という名をつけてくれたのは、母だということだけだ。

書類上はサディウム家の養女であり、血はつながらぬが優しい姉もいる。けれど。トリンティアは時折、自分が泥水《どろみず》の中に一枚だけ浮《う》かぶ千切れた水草の葉ではないかと思う。他《ほか》の葉はちゃんと茎《くき》につながっているのに、自分だけが足元の定まらぬ泥の沼《ぬま》に立っているかのような不安感。守る者もなく、守ってくれる者もなく、たった一人。それは、なんと寂《さび》しく心細いことだろう。

『お前を守ろう』

不意に、ウォルフレッドの言葉が胸の中に甦《よみがえ》る。

初めて、トリンティアを守ると言ってくれた人。抱き寄せる腕は力強く、痛いくらい胸が高鳴って逃《に》げ出したいのに、同時に、この上なく頼《たの》もしい。

ぱくぱくと高鳴る鼓動《こどう》を感じながら、トリンティアはウォルフレッドの広い胸板《むないた》にそっと頬《ほお》を寄せた。


「嬢《じょう》ちゃん、大丈夫《だいじょうぶ》か？」

「は、はい！　ご迷惑をおかけして、本当に申し訳ございませんでした」

夕刻、ウォルフレッドの私室に入ってくるなり、開口一番に尋《たず》ねたゲルヴィスに、トリンティアは椅子《いす》に座ったまま、身体《からだ》を二つに折るようにして頭を下げた。

「いいっていいって。俺に詫《わ》びる必要なんざないさ。こっちこそ悪かったな。急にあんな場所に引っ張り出しちまってよ」

わしわしとゲルヴィスが大きな手でトリンティアの頭を撫でてくれる。乱雑な手つきにもかかわらず、感じるのはいたわりと気遣いだ。

「あの……。何か、私に御用《ごよう》がおありなのですか……？」

思えば、ゲルヴィスと二人きりになったのは初めてだ。ウォルフレッドは今は湯浴《ゆあ》みに行っている。トリンティアの問いに、ゲルヴィスは「あー」と呟きながら、トリンティアの頭を撫でていた手で、今度は自分の頭を掻《か》いた。

「いちおう、念のためつーか……。嬢ちゃんの具合が気がかりだったしな。明日からも、謁見《えっけん》の間に詰《つ》めなきゃならんだろうし……」

「今日だけではなかったんですか!?」

てっきり、今日限りのことだと思っていたトリンティアは、思わずすっとんきょうな声を上げた。気絶するなどという失態を犯《おか》したので、明日からはいつものように隠《かく》し部屋に待機するものと思っていたのだが。

「なんつーか、念のためってゆーか……」

ゲルヴィスが歯切れ悪く、もう一度「念のため」と繰《く》り返す。

「陛下が『花の乙女《おとめ》』を得たと、今日で広まっちまっただろうからな。嫌《いや》でも、嬢ちゃんに注目が集まっちまう。嬢ちゃんを一人にして、万が一のことが起こったらと気を揉《も》むよりも、目の届くところに置いておきたいっていうのが、陛下のお考えなんだろうよ」

苦笑いをこぼしたゲルヴィスを見上げ、トリンティアは思い切って、胸の中にずっと巣くっていた疑問を口にした。

「あの、ゲルヴィス様。ひとつ、おうかがいしたいんですけれど……」

「おう、何だ？」

「あの……。『花の乙女』とは、そんなに重要なものなのですか？」

「へ？」

ゲルヴィスが目を丸くして気の抜《ぬ》けた声を出す。トリンティアはあわあわと言を継《つ》いだ。

「は、『花の乙女』のことはもちろん知っています！　で、でも、私なんかが、『花の乙女』とは、どうしても思えなくて……」

うなだれたトリンティアに、ゲルヴィスが困ったように吐息《といき》した。

「正直、俺にゃあ、嬢ちゃんが『花の乙女』かどうか、見分けはつかねぇ。見分けられるのは銀狼《ぎんろう》の血を引く者か、同じ『花の乙女』だけだからな」

と、不意に悪戯《いたずら》っぽく片目をつむる。

「っていうか、俺みたいなのが乙女だったら不気味だろ？」

おどけたように笑うゲルヴィスにつられて、トリンティアも思わず口元が緩《ゆる》む。

「けど、他の誰《だれ》でもない、陛下が嬢ちゃんを『花の乙女』だと認めたんだろう？」

静かな声で発せられた問いにこくりと頷《うなず》くと、ゲルヴィスが破顔した。

「じゃあ、嬢ちゃんは誰が何と言おうと、『花の乙女』で間違《まちが》いない。正直、一人も『花の乙女』がいない状態が異常なんだ。本来なら常に十数人はいるもんなんだが……」

「そうなのですか？」

トリンティアは驚《おどろ》いてゲルヴィスを見返す。ゲルヴィスのいかつい顔が苦く歪《ゆが》んだ。

「ああ、王城の近くに『花の乙女』達が暮らす神殿《しんでん》があってな。見出《みいだ》された『花の乙女』達はそこで暮らすんだが……。今は無人だ。内乱が起こった時、皇子や貴族達が我先《われさき》に『花の乙女』を確保しようと、真っ先に攫《さら》っていっちまったからな」

淡々《たんたん》と告げるゲルヴィスの言葉に、ぞっと血の気が引く。攫われた『花の乙女』達は、いったいどうなったのだろう。

「なぜ『花の乙女』には銀狼の血を引く者を癒《いや》せるのかとか、どういう条件が揃《そろ》えば『花の乙女』として生まれてくるのかについては、わりぃ、俺も知らねぇ。何人もの学者が建国神話を研究してるが、まだ真実に辿《たど》り着いた者はいないって話だしな。が、実際に『花の乙女』と『乙女の涙《なみだ》』だけが、皇族の苦痛を取り除けるのは確かだ」

「そ、それは陛下からもうかがいました。ですが……」

トリンティアは、ウォルフレッドのことを思う。

常に凜々しくて気高くて、一点の非の打ちどころもない貴公子。

「本当に、陛下は痛みに悩《なや》まされておいでなのですか？　ひどい不調を抱《かか》えてらっしゃるようには、とても見えないのですが……？」

「苦しんでらっしゃるよ」

トリンティアの言葉にかぶせるように、ゲルヴィスが即答《そくとう》する。

「今もずっと、何でもない風を装《よそお》う陰《かげ》で、あの方は、苦痛に耐《た》えてらっしゃるよ」

叶《かな》うならば、自分がその痛みを全部引き受けたい。そう言いたげな表情で、ゲルヴィスが告げる。と、いかつい顔に苦笑いが浮かんだ。

「まあ、陛下は頑固《がんこ》で意地っ張りでいらっしゃるからなぁ。俺の前ですら、弱音を吐いてくださらない。もし誰かが耳にしたら、あっという間に不利な噂《うわさ》を広められるからな」

「反皇帝《こうてい》派……」

昨日、ウォルフレッドから聞いた言葉がこぼれ出る。ゲルヴィスが険しい顔で頷いた。

「ああ。即位したものの、陛下の政治的基盤《きばん》はまだまだ弱い。その上、腐《くさ》った貴族どもが、なんとか陛下の権力を削《けず》ろうと躍起《やっき》になってるんでな」

「それほど、陛下と他の貴族の方々の確執《かくしつ》は深いのですか……？」

「前皇帝の時に、さんざん甘い汁《しる》を吸ってきたんだ。今さら、不正に手を染めずに品行方正にと言われても変われねぇのさ」

ゲルヴィスが苦い声で続ける。

「『赤眼皇帝《せきがんこうてい》』と呼ばれていた前皇帝は、『花の乙女』にうつつを抜かして、ろくに政《まつりごと》を顧《かえり》みなかった。おべっかを使う貴族どもに権力を与《あた》え、腐敗《ふはい》するに任せ……。真摯《しんし》に国の行く末を思い、忠言する者ほど疎《うと》まれ、遠ざけられた。陛下のお父上や、財務官を務めていたセレウスの父親のようにな」

一瞬《いっしゅん》、ゲルヴィスの表情が切なく歪む。懐《なつ》かしそうに。同時に泣き出しそうに。

「貴族どもの反発を抑《おさ》えるために、どれほどの苦痛に苛《さいな》まれようと、あの方は決して弱いところを見せられない。見せれば即座《そくざ》に突《つ》き上げられるからな。貴族どもは内心、陛下が苦痛に潰《つぶ》れるのを、今か今かと手ぐすね引いて待ってやがるんだろうが……。ともかく」

おほん、とゲルヴィスが咳払《せきばら》いする。

「『花の乙女』は、陛下の治世を盤石にするために、不可欠の存在なんだ。つまり嬢ちゃん、あんたがな」

真っ直《す》ぐ視線を合わせて告げられ、言葉に詰まる。

『花の乙女』がいない皇帝は、鎖《くさり》に繋《つな》がれた狼《おおかみ》と同じだ。どれほど強くても、その力を自由に振《ふ》るえねえ。鎖に繋がれたまま、餓《が》死《し》するのを待つだけだ。だが」

ゲルヴィスが、力強い声を紡《つむ》ぐ。

「陛下は、嬢ちゃんと出《で》逢《あ》えた。嬢ちゃんが陛下のおそばにいる限り、陛下は思う存分、己《おのれ》の信じるままに動くことができる。俺からも頼《たの》む。どうか、陛下のおそばで、あの方を癒してさしあげてくれ」

言うなり、大きな身体《からだ》を折り畳《たた》むように頭を下げられ、トリンティアは大いに慌《あわ》てた。

「ゲ、ゲルヴィス様！　お願いですからおやめください！　わ、私なんかに頭を下げられるなんて……っ！」

トリンティアは椅子から立ち上がると、肩《かた》に手をかけて起こそうとする。だが、トリンティアの力ではびくとも動かない。ようやく身体を起こしたゲルヴィスが、にかっと笑う。

「俺は嬢ちゃんには期待してるんだ。嬢ちゃんと会ってからの陛下は少し変わられた。皇帝になってからというもの、冷笑《れいしょう》以外の笑顔《えがお》は、とんと見せなくなってらしたからな」

「は、はあ……」

何と答えればいいかわからず、曖昧《あいまい》に頷くと、ゲルヴィスにわしわしと頭を撫《な》でられた。

「まあ、これは俺の感傷みたいなもんだから気にすんな。嬢ちゃんは、気負わずそのままで陛下にお仕えしてくれりゃあいい」

「き、気負わず、ですか……」

　無意識に声が情けなく弱まる。ウォルフレッドを前にして、緊張《きんちょう》せずにいるなんて不可能だ。だが、トリンティアを気遣《きづか》ってくれるゲルヴィスの期待を裏切りたくないとも思う。

「な、慣れる日が来るかはわかりませんが、が、頑張《がんば》ります……」

「おう。もし困ったことがありゃあ、何でも相談してくれりゃあいいからよ。あんまり陛下が怖《こわ》すぎるんなら、小さい頃《ころ》の失敗談でもなんでも教えてやるよ」

　豪快《ごうかい》に笑うゲルヴィスにつられ、トリンティアも笑みをこぼす。ウォルフレッドの情けない姿など想像もつかないが、小さい頃なら微笑《ほほえ》ましい思い出もあるのだろう。と。

「おい。何を馬鹿笑《ばかわら》いをしている」

　扉《とびら》が開く音と同時に、ウォルフレッドの訝《いぶか》しげな声が聞こえてきた。トリンティアはすぐさま床《ゆか》に平伏《へいふく》する。

「おや陛下。心配なさらずとも、単に嬢《じょう》ちゃんと楽し〜く話してただけっすよ？　なあ嬢ちゃん？」と振られて、トリンティアは顔を上げてこくこく頷く。

　が、ウォルフレッドの表情は、緩むどころか眉間《みけん》の皺《しわ》がいっそう深くなる。気難しい顔で歩み寄ったウォルフレッドが、床に座るトリンティアを見下ろした。

「なぜ、床にいる？　足に障《さわ》らぬよう、椅子《いす》から動くなと言ったはずだが？」

　え？　と思う間もなく、身を屈《かが》めたウォルフレッドがトリンティアを抱《だ》き上げる。

「で、ですが、足はもうほとんど痛くありませんから、下ろしてくださいませ！」

「ほとんどということは、まだ少しは痛むということだろう？　完治が遅《おそ》くなっては、わたしが困る。この後はお前が湯浴《ゆあ》みだろう。ついでだ、このまま運ぶぞ」

「えぇっ⁉　あの、本当《うつた》に大丈夫《だいじょうぶ》ですので……っ」

トリンティアの訴《うった》えを無視して、ウォルフレッドがすたすたと歩き始める。ぶはっとゲルヴィスが吹《ふ》き出す声が追いかけてきた。

「ゲ、ゲルヴィス様！　私はもう大丈夫ですから、陛下を説得してくださいませ！」

ウォルフレッドに横抱きにされるたび、心臓が壊《こわ》れるのではないかと不安になる。恥《は》ずかしくて、顔が上げられない。

かあっと身体中が熱いのは、風呂上《ふろあ》がりのウォルフレッドの腕《うで》の中にいるせいだろう。

「……で、お前はいつまでついてくるつもりだ？」

ウォルフレッドが後をついてくるゲルヴィスに冷ややかに問いかける。

「え？　だって、こぉんな楽しい陛下を見逃《みのが》すなんてもったいないこと、できないっすから。それに、湯浴みの間、陛下が廊下《ろうか》で待っているわけにもいかないでしょう？」

ゲルヴィスが笑いを堪《こら》えた声で答える。ゲルヴィスの言葉にトリンティアは固まった。

「陛下！　私でしたら、本当に大丈夫ですので！　陛下のご公務のお邪魔《じゃま》をしては申し訳なさすぎますから……」

ウォルフレッドと出逢ってまだたった四日だが、ウォルフレッドは夜の睡眠《すいみん》を除いて、いったいいつ休んでいるのだろうと心配になるほど働きづめだ。こんなに働く高貴な方など、初めて見た。皇帝という銀狼国で最も高い身分でありながら、ウォルフレッドはまるで使用人のように働き通しだ。これだけ働いていれば、寝《ね》つきがよいのも頷《うなず》ける。

ふ、とウォルフレッドが口元を緩《ゆる》ませる。

「公務というのなら、これも立派な公務のひとつだ。銀狼国をつつがなく統治するために、心身を整えるという意味では」

「お、畏《おそ》れながら、侍女《じじょ》を運ぶ公務なんて、絶対にないと思います……っ」

トリンティアの反論に、ゲルヴィスが吹き出す声が重なった。

「ゲルヴィスと、どんな話をしていたのだ？」

「え？」

トリンティアを横抱きにして歩きながら発された問いかけに、トリンティアはきょとんとウォルフレッドを見返した。

本当に本当に結構です！　と固辞したにもかかわらず、湯浴みが終わり着替《きが》えた時には、すでにウォルフレッドが迎《むか》えに来ていた。

「ええと、私が気を失ってしまったので、大丈夫かと心配してくださって、それと……。皇族の方々にとって、『花の乙女《おとめ》』がどれほど重要なのかをお教えくださいました……」

答えつつ、ウォルフレッドの端整《たんせい》な面輪《おもわ》を窺《うかが》う。

「苦しんでいる」と、ゲルヴィスは確信をもって断言していた。確かに、隠《かく》し部屋へ来る時のウォルフレッドはいつも、切羽詰《せっぱつ》まった表情をしている。まるで、炎天下《えんてんか》を歩く旅人が、ひととき休める木陰《こかげ》を探すような。

けれど、人前にいる時のウォルフレッドは常に冷徹《れいてつ》で威圧《いあつ》的で、不調を抱《かか》えているとは、どこからどう見ても思えない。

「どうした？」

問われて、まじまじとウォルフレッドを見つめていたことに気づく。瞬間、かあっと頬《ほお》に血がのぼった。

「い、いえっ。失礼をいたしました」

うつむき、身を縮めたところで皇帝《こうてい》の私室に着いた。いくつかの燭台《しょくだい》が灯《とも》る薄暗《うすぐら》い室内を、ウォルフレッドが淀《よど》みなく進む。奥にある天蓋《てんがい》つきの寝台《しんだい》に、そっと下ろされ。

「……で？　他《ほか》に、何を聞いたのだ？」

「そ、の……」

言い淀んだトリンティアに、次いで寝台に乗ったウォルフレッドの目が眇《すが》められる。トリンティアはひるみそうになる心を叱咤《しった》して、碧《あお》い瞳《ひとみ》を見つめ返した。

「今も、お辛《つら》くていらっしゃるのですか……？」

「っ」

ウォルフレッドが小さく息を呑《の》む。機嫌《きげん》を損《そこ》ねてしまったかと、トリンティアは思わず震《ふる》えた。

「も、申し訳ございません！　ゲルヴィス様からうかがったものですから、その、心配になってしまいまして……っ。わ、私などが、陛下をご心配申しあげても、何のお役にも立てないのはわかっているのですが……」

視線を下げたトリンティアの耳朶《じだ》を、ウォルフレッドの不思議そうな声が打つ。

「夕べも同じ事を聞いていたな。お辛くないですか、と……」

耳に心地《ここち》よく響《ひび》く低い声が、不意に揺《ゆ》れる。

「それほど、わたしは弱々しく見えるのか？」

「えっ⁉」

驚《おどろ》いてウォルフレッドを見上げる。碧い瞳には、いつになく頼《たよ》りない光が揺れていた。

「と、とんでもございません！」

トリンティアはろくに首を動かせない敷布《しきふ》の上で、必死にかぶりを振る。

「陛下はいつも凛々《りり》しくてご立派でいらっしゃいます！　ただ、その……。痛みを我慢《がまん》する辛さは、私でも少しはわかりますから……」

サディウム家では、泣けば鬱陶《うっとう》しいと、さらに蹴《け》り飛ばされたから、いつしか、声を殺して我慢するのは当たり前になっていた。けれど、泣くのを我慢したからといって、痛みまで消えるわけではない。むしろ、抑《おさ》え込んだ分、身体《からだ》の芯《しん》まで痛みがしみこんでいくようで……。ウォルフレッドも辛いのではないかと心配になったのだ。

トリンティアの言葉に、ウォルフレッドが虚《きょ》をつかれた顔になる。と。

「ひゃっ!?」

身体に腕を回したウォルフレッドに、突然《とつぜん》、ぎゅっと抱きしめられる。麝香《じゃこう》の香《かお》りが、甘く濃厚《のうこう》に薫《かお》った。

「お前は……。本当に、変わった娘《むすめ》だな。『冷酷皇帝《れいこくこうてい》』にそんなことを尋《たず》ねるなど……」

どこか呆《あき》れたような、けれども同時にどこか甘いウォルフレッドの声。骨ばった長い指先が、優《やさ》しくトリンティアの髪《かみ》を梳《す》く。

「心配はいらぬ。こうして、お前にふれていれば、痛みも寄りつかぬ」

大切に、宝物のように抱きしめられ、泣き出しそうになる。こんな風に大切に扱《あつか》われたことなんて、今まで一度だってない。

きゅぅ、と胸が痛いのは、羞恥《しゅうち》ゆえか嬉《うれ》しさゆえか、自分でもわからない。ただ。

(私なんかでも、この方のお役に立てることがあるのなら……)

トリンティアを抱きしめたまま、寝息を立て始めたウォルフレッドを見つめる。

もっと、ウォルフレッドの心を知りたい。『冷酷皇帝』の仮面の下に、いったいどんな心を隠しているのか。そのためにも。

(この方に心からお仕えしよう)

きゅっと唇《くちびる》を引き結び、トリンティアは自分の心に誓《ちか》った。

「彼女とどんな話をしたのです？」

深夜、王城内の自室に戻《もど》ろうとしていたゲルヴィスは、廊下で出会ったセレウスに問われた。「彼女」が誰《だれ》を指しているかなど、問わずともわかる。

ゲルヴィスはにやりと唇を吊《つ》り上げて、常に冷徹な表情を崩《くず》さない同僚《どうりょう》を見た。

「お前が他人のことを気にするなんて、珍《めずら》しいな。お前も嬢《じょう》ちゃんに興味があんのか？」

「陛下の治世を盤石《ばんじゃく》にするための存在ということなら、この上なく興味深いと申しあげておきましょう。彼女が『花の乙女』として申し分なく機能するかどうか。『天哮の儀』の成否、ひいては陛下の治世はそこにかかってくると言っても過言ではありませんから」

表情一つ変えず淡々《たんたん》と答えたセレウスに、ゲルヴィスは鼻を鳴らす。

「つっまんねぇ答えだな、おい」

「面白《おもしろ》い、面白くないという問題ではありません」

「へーへー。未来の銀狼国のためになるかならねぇか。大局を見据《みす》えろ、だろ？」

うんざりしながらゲルヴィスはセレウスを見やる。

セレウスがウォルフレッドに仕え始めたのは、約二年前——前皇帝が跡継《あとつ》ぎの皇太子を指名しないまま、急死した直後だった。

対応したウォルフレッドの前で恭《うやうや》しく一礼し、セレウスは言い放ったのだ。

『わたくしが主と見込んだ銀狼《ぎんろう》の血を引く御方《おかた》は、ウォルフレッド様、あなただけでございます。腐《くさ》りきった貴族どもから政《まつりごと》を取り戻し、銀狼国を正してくださるのでしたら、わたくしがあなた様を次代の皇帝にしてみせましょう』

と。ゲルヴィスは今でも考えずにはいられない。もしあの時、ひとつでもボタンを掛《か》け違《ちが》えていたら――。

前皇帝が跡継ぎを決めぬまま急死しなければ。その直後に、皇弟の地位を危険と断じた誰かにウォルフレッドの父、シェリウス侯《こう》が暗殺されなければ。セレウスがウォルフレッドの前に現れなければ。

ウォルフレッドはおそらく、皇帝になっていなかっただろうと。

ゲルヴィスはかぶりを振《ふ》って、埒《らち》もない想像を振り払《はら》う。今さら、変えようのない過去を考えても、何の役にも立たない。「もしも」を悔《く》やむ時間はとうに過ぎた。

ゲルヴィスにできることはただ、ウォルフレッドがどんな立場であろうとも、主と定めた方を守るため、剣《けん》を振るうだけだ。だが、叶《かな》うならば。

「俺は陛下の治世のため以外にも、嬢ちゃんには期待してるんだよ」

ウォルフレッドの前では決して口に出せないが、心の奥底では願っている。

いつか、敬愛するあの方が、屈託《くったく》なく笑える日がきますようにと。かつて、ゲルヴィスが幼いウォルフレッドの剣の相手をしていた時のような、まぶしい笑顔《えがお》で。

『冷酷皇帝』と呼ばれるようになった今、それがどれほど難しいのか、知っている。

けれど、たったひとりの前だけでもいいから。たとえそれが、ゲルヴィスでなくとも。

「陛下のご不調を癒《いや》すという点では、わたくしも彼女には期待しておりますよ。ですが」

セレウスの氷を連想させる薄青《うすあお》い瞳が、冷ややかな光を宿す。

「それ以上のことは、彼女にも、他の者にも求めておりません。『花の乙女』は、あくまでも陛下の健康維持《いじ》にのみ用いるべきもの。前皇帝のように色香《いろか》に惑《まど》わされ、政を蔑《ないがし》ろにするなど――言語道断です」

一瞬《いっしゅん》、殺意ともとれる蒼《あお》い炎《ほのお》がセレウスの瞳の中で燃え上がる。セレウスの父親は、政を投げ出した前皇帝に忠言し、不興を買った末に、政争に巻き込まれて処刑《しょけい》された。

『わたくしは、陛下が銀狼国のためとなる皇帝である限り、この身のすべてを捧《ささ》げてお仕えいたしましょう。ですが……。陛下が、前皇帝のように銀狼国に仇《あだ》なす皇帝となった時。その時は、わたくしが陛下を皇位から追い落としてみせます』

ウォルフレッドの即位《そくい》が決まった時、セレウスが祝いの言葉に続いて告げたのがこれだ。目を剝《む》くゲルヴィスをよそに、ウォルフレッドは悠然《ゆうぜん》と笑ってみせた。

『かまわん。前皇帝と同じ俗物《ぞくぶつ》に堕《お》ちる気はない。だが、権力とは毒を孕《はら》んだ蜜《みつ》のようなもの。もしわたしが皇帝にふさわしくないとお前が断じた時には、遠慮《えんりょ》なくわたしを皇位から引きずり下ろすがよい』

と。ゲルヴィスが呆れ混じりに二人につっこんだのは言うまでもない。

セレウスはゲルヴィスのように、ウォルフレッド個人に仕えているわけではない。セレウスが仕えているのは「己《おのれ》の理想から外れぬ皇帝」なのだから。

と、セレウスが冷笑《れいしょう》を閃《ひらめ》かせる。

「その点についていえば、あの貧相さも役に立っているといえますね。陛下がしかるべき貴族の家から妃《きさき》を娶《めと》られるまでは、寵姫《ちょうき》は不要ですから」

失礼極《きわ》まりないことを告げたセレウスが、視線を上げてゲルヴィスを見据える。

「それで、どうなのです？　陛下のお身体は、あなたの目から見て、まだ不調から回復されていないと感じますか？」

「まだだな。陛下が『花の乙女《おとめ》』も『乙女の涙《なみだ》』もなしで、何か月の間を過ごしてこられたと思っている？　半年以上だぞ？　俺はむしろ、気力だけで今までよくもってらしたと思うよ。……並の人間なら、耐《た》えられなかっただろう」

ゲルヴィスは無力感に苛《さいな》まれて息を吐《は》き出す。ゲルヴィスとて、剣の腕《うで》でも、兵の指揮でも、そうそう他《ほか》の者に後《おく》れを取るとは思っていない。だが。

皇族だけが持つ銀狼の力だけは別格だ。あれは、一瞬で戦場を引っ繰《く》り返す。

――その身を襲《おそ》う、多大なる苦痛と引き換《か》えに。

ゲルヴィスがもっと強ければ。もっと用兵を巧《たく》みに行えれば。ウォルフレッドに不要な苦痛を味わわせずに済んだのではないか、と。

苦い思いは、胸の奥深くにまで刺《さ》さった棘《とげ》のように苛む。ゲルヴィスは大きく吐息《といき》して、胸中にわだかまる靄《もや》を吐き出した。

己の思惑《おもわく》など、どうでもよいのだ。敬愛するウォルフレッドが、進みたいと思う道を望むままに進んでくれれば、それで。

そのために、ゲルヴィスはウォルフレッドの剣となったのだから。

「念のため確認《かくにん》しておきますが、『天哮の儀』までには、間に合うのでしょうね？」

否定の言葉は受け付けぬと言いたげな厳しい表情でセレウスが尋ねる。

「ああ。陛下もその点は重々ご承知だろう。そこの加減を間違《まちが》える方じゃない。それに、あれだけ四六時中くっついていりゃあ、半月後には、かなり復調なさっているだろうさ。今は、耐えていたところに『花の乙女』を得て、反動がお辛《つら》いようだが……」

幼い頃《ころ》から仕えているゲルヴィスは、他の貴族より遥《はる》かに事情にくわしい。

「他でもないあなたが言うのでしたら、信じましょう。わたくしも、下手《へた》な進言を陛下にして、ご機嫌《きげん》を損《そこ》ねたくはありませんから」

「と言いつつ、必要だと思ったら、どんな苦言だろうと策だろうと、遠慮なく進言するんだろうが」

はんっ、と鼻を鳴らすと、「当然です」と即答された。

「たとえ、陛下のご不興を買おうと、銀狼国をあるべき姿へと戻す。それが、わたくしの使命ですから。そのためには、意に染まぬことでも陛下にしていただかなければ」

ゲルヴィスのしかめ面《つら》を見て、セレウスが言を継《つ》ぐ。

「もちろん、陛下にご説明する労は惜《お》しみませんよ」

「当たりめぇだろ？　あと、進言を受け入れるかどうかは、陛下のご判断次第《しだい》だからな」

念のため釘《くぎ》を刺すと、セレウスは「その点も承知しています」と、悠然と頷《うなず》いた。

「わたくしはあくまで陛下の忠実なる手足。もし陛下がご自分で判断なさらず、臣下の進言を鵜呑《うの》みにする御方でしたら、わたくしはあの方を主に選んでおりません。臣下の言うがままに政を動かすなど、前皇帝《こうてい》と同じではありませんか」

確信をもって告げるセレウスに、ゲルヴィスは微妙《びみょう》な気持ちになる。

今の言葉だけ聞けば、セレウスほどの忠臣はいないように思われる。だが、その実、セレウスの忠誠は、ウォルフレッドではなく、銀狼国そのものに向けられているのだから。

「……お前と陛下の蜜月《みつげつ》がいつまでも続くことを願っておくよ」

溜息《ためいき》まじりに告げると、妙なところで疎《うと》いセレウスが眉《まゆ》をひそめた。

「蜜月？　わたくしは陛下と恋仲《こいなか》になった覚えはありませんが」

「俺だって、そんな不気味な想像、しちゃいねぇよ！」

ゲルヴィスはどっと疲《つか》れを感じて、はぁっ、と吐息する。

「もういい。俺も部屋に戻って寝《ね》る。お前もあんまり無理すんなよ」

若き宰相《さいしょう》として、内政を一手に担《にな》うセレウスがいったいいつ寝ているのか、王城の従者達の間で、密《ひそ》かに『不眠《ふみん》の宰相』と呼ばれているのを、ゲルヴィスは知っている。

ぞんざいに片手を上げて、ゲルヴィスはセレウスに背を向けた。

「くそっ！　あの若造めが！」

贅《ぜい》を尽《つ》くした豪奢《ごうしゃ》な室内に、怒《いか》りに満ちた声が響《ひび》く。どんっ、と天板に拳《こぶし》を打ちつけた拍子《ひょうし》に、杯《はい》につがれた葡萄酒《ぶどうしゅ》が、怯《おび》えるように紅《あか》い水面をさざめかせた。

部屋の中央に置かれた大きなテーブルを囲んでいるのは、『天哮の儀』の中止を進言した貴族達だ。

表面上はあくまでも、数か月もの間、『花の乙女』の癒しもなく公務に精勤する皇帝の身を案じ、万が一の失敗を憂慮《ゆうりょ》している貴族達が少なくないのだと訴《うった》え、皇帝自らの口から、儀式《ぎしき》を中止するという言葉を引き出す手はずだったというのに。

「『花の乙女』を手に入れただなど、聞いておらんぞ！」

壮年《そうねん》の貴族が、もう一度、怒りに任せてテーブルに拳を振り下ろす。

「『花の乙女』さえいなければ、いずれ銀狼の血によって身を滅《ほろ》ぼす！　しぶとく耐えておったが、いい加減、限界を迎《むか》える頃と思っておったのに……っ！　ふざけるな！」

「ど、どこかの貴族が裏切ったということでしょうか……？」

末席に座る青年貴族が、おずおずと問いかける。途端《とたん》、壮年の貴族に睨《にら》みつけられ、

「ひぃぃ」と情けない声を洩《も》らした。

「裏切り者だと……っ⁉　誰《だれ》だ⁉　誰が裏切った⁉」

　貴族達が疑心暗鬼《ぎしんあんき》な表情でお互《たが》いを盗《ぬす》み見る。

『冷酷皇帝《れいこくこうてい》』が喉《のど》から手が出るほど欲《ほっ》している『花の乙女』を献上《けんじょう》すれば、治世を盤石《ばんじゃく》とした功績で、どのような褒賞《ほうしょう》も思いのままに違いない。

　その誘惑《ゆうわく》に抗《こう》しきれなかった者が出たとしても、何の不思議もない。彼らはしょせん、己の富と権力を増すためだけに集《つど》っているに過ぎないのだから。

　疑心という目に見えぬ黒雲が部屋の中に渦巻《うずま》き、貴族達の不信感を育てていく。それを打ち破ったのは、最も老齢《ろうれい》の貴族のしわがれた声だった。

「本物の『花の乙女』とは、限らぬのでは？」

　全員の視線が老貴族に集中する。十分に間を取ってから、老貴族は口を開いた。

『天啤の儀』を前にして、『花の乙女』が見つかったなどと、そんな都合のよい奇跡《きせき》が起こるはずがない。そもそも、銀狼の血こそ引いているものの、あのお人好《ひとよ》しの皇弟の子が皇位につけたこと自体が、奇跡なのだ。ならば」

　老貴族は思わせぶりに言葉を切る。

「あの『花の乙女』は偽者《にせもの》ということも、十分に考えられよう。『天啤の儀』の中止を進言する我《われ》らを退けるために、侍女《じじょ》に命じて変装させたに違いない。何より、あの『花の乙女』をじっくりと見たか？　怯えて震《ふる》えていた貧相な娘《むすめ》が、『花の乙女』であるはずがなかろう」

老貴族の言葉に、貴族達の間に安堵《あんど》が満ちる。

「おっしゃる通りですな。『花の乙女』が見つかるなど……。できすぎております」

「忌々《いまいま》しい若造めが。偽者などで我らを謀《たばか》ろうとは……。天罰《てんばつ》が下るぞ！」

「もしかしたら、手をつけた侍女に変装させたのかもしれませんぞ。『冷酷皇帝』が侍女なんぞを溺愛《できあい》しているという噂《うわさ》を、昨日耳にしましたからな」

「それがあの貧相な小娘とは！　あの若造は、性格だけでなく趣味《しゅみ》まで悪いらしい」

はははははは、と嘲笑《ちょうしょう》が貴族達の間に広がる。威勢《いせい》を取り戻《もど》した同志達を見て、老貴族は満足そうに頷いた。

「あのような若造に、銀狼国を好きにさせるわけにはいかぬ。『天哮の儀』さえ成功させなければ、新皇帝の権威は地に落ち、我らに縋《すが》らざるを得ないであろう。そのためならば、『花の乙女』が本物であろうとなかろうと、大したことではない」

老貴族は優雅《ゆうが》に杯を傾《かたむ》ける。昏《くら》く沈《しず》んだ紅い葡萄酒で唇《くちびる》を湿《しめ》らせ。

「邪魔《じゃま》な花ならば、枯《か》らしてしまえばよいのだ。──前と、同じように」

第四章 冷酷皇帝と甘いお菓子を

「おい鶏《とり》がら、大丈夫《だいじょうぶ》か？」

いつものようにウォルフレッドやゲルヴィス達と四人で昼食のテーブルを囲んでいたトリンティアは、ウォルフレッドの気遣《きづか》わしげな声にはっと我に返った。

驚《おどろ》いて身動《みじろ》ぎした拍子に、両手で持っていた杯に入っていた果実水がゆらりと揺《ゆ》れる。

「は、はいっ。申し訳ございません」

慌《あわ》てて詫《わ》びるが、トリンティアに注がれたウォルフレッドの視線は動かない。

「謁見《えっけん》がそれほど大変だったか？」

「そ、その……っ」

心の中を見事に言い当てられて言葉に詰《つ》まる。

二日前、気絶するなどという大失態を犯《おか》したにもかかわらず、相変わらずトリンティアは『花の乙女《おとめ》』の白いドレスを纏《まと》い、謁見の間でウォルフレッドのそばに控《ひか》えている。

背筋を伸《の》ばし、ただただ椅子《いす》に座っているだけとはいえ、貴族達の好奇《こうき》の目に晒《さら》されるのは精神的にはかなりの負担だ。

けれど、誓《ちか》ったのだ。自分などでもウォルフレッドの力になれることがあるのなら、心からこの方にお仕えしようと。

それが『花の乙女』として謁見に同席することだというのなら、せめて迷惑《めいわく》をかけぬよう、ぴんと背筋を伸ばして座っていよう。そう思って、気合を入れて臨《のぞ》んでいたのだが、おいしい昼食を食べて、気が緩《ゆる》んでしまったらしい。

「だ、大丈夫ですっ。おなかいっぱいご飯をいただいて、少しぼんやりしてしまっただけですから……っ」

ふるふるとかぶりを振《ふ》り、手の中の杯に残っていた果実水を飲み干す。林檎《りんご》をすりおろして搾《しぼ》ったのだろう。すっきりとした甘さに疲労《ひろう》が癒《いや》される心地《ここち》がする。

「午後からは執務室《しつむ》でのご公務ですか？」

杯をテーブルに置いて問うと、曖昧《あいまい》に頷《うなず》きながらウォルフレッドが立ち上がった。かと思うと。

「ひゃあっ⁉」

不意に椅子から抱《だ》き上げられ、すっとんきょうな声が飛び出す。

「その前に、少し気晴らしにつきあえ」

「陛下？　どちらへ行かれるのですか？」

歩を進めるウォルフレッドの背中に、セレウスの声が飛んでくる。

「少し外の風にあたってくる。陽《ひ》の光も浴びぬままでは、鬱屈《うっくつ》がたまるからな」

振り返りもせず答えたウォルフレッドが部屋を出て、淀《よど》みない足取りで石造りの廊下《ろうか》を進んでいく。抱き上げられたままのトリンティアはいやおうなしに一緒《いっしょ》に行くしかない。

「あの、陛下。どちらへ行かれるのですか……？」

トリンティアが通ったこともない人気《ひとけ》のない階段をどんどん上っていくウォルフレッドに、おずおずと問いかける。

「もう着く」

悪戯《いたずら》を企《たくら》んでいるような表情で答えたウォルフレッドが、突《つ》き当たりの大きな扉《とびら》を器用に肩《かた》で押し開ける。隙間《すきま》から、まばゆい光が差し込み。

「わぁ……っ」

眼下に広がる光景に思わず歓声《かんせい》がこぼれ出る。

扉の先は広いバルコニーだった。手摺《てすり》の向こうには、王都の街並みが広がっている。遥《はる》か遠くまで連なる家々の屋根。馬車が何台も走る広い大通り。道を行き交《か》う人々の姿は豆粒《まめつぶ》のように小さいが、活気がここまで届いてきそうな気がする。

サディウム領から王都に来た時も呆気《あっけ》にとられたが、あの時は緊張《きんちょう》と不安で、景色を楽しむどころではなかった。

「すごい……」

感嘆《かんたん》の声を洩らすと、くすりとウォルフレッドが笑う気配がした。ウォルフレッドの碧《あお》い瞳《ひとみ》が、宝物を見つめるように眼下に広がる王都に向けられる。

「ここから見る景色は格別だろう？　わたしの気に入りの場所なのだ。……幼い頃《ころ》、王城に来た時は、いつも父上にねだって連れてきてもらったものだ」

抑《おさ》えきれない懐《なつ》かしさがあふれ出したかのように、ウォルフレッドの声が柔《やわ》らかくなる。

けれど、その奥に隠《かく》しきれない哀《かな》しさがにじんでいる気がして……。

気がつけば、疑問が口をついて出ていた。

「陛下のお父様、ですか……？」

尋《たず》ねた瞬間《しゅんかん》、端整《たんせい》な面輪《おもわ》が苦く歪《ゆが》む。まるで、まだ癒《い》えていない傷に不用意にふれられたかのように。

「も、申し訳……っ」

「いや、よい。不用意な発言をしてしまったのはわたしだ。お前が詫びる必要はない」

震えながら謝罪を紡《つむ》ぐと、みなまで言わぬうちに静かな声に遮《さえぎ》られた。

「お前は不思議な娘だな。お前といると、思いがけぬ言動をしてしまう。長らく訪《おとず》れていなかった気に入りの場所へ連れてくる気になったり、父上のことを思い出したり……」

鼓膜《こまく》を震わすウォルフレッドの低い声に、哀しみと苦さが混じる。

「前皇帝《こうてい》の弟であったわたしの父、シェリウス侯《こう》は――。もうこの世にはおらぬ。皇位争いの中、命を落としたのだ……」

トリンティアを抱き上げるウォルフレッドの腕《うで》に、ぐっと力が籠《こ》もる。まるで、あふれ出す感情を押し込めるかのように。

「お父様を……っ」

無意識に声が震える。抱き寄せられた腕からウォルフレッドの哀しみが伝わってくるようで、にじんだ涙《なみだ》をこぼすまいと、トリンティアはきゅっと唇を噛《か》みしめた。

と、ウォルフレッドが不思議そうな顔をする。

「……なぜ、お前が泣きそうな顔をしている？」

「え……？」

慌てて片手で目元にふれる。まだ涙はこぼれていない。けれど。

「そ、その……っ。実の両親を知らぬ私などでも、父親を亡《な》くす哀しみは想像するだけで胸が締《し》めつけられるほどですのに……っ。陛下の哀しみはいかほどかと思うと……っ！」

昨日の夜、ゲルヴィスから聞いたウォルフレッドが銀狼の血がもたらす苦痛に耐《た》えているという話を思い出す。

心も身体《からだ》も……。ウォルフレッドは、どれほどの痛みを乗り越《こ》えて皇帝の座についているのだろう。

たとえわずかでも、この方の力になることができるのなら……。

夕べ胸に湧《わ》き起こった感情が、ふたたびトリンティアの胸に押し寄せる。

だが、トリンティアが口を開くより早く。

「……すまぬ。暗い話を聞かせてしまったな」

感情にふたをするかのように、ウォルフレッドがかぶりを振る。

「どうだ？　往時の盛況《せいきょう》にはまだ及《およ》ばぬが、これでもかなり復興したのだぞ。これを、お前にも見せてやりたいと思ってな。少しは気持ちが晴れないか？」

過去を振り切ろうとするかのように、ウォルフレッドが眼下の街並みに視線を移す。

もしかして、わざわざトリンティアをここへ連れてきてくれたのは、お気に入りの場所を見せて励《はげ》まそうと、ウォルフレッドなりに気を遣ってくれたのだろうか。驚きに思わずウォルフレッドの顔を見上げる。

秋の午後の穏《おだ》やかな陽光に白銀の髪《かみ》をきらめかせるウォルフレッドは、まるで彼自身が光を放っているかのようで、見ているだけで目が眩《くら》みそうだ。

「どうした？」

問われて、ウォルフレッドに見惚《みほ》れていたことに気づき、ぼっと顔が沸騰《ふっとう》する。

「い、いえ……」

慌ててふたたび眼下の街並みに視線を落とす。

ウォルフレッドの言う通り、よくよく見れば、建築中だったり修理中の家が多い気がする。皇位争いの内乱の中で、被害《ひがい》を受けた家かもしれない。そして。

「あの、陛下。あれは……？」

トリンティアはバルコニーのすぐ下に見える王城の敷地《しきち》の一角を指さした。

半円形の巨大《きょだい》な野外劇場のようにも見えるが、舞台《ぶたい》部分はなく、代わりに半円の両側から階段が伸びており、弧《こ》の中央の一番高い部分のバルコニーで出会う構造になっている。

全体が白い大理石で造られているため、陽射《ひざ》しを浴びて、まるで輝《かがや》いているかのようだ。

修復作業中なのか、何人もの職人が忙《いそが》しそうに働く姿も見えた。

「あれは『天哮の儀』を行う場だ。お前には、あそこのバルコニーに立ってもらう」

あっさり告げられた言葉に、思考が止まる。言われた内容を理解した途端《とたん》、

「えぇぇぇぇっ⁉　む、無理です！　だ、だってあそこ、人がいっぱい入るのですよね⁉

そんな所に、私なんかが立つなんて……っ！　絶対に粗相《そそう》をするに決まっています！」

血の気の引いた顔でぶんぶんとかぶりを振る。が、ヴォルフレッドの返事はにべもない。

「別に、大したことではない。あの階段を上がって、バルコニーでわたしの肩に手を置くだけだ。子どもでもできる。貴族達が大勢いるが、そんなもの、芋《いも》と思っていればよい」

「そ、そんな風にはとても思えませんっ」

怯《おび》えてぷるぷるとかぶりを振る。人が多いというだけでも緊張するのに、それが貴族達だなんて、想像するだけで気を失ってしまいそうだ。と。

「わたしを見ろ」

強い声に、導かれるようにヴォルフレッドを見上げる。碧い瞳が真っ直《す》ぐにトリンティアを見つめていた。

「階段を上る時は、ゲルヴィスが隣《となり》についている。上に着けば――」

不意に、ヴォルフレッドが微笑《ほほえ》む。いつもつけている麝香《じゃこう》の香《かお》りのように甘く。

「その時は、わたしだけを見つめていればよい。そうすれば、余計なものなど目に入らぬだろう？」

「は、はい……っ」

傲慢《ごうまん》なほどの自信にあふれた言葉に、引き込まれるように頷く。

「あそこで行う『天哮の儀』は、わたしの皇帝としての力を示し、我が治世に問題はないと貴族達に納得《なっとく》させるために、必要不可欠の儀式《ぎしき》なのだ。絶対に、失敗は許されん」

表情を引き締めたウォルフレッドが、硬《かた》い声音《こわね》で告げる。

「そして、銀狼《ぎんろう》の血を引く皇帝に祝福を与《あた》えられるのは──。『花の乙女《おとめ》』である、お前しかおらぬのだ」

「わ、私だけ、ですか……？」

ああ、とウォルフレッドが迷いなく頷く。

「私、だけ……」

ウォルフレッドの言葉を噛みしめるように、もう一度、呟《つぶや》く。

トリンティアは首を巡《めぐ》らせると、眼下に広がる街並みを、もう一度見下ろした。

故郷のサディウム領でも見たことがない、立派でにぎやかな街並み。高台にある王城から見る街並みは、まるでおもちゃのようにも見える。だが、あの屋根の下ひとつひとつに誰《だれ》かの大切な家族がいて、日々の暮らしが営まれていて……。

大勢の貴族達の前に出るなんて、考えるだけで恐《おそ》ろしい。けれど。

「わ、私がちゃんと『花の乙女』として役目を務められたら……。もう、戦《いくさ》が起こらずに済みますか……？」

ウォルフレッドの父のように戦禍《せんか》に巻き込まれて死ぬ者が出ないようにできるだろうか。

おずおずと見上げて問うと、ウォルフレッドが虚《きょ》をつかれたように瞬《まばた》いた。と、すぐに力強い頷《うなず》きが返ってくる。

「未来のことは、誰にもわからぬ。決して戦を起こさぬと断言はできん。だが」

ぎゅっ、と力強く抱《だ》きしめられる。トリンティアの不安をすべて融《と》かしてしまうかのような、あたたかな腕。

「二度と戦を起こしたくないと考えているのは、わたしも同じだ。わたしの力が及ぶ限り、そのような事態は起こさぬと、お前に誓《ちか》おう」

きっぱりと告げたウォルフレッドの面輪《おもわ》が、不意に近づく。かと思うと。

ちゅ、と優《やさ》しく額にくちづけられ、思考が沸騰した。

「なっ⁉　ななな……っ⁉」

叫《さけ》びたいのに、陸に揚《あ》げられた魚のように喘《あえ》ぐばかりで、うまく声が出てこない。

火が出そうなほど顔が真っ赤になっているのが、見なくてもわかる。

「ん？　誓いのくちづけだけでは不満か？」

ウォルフレッドが首を傾《かし》げる。銀の髪が陽光を弾《はじ》いて柔《やわ》らかにきらめいた。

「それとも……。わたしにくちづけられるのは、額であっても嫌《いや》か？」

ウォルフレッドの形良い眉《まゆ》が心細げに下がる。

トリンティアは答えられない。けれど同時に、いつも自信に満ちあふれているウォルフレッドに、こんな不安げな顔をさせたくなくて、わななく唇《くちびる》を必死に動かす。

「し、心臓が壊《こわ》れそうになるのです……っ」

半分、泣きそうになりながら訴《うった》えると、ウォルフレッドがふはっ、と吹《ふ》き出した。

「そうか。それは困るな。お前にはまだわたしが――」

「陛下！　失礼いたします！」

ばたん、と扉《とびら》の重い音がしたかと思うと、セレウスの焦《あせ》った声が響《ひび》く。

「何があった？」

いつも冷静沈着《ちんちゃく》なセレウスの珍《めずら》しく慌《あわ》てた様子に、ウォルフレッドが眉を寄せる。

「ベラレス公爵《こうしゃく》より、陛下へ茶会への招待状が届きました」

大きく息を吐《は》き、呼吸を整えたセレウスが、ウォルフレッドを見つめ、硬い声で告げる。

「ベラレス公爵から？」

訝《いぶか》しげな声で呟いたウォルフレッドが、セレウスが恭《うやうや》しく差し出した封筒《ふうとう》を手に取る。

「お、下ります！　下ろしてください！」

さすがに抱き上げたままで手紙は読めまい。下ろされたトリンティアは、さっとウォルフレッドの後ろに控《ひか》えようとした。が。

「おい。離《はな》れるな」

はっしと腕《うで》を摑《つか》んだウォルフレッドに、抱き寄せられる。片腕をトリンティアに回して抱き寄せたまま、ウォルフレッドが封蠟《ふうろう》を押された封筒を開ける。

皇帝宛《こうていあて》の手紙を読むわけにはいかないと、トリンティアは慌てて顔を伏《ふ》せた。

「ベラレス公爵は何と言ってきているのですか？」

ウォルフレッドが手紙を読み終えた瞬間《しゅんかん》、待ち構えていたようにセレウスが問う。ウォルフレッドは一枚きりの手紙に書かれた簡潔な内容を口にした。

「多忙《たぼう》であらせられる新皇帝に、ひとときの安らぎを供したいそうだ。ぜひ、世間の喧騒《けんそう》から離れ、当家所有の別邸《べってい》へおいでくださいませ、と。――『花の乙女』も一緒《いっしょ》に、とな。期日は十日後と書いてある」

手紙を渡《わた》すと、受け取ったセレウスが素早《すばや》く目を走らせた。

「文面だけを見るなら、使者が申していた通り、内々の茶会の誘《さそ》いでございますね」

隠《かく》された意図の片鱗《へんりん》を探すかのように、便箋《びんせん》を見据えながら、セレウスが呟く。

だが、ウォルフレッドもセレウスも、これが単なる茶会の誘いに止《とど》まらぬことは、重々承知している。

ベラレス公爵。ウォルフレッドの政敵であるゼンクール公爵家と並ぶ、名家中の名家。

今代の公爵は息子《むすこ》ばかりで娘《むすめ》に恵《めぐ》まれなかったため、前皇帝に娘を輿入《こしい》れさせていないものの、代々の皇帝に何人もの王妃《おうひ》を娶《めあわ》せ、常に権力の中枢《ちゅうすう》にいたベラレス公爵家の存在は、『冷酷皇帝《れいこくこうてい》』と呼ばれるウォルフレッドであっても、蔑《ないがし》ろにできぬほど大きい。

そして、ウォルフレッドが皇位についてからの半年間、高齢《こうれい》を理由に公務から手を引き、王都の別邸に引きこもったまま、ゼンクール公爵と同様、ウォルフレッドに恭順《きょうじゅん》を誓わずにいる貴族の一人でもある。

ウォルフレッドは、かつて会ったことのあるベラレス公爵の、何を考えているのか読みがたい皺《しわ》だらけの顔を思い出す。

権力への渇望《かつぼう》を露《あら》わにし、政敵を失脚《しっきゃく》させる機会を虎視《こし》眈々《たんたん》と狙《ねら》っているゼンクール公爵と異なり、表向きは目立たない物静かな老人にしか見えないベラレス公爵は、どこか得体の知れないところがある。

「返事については、使者に何と伝えておる？」

「陛下に手紙をご確認《かくにん》いただいたのち、こちらより返事を持たせた使者を遣《つか》わすと言い、すでに帰しております」

セレウスの返事に、よしと頷く。

招待に応じないという選択肢《せんたくし》は、ありえない。そんなことをすれば、新皇帝はベラレス公爵を恐れているのだという噂《うわさ》が流れるのは間違《まちが》いない。だが、即座《そくざ》に招待に応じれば、それはそれで、ベラレス公爵の権勢にすり寄っているのだと誤解される。

ベラレス公爵の招待は受ける。だが、あくまでも上に位置するのは公爵ではなくウォルフレッドなのだと、貴族達に示さねば。

「セレウス。お前は、この時期のベラレス公爵からの誘いを、どう読む？」

手紙を持ってきた時点で、この問いは予想していたのだろう。即座に答えが返ってくる。

「陛下が『花の乙女』を得られたと貴族達が知った直後の内密の茶会への誘い。これが一介《いっかい》の貴族であれば、陛下におもねるための稚拙《ちせつ》な策略と断ぜられましょうが……」

「ベラレス公爵ともあろう者が、そのような見え透《す》いた手を使うとは思えん、か」

「左様でございます」

セレウスが首肯《しゅこう》する。

「さらには、茶会の場所が王都郊外《こうがい》の別邸という点も気になります。確かに、ベラレス公爵の隠棲《いんせい》場所と言えばその通りなのですが……」

「別邸は郊外の森の中に佇《たたず》む瀟洒《しょうしゃ》な屋敷《やしき》であったな。以前、何度か訪《おとず》れたことがある」

「わたくしも、一度だけございます。道は整備されているものの、周りは深い森で――」

セレウスの視線を受け、ウォルフレッドは唇を吊《つ》り上げる。

「周りに人家も何もない。通る馬車を襲《おそ》うには、うってつけの場所だな？」

物騒極《きわ》まりない言葉に、腕の中のトリンティアがびくりと身体《からだ》を震《ふる》わせる。が、口に出しては何も言わない。強張《こわば》った表情で口をつぐんだままだ。

「陛下は、ベラレス公爵が陛下を亡《な》き者にしようと画策していると、お考えですか？」

セレウスが整った顔をしかめて問う。

他《ほか》の者が聞けば、目を剝《む》くような内容だが、ウォルフレッド達に特に動揺《どうよう》はない。皇位争いに名乗りを上げた時から、命など、飽《あ》きるほど狙われ続けている。

「もっとも、本気でわたしを殺す気なら、わざわざ『花の乙女《おとめ》』を手に入れるまで待たずとも、いないうちに襲撃《しゅうげき》を繰《く》り返し、自滅《じめつ》するのを待てばよかったのだ。今になって、わたしを暗殺する意味はなかろうが……」

ウォルフレッドは腕の中のトリンティアに視線を落とす。トリンティアは蒼白《そうはく》な顔で震え続けている。悲鳴をこぼすまいとするかのように噛《か》みしめた唇は紫色《むらさきいろ》だ。

銀狼《ぎんろう》の血を引くウォルフレッドを殺すのは困難でも、痩《や》せっぽちの少女を殺すのは、赤子の手をひねるように簡単に違いない。

そう考えた瞬間、父を亡くした時の記憶《きおく》が甦《よみがえ》り、思わず奥歯を噛みしめる。

一瞬だけ固く目をつむり、脳裏《のうり》に焼きついて離れない光景を、胸の奥へと押し込める。

怯《おび》える必要は何もない。不意打ちを受けたあの時とは、状況《じょうきょう》が全く違うのだから。今はウォルフレッドも常に警戒《けいかい》している。相手の思い通りになど、決してさせぬ。

ウォルフレッドはひとつ息を吐き、思考を切り替《か》える。

「わたしの暗殺は、あくまでも可能性のひとつというだけだ」

ウォルフレッドはセレウスの疑問に静かな声で答える。

「ベラレス公爵ほどの力があれば、わたしが『不幸な事故』で死んだ後、前皇帝の皇女を祭り上げることも容易《たやす》かろう」

前皇帝の四人の皇子達は、全員が表舞台《おもてぶたい》から消えているが、五人の皇女達は、他の貴族達に利用されぬよう、それぞれ厳重な警備をつけた上で、セレウスの監視下《かんし》においてある。

無論、皇女達には、万が一、ウォルフレッドに敵対する勢力に与《くみ》することがあれば、その時には容赦《ようしゃ》なく処断すると伝えている。

皇女達を生き長らえさせている理由には、銀狼の血は皇族の男にしか発現しないということもある。そのため、皇女達は銀狼の血による苦痛もなければ、『花の乙女』の癒《いや》しも必要としない。

前皇帝の最後の直系だった第四皇子のレイフェルドが行方《ゆくえ》不明の今、皇族の男はウォルフレッドただひとりだ。

ウォルフレッドの言葉を黙《もく》して聞いていたセレウスが、ゆっくりと口を開く。

「陛下のおっしゃる通り、もし、陛下を亡き者にし、皇女達に男子を生ませて次代の皇帝の後見として権力を意のままにするなら、ベラレス公爵は、陛下が即位なさる前に動くべきでした。ですが、ベラレス公爵は、皇位争いの間も陛下が即位なさってからの半年間も、目立った動きはしておりません。あまりにも動きがなさすぎます。かといって、全く油断できないのが、ベラレス公爵の恐《おそ》ろしいところでございますが……」

セレウスが慎重《しんちょう》な様子で言を継《つ》ぐ。

「そのベラレス公爵が、陛下が『花の乙女』を得られた直後に接触《せっしょく》してきた……。楽観的な見方かもしれませんが、ひょっとすると、方針を変更《へんこう》した可能性もあるかと存じます」

「どういうことだ？」

促《うなが》されたセレウスが、一瞬、トリンティアを見やった後、ウォルフレッドに視線を戻《もど》す。

「『花の乙女』を手に入れた今、『天哮の儀』さえつつがなく執《と》り行えば、陛下の皇位は揺《ゆ》るぎないものとなりましょう。ならば、他の貴族達に先んじて、より陛下にふさわしく見《み》目麗《め うるわ》しい新たな『花の乙女』を献上《けんじょう》して、陛下に重用されようと……。そう考えた可能性もありえるかと」

新たな『花の乙女』。そう告げられた瞬間、なぜか心臓が轟《とどろ》く。

確かに、トリンティアは貧相すぎて、見た者のほとんどが、皇帝に仕える『花の乙女』としてふさわしくないと嘲笑《ちょうしょう》するだろう。もっと皇帝に侍《はべ》るにふさわしい『花の乙女』を、という声が上がるのは、想像に難《かた》くない。

歴代の皇帝達も、常に四、五人は『花の乙女』をそばにおいていたという。今まで、『花の乙女』がいなかったウォルフレッドが、特異すぎるのだ。

ウォルフレッドを廃《はい》することが敵《かな》わぬのなら、見目麗しい『花の乙女』を献上し、前皇帝のようにウォルフレッドを骨抜《ほねぬ》きにしようと考えたとしても、不思議ではない。

ウォルフレッドは蒼《あお》い顔で唇《くちびる》を噛みしめて震える腕《うで》の中のトリンティアを見やる。

「……そのように噛みしめていては、血がにじんでしまうぞ」

血の気の失《う》せた唇に、そっと指先でふれる。ひやりと冷たい唇は、だが意外なほどに柔《やわ》らかい。

「どうした？」

水を向けると、トリンティアがおずおずと口を開く。

「そ、その……。わ、私もお茶会に出席するのですよね……？」

「無論だ。お前以外に『花の乙女』がどこにいる？」

即答《そくとう》すると、トリンティアの眉《まゆ》がへにゃりと下がった。口にこそ出さないが、顔には可能ならば行きたくないと、大きく書いてある。

「それほど、行きたくないのか？」

口にした瞬間《しゅんかん》、愚問《ぐもん》だと気づく。

命を狙《ねら》われるやもしれぬ茶会など、誰《だれ》が行きたいと思うだろう。

「そ、その、行きたくないといいますか、何と申しますか……」

びくびくと怯えながら、トリンティアが上目遣いにウォルフレッドを見上げる。

「ろくに作法も知らぬ私などがご一緒《いっしょ》しては、かえって陛下のご迷惑《めいわく》になるのではございませんか……？」

申し訳なさのあまり消え入りたいと言わんばかりに、トリンティアが小さな肩《かた》を縮める。

予想していなかった答えに、ウォルフレッドは瞬《まばた》いた。

「身の危険を案じているのではないのか？」

「も、もちろん、陛下の身も心配しております！」

トリンティアが勢い込んで即答する。だが、ウォルフレッドが尋《たず》ねた意図はそうではなく。「命を狙われているのはわたしだけではなく、お前もなのだぞ」とトリンティアを諭《さと》そうとして――やめる。

これ以上、この少女を怯えさせて何の益があるというのか。どうせ、告げても抗《こう》しようがないのなら、いたずらに怯えさせる必要はあるまい。

「ベラレス公爵《こうしゃく》の狙いははっきりせんが、茶会の話が貴族どもに広まれば、嫌《いや》でも動きがあるだろう。それを見極《みきわ》めつつ、どのような事態が起ころうとも対応できるよう、準備を整える。ゲルヴィスとも打ち合わせをするぞ」

「かしこまりました」

恭《うやうや》しく首肯《しゅこう》したセレウスが、トリンティアに視線を向ける。

「しかし……。ベラレス公爵の前に出るとなれば、イルダ殿《どの》に礼儀《れいぎ》作法を叩《たた》き込んでいただくのが、よろしいかと存じます。たった十日間で、どこまで効果があるかはわかりませんが……。皇帝陛下に侍る『花の乙女』が不作法者では、陛下の御名《みな》にまで傷がつきかねません。幸い、トリンティアは所作はさほど粗野《そや》ではありませんから……。イルダ殿に鍛《きた》えていただければ、茶会の短い間程度なら、なんとかごまかしがきくかと」

失礼極まりないセレウスの進言に、ウォルフレッドは考え込む。

毎回の食事を共にとっているが、粗野だという印象を受けたことはない。幼い頃《ころ》サディウム伯爵《はくしゃく》の養女として、貴族としての教育を受けた素地が残っているのだろう。

だが、洗練された域にまで達しているかと言われれば、ほど遠い。

「わたしが纏《まと》う服のボタンが一つほつれていたところで、大したことはなかろう？　わたし自身には、何の瑕疵《かし》もないのだから」

「ですが、人によっては、陛下の御召《おめ》し物すべてを、陛下の御威光《ごいこう》の現れと見る者もおりましょう。見えぬところのボタンならまだしも、胸元《むなもと》に飾《かざ》った花が萎《しお》れていては、その花を選んだ陛下までもが侮《あなど》られかねません」

即座に返したセレウスに、ウォルフレッドは反射的に鼻を鳴らす。

「選ぶ？　そんな余地などなかっただろう？」

ひやりと立ち上った怒気《どき》に怯えるように、トリンティアがびくりと身を震《ふる》わせる。が、セレウスは泰然《たいぜん》としたものだ。

「己《おのれ》の見たいものしか見ぬ貴族どもは、真実よりも、自分達に都合のよい噂《うわさ》のほうを信じるものです。そして、妄言《もうげん》が思いがけぬ力を持つことは、往々にしてございます」

前皇帝に忠言して不興を買い、さらには貴族達に罪を捏造《ねつぞう》され、父を処刑《しょけい》されたセレウスの言葉は、抜身《ぬきみ》の剣《けん》のように冷たく、重い。

「であれば、予《あらかじ》め判明している瑕疵は、対策を講じておくべきかと。それとも──」

セレウスが案じるように眉をひそめる。

「『花の乙女《おとめ》』と離《はな》れていては、体調にご不安が残りますか？」

セレウスの問いに、ウォルフレッドは押し黙《だま》る。

長らく『花の乙女』が不在だったゆえの不調は、まだ癒《い》えるにはほど遠い。トリンティアにふれている間は痛みが消えているが、離れると、さほど時をおかず、骨から軋《きし》んでゆくような痛みがぶり返す。

半年以上の間、その痛みに耐《た》えていたというのに、一度、痛みが消える安らぎを知ってしまった今、ふたたび長時間の苦痛に耐えられるかどうか……。

耐えようとすれば、意志を総動員しなければならないだろう。

もし、歴代の皇帝達も同じ痛みに悩《なや》まされていたのだとすれば、『乙女の涙《なみだ》』がありながら、『花の乙女』自身に溺《おぼ》れたのも、わからなくはない。無論、ウォルフレッドは同じ過《あやま》ちを犯《おか》す気など、欠片《かけら》もないが。

ウォルフレッドは語気を強めてセレウスに応じる。

「不安など、あるわけがなかろう？　鶏《とり》がらが躾《しつけ》を受けて骨付き肉になるのなら、わたしとしても望むところだ。イルダには、お前から話を通しておけ」

「かしこまりました」

セレウスが一礼する。

ウォルフレッドが腕をほどくと、罠《わな》から逃《に》げ出す子うさぎのように、トリンティアがそそくさと離れ、後ろに控《ひか》えた。腕の中のあたたかさが離れた瞬間、かわりとばかりに襲《おそ》ってきた頭痛を、ウォルフレッドは奥歯を噛《か》みしめて堪《こら》える。

毎日の謁見《えっけん》の際も、同じ苦痛に耐えているのだ。この程度、何というほどのこともない。

と、心の中で呟《つぶや》きながら。

ベラレス公爵より茶会の誘《さそ》いの手紙が届いた直後、さっそくイルダに引き渡《わた》されたトリンティアは夜までみっちりと礼儀作法の授業を受けることになった。

昼間、セレウスが新たな『花の乙女』が献上される可能性を口にした時、自分でもよくわからぬ感情が靄《もや》のように湧《わ》き上がった。ウォルフレッドに新たな『花の乙女』が献上されれば、自分はどうなってしまうのだろうと。けれど、お茶会まで間がない今は、思い悩んでいる暇《ひま》などない。ウォルフレッドにとって大切なお茶会だというのなら、トリンティアはせめて足を引っ張ることのないよう、少しでも礼儀作法を身につけるだけだ。

ひたすら集中してイルダの教えを聞いていたせいか、湯浴《ゆあ》みの時間になった途端《とたん》、反動でどっと疲《つか》れに襲われてしまった。授業の後だというのに、ふだん通りの様子のイルダに夜着を着せてもらったところで、迎《むか》えに来たウォルフレッドが乱暴に扉《とびら》を押し開けた。いつもより荒々《あらあら》しい足取りに、反射的に身を強張《こわば》らせる。

目の前に来たウォルフレッドが、気ぜわしい様子でトリンティアの腕を掴《つか》む。かと思うと次の瞬間、思いきり抱《だ》きしめられていた。

ほう、とウォルフレッドの口から洩《も》れたかすかな吐息《といき》が、首筋をくすぐる。

苦痛を宿した吐息に、不意にゲルヴィスの言葉が脳裏《のうり》に甦《よみがえ》る。

『今もずっと、何でもない風を装《よそお》う陰《かげ》で、あの方は、苦痛に耐えてらっしゃるよ』

気づいた時には、トリンティアはウォルフレッドの背に手を回していた。いたわるようにそっと撫《な》でると、広い背中が驚《おどろ》いたように揺《ゆ》れる。

「す、すみませ――」

不敬だったかと謝罪しようとすると、それより早く、腕を緩《ゆる》めたウォルフレッドに、横抱きに抱き上げられた。

くるりと踵《きびす》を返したウォルフレッドが扉へ向かう途中で、ふと足を止めてイルダに問う。

「鶏がらの生徒ぶりはどうだ？　十日でものになりそうか？」

ウォルフレッドの問いに、緊張《きんちょう》が身体《からだ》に走る。礼儀作法の授業の間、イルダは淡々《たんたん》とした口調で山ほど指導してくれたものの、一言もトリンティアを褒《ほ》めたりしなかった。

トリンティアが身構えていると、イルダが感情の読めない表情で口を開く。

「はい。おそらく間に合うかと思われます。意外と筋がよいようでございますから」

「え……？」

思いがけない言葉に、声がこぼれる。心が舞《ま》い上がるより早く、イルダが釘《くぎ》を刺《さ》す。

「もちろん、指導せねばならない点は、まだまだ山のようにございますが」

と、イルダが珍《めずら》しくかすかに笑《え》みを浮《う》かべた。

「陛下。よろしければ、トリンティアと菓子《かし》を食べていただけますか？」

「菓子？」

ウォルフレッドの眉《まゆ》が訝《いぶか》しげに寄る。

「はい。トリンティアはほとんど菓子を食べたことがないそうなのです。ベラレス公爵のお茶会で、どのような菓子が供されるのかわかりませんから、事前に手本を見せておきたいのですが、この年では、量を食べるのはきつうございまして。わたくしの代わりに、陛下に手本を務めていただければ、と」

「……なるほど」

「陛下さえよろしければ、今すぐご用意してお持ちいたします」

恭しく進言したイルダに、ウォルフレッドが諦《あきら》めたように吐息する。

「……お前には敵《かな》わんな。では、持ってこい。先に部屋へ戻《もど》っている」

短く命じたウォルフレッドが歩き出す。廊下《ろうか》に出たところで、トリンティアはおずおずと問いかけた。

「あ、あの、よろしいのですか？　一日に二度もお菓子をいただけるなんて……」

「ん？　食えそうにないのか？」

「いえっ！　いただきます！」

反射的に即答《そくとう》してから我《われ》に返る。

「で、でも、私などがそんな贅沢《ぜいたく》をさせていただいてよいのでしょうか……？」

菓子なんて、年に数度のお祭りの時に、エリティーゼがこっそり持ってきてくれたものしか食べたことがないのに。一日に二度も食べられるなんて。夢か何かだろうか。

「ば、罰《ばち》が当たりませんか……？」

トリンティアの疑問に、ウォルフレッドが呆《あき》れたように鼻を鳴らす。

「皇帝《こうてい》のわたしが許しを与《あた》えているのに、他《ほか》の誰《だれ》がお前を罰《ばっ》するというのだ？　だが、お前が自分から食べると言うのは珍しいな。いつもほんの少ししか食べぬのに」

「い、いえ！　あれでも十分、おなかいっぱいになるまでいただいております！」

食べ過ぎておなかが破裂《はれつ》するのではないかと、毎回、心配になるほどだが、よく食べるウォルフレッド達にしてみれば、ささやかな量なのだろう。

「ならばよいが……。前にも言ったように、もう少し、肉をつけろ。せめて、鶏がらから骨付き肉くらいになれ」

「で、ですが……。その、陛下は重くて困られませんか……？」

挫《くじ》いた足はとうに治っているのに、ウォルフレッドは頑《かたく》なにトリンティアを抱き上げて運ぶ。いくらトリンティアが痩《や》せっぽちとはいえ、大丈夫《だいじょうぶ》だろうかと心配になる。

「お前が重いわけがなかろう。そのような心配は無用だ。お前は知らぬだろうが、銀狼《ぎんろう》の血を引く者は、常人よりかなり力が強いのだ。運ぼうと思えば、わたしより体格のよいゲルヴィスとて、楽々運べるぞ？　……運ぶ気はないが」

ゲルヴィスをお姫様《ひめさま》だっこしているウォルフレッドを思わず想像してしまい、吹《ふ》き出しそうになる。

「お前など、たいした重さではない。変な遠慮《えんりょ》をしているのなら、そんなものは無用だ。それよりも、お前が痩せているほうが心配だ。体調を崩《くず》されてはかなわんからな」

「だ、大丈夫です。このように陛下がお気遣《きづか》いくださっておりますから……」

「ならばよい」

満足したように頷《うなず》いたウォルフレッドが、トリンティアをさらに抱き寄せる。

「お前に無理を強《し》いぬとは言えぬ。だが、不調を感じたらすぐに言え。お前はわたしの大切な『花の乙女《おとめ》』なのだから」

――大切な。

ウォルフレッドの言葉が、夜空の星のように、胸の中できらきらと輝《かがや》く。そんなことを言ってくれる人なんて、義姉《あね》のエリティーゼ以外、誰も現れないと思っていた。

『サディウム領を出れば、あなたを大切にしてくれる人に出逢《であ》えるわ、きっと』

エリティーゼの祈《いの》りを込めた言葉が、耳の奥でこだまする。

いつか、トリンティアも出逢える日が来るのだろうか。想《おも》う人と結ばれるエリティーゼのように――、

「どうした？」

「い、いえっ」

思考が形を成す前にウォルフレッドに問われ、我に返る。

「何でもございません。その……。ありがとう、ございます」

礼を言うと、思いがけないことを言われたとばかりに、ウォルフレッドが目を瞬《しばた》かせる。

私室に入ったウォルフレッドは今夜は寝台《しんだい》へ向かわず、テーブルへと歩む。

「あ、あの……」

行儀悪《ぎょうぎわる》く、片足を椅子《いす》の足にひっかけて引いたウォルフレッドが、トリンティアを横抱きにしたまま座る。てっきり下ろしてもらえると思っていたトリンティアは慌《あわ》てた。

「お、下ろしていただけませんか……？」

「菓子が来るまでの短い間だ。このままでもかまわんだろう？」

ウォルフレッドの言葉通り、待つほどもなく、イルダが銀の盆《ぼん》に皿を載《の》せてやって来る。まるで、予《あらかじ》め用意していたような早さだ。

「他にご入り用の物がございましたらお申し付けください」

皿を並べたイルダが、恭《うやうや》しく一礼し、消されていた燭台《しょくだい》に火を灯《とも》してから出ていく。

「え……？」

テーブルの上を見たトリンティアは驚きの声を洩らした。

イルダは菓子と言っていた。確かに、焼き菓子が載った皿も、何種類もの果物を綺麗《きれい》に切り分けた皿もあるが、一番大きな皿に載っているのは、薄切《うすぎ》りにしたパンの間に、肉やら野菜やらを挟《はさ》んだ料理だった。どう見ても食事だ、これは。

「で、では、お料理も来ましたし、下ろしてください」

トリンティアが膝《ひざ》の上に乗っていては邪魔《じゃま》だろう。下りようとしたが、ウォルフレッドの腕《うで》は緩まない。

「このままでも食べるのに問題はない。イルダもそれを見越《みこ》して、片手で食べられる物を用意しているしな」

左手をトリンティアの背に回したまま、ウォルフレッドが右手でパンを口に運ぶ。

「で、ですが……。お邪魔でしょう……？」

「お前が離《はな》れて、痛みがぶり返す方が困る。……今日は、そのせいで夕餉《ゆうげ》をほとんど食べておらんからな」

ウォルフレッドの告白に、動きを止める。今日は別々に夕食をとったため、そんなことになっているとは、全く知らなかった。

「ゲルヴィスとセレウス、どちらから聞いたのやら……。ともあれ、イルダの心遣いを無下にするわけにはいくまい」

ウォルフレッドがパンにかぶりつく。パンに具を挟んだ料理など、職人や農民が仕事の合間に食べるものだというのに、ウォルフレッドの手の中にあるというだけで、なんだか高級料理に見えるから不思議だ。

『指の先まで意識を向けて、優雅《ゆうが》にふるまいなさい』と、昼間さんざんイルダに指導されたが、ウォルフレッドはまさにお手本そのものだ。まじまじとウォルフレッドを観察していると、一つ目のパンを平らげたウォルフレッドが首を傾《かし》げた。

「お前も食べると言っていただろう？」

ウォルフレッドが焼き菓子をひとつ、トリンティアに差し出す。

「あ、ありがとうございます」

慌てて受け取った菓子は、手のひらほどの長さの棒状のパイだった。きっとこれもウォルフレッドが片手で食べやすいよう、この形にしたのだろう。

格子《こうし》状に織り込まれたパイ皮が精緻《せいち》で美しい。艶出《つやだ》しに卵黄《らんおう》を塗《ぬ》っているのか、蠟燭《ろうそく》の光を照り返して、つやつやと輝いている。食べるのがもったいないほどだ。

「いただきます」

かじると、さくっとした歯応《はごた》えと同時に、蜂蜜《はちみつ》の上品な甘さと、バターの濃厚《のうこう》な風味が口の中に広がった。あまりのおいしさに、思わず頬《ほお》が緩《ゆる》む。

甘い香《かお》りに誘《さそ》われるようにもう一口かじると、今度は林檎《りんご》の爽《さわ》やかな酸味が広がった。中に、蜂蜜で甘く煮《に》た林檎が入っているらしい。嚙《か》むたびに、しゃくしゃくと林檎の歯触《はざわ》りがし、中からじゅわっと蜜があふれてくる。

こんなにおいしい食べ物がこの世に存在するなんて。夢でも見ているのだろうか。いや、夢だっていい。夢ならば、せめてこれを食べ終わるまで覚めないでほしい。

無心でパイを食べていると、半分くらい食べたところで小さな笑い声に気がついた。

はっと我に返って視線を向ければ、ウォルフレッドが右手を口元に当て、堪《こら》えきれないとばかりに、肩《かた》を震《ふる》わせてくつくつ笑っている。

「す、すみません！　何か粗相《そそう》をいたしましたか⁉」

パイのおいしさに夢中になるあまり、ウォルフレッドの存在すら、頭から抜《ぬ》け落ちていた。さあっと顔から血の気が引く。

「いや、粗相などしておらん。ただ、お前が幸せそうに微笑《ほほえ》んだかと思うと、真剣極《しんけんきわ》まりない顔でひたすらもくもくと食べているのでな……」

ウォルフレッドがふたたび、ふはっと吹き出す。トリンティアはあわあわと口を開いた。

「そ、そのっ、あまりにパイがおいしかったものですから……っ。こんなにおいしいものをいただけるなんて、夢ではないかと……。もし夢だったら、覚める前に全部いただかないともったいないと思って……」

必死で説明すると、なぜかまた吹き出された。蜜漬《みつづ》けの林檎より甘やかな笑顔《えがお》に、ぱくんと心臓が跳《は》ねる。

「夢ではないぞ。そうか、そんなにうまいのか？」

「はいっ！」

こくこくこくっ、と大きく頷く。

「バターも蜂蜜もたっぷりで、甘くてさくさくで……！　しかも、蜜漬けの林檎がぎっしり入っているんです！　私、こんなにおいしいもの、生まれて初めて食べました！」

なんとかしてこの感動を伝えようと、熱弁を振るう。

「菓子《かし》などあまり食べたいと思ったことはないが、お前がそこまで言うと気になるな」

「はい。まだまだそちらに——」

まだ幾《いく》つものパイが載っている皿を指し示すより早く。ウォルフレッドの大きな手がトリンティアの手首を掴《つか》む。かと思うと、手の中に半分ほど残っていたパイの残りを、一口で口の中に入れていた。

「ああっ！」

大切なパイが突然《とつぜん》消え去った衝撃《しょうげき》に、思わず悲鳴がこぼれ出る。

「ふむ……。確かにこれは悪くないな。少し甘すぎる気がしなくもないが……」

もぐもぐと嚥下《えんげ》したパイの感想を呟《つぶや》いたウォルフレッドが、トリンティアを見てぎょっと目を見開く。

「どうした⁉」

「パ、パイが……」

手の中にあったパイが消えてしまった哀《かな》しみに、泣きそうになる。じわりとにじんだ視界に飛び込んだのは、ウォルフレッドの慌てふためいた顔だった。

「悪かった。お前のパイを奪《うば》うつもりではなく……。とにかく、皿に残っている分はすべてお前にやるから、そんな顔をするな！」

「え……？」

瞬《まばた》きした拍子《ひょうし》に、まなじりに溜《た》まっていた涙《なみだ》がぽろりと頬に伝い落ちる。吐息《といき》したウォルフレッドが指先で涙をぬぐった。

「まったく……。お前の反応はいつも予測がつかん。まさか、パイ一つで泣くとは……」

呆《あき》れたように呟いたウォルフレッドが、皿から新しく取ったパイを一つ差し出す。

「あ、ありがとうございます。その、すみません……」

ごしごしと手の甲《こう》で目元をぬぐい、パイを受け取る。

「でも、よろしいのですか……？　こんなにおいしいパイですのに。陛下も召《め》し上がりたいのではないですか？　全部いただいては、申し訳なさすぎます」

「わたしのことは気にしなくてよい。もともと、あまり甘いものは好きではないのでな」

あっさりかぶりを振ったウォルフレッドの言葉に、目を見開く。こんなおいしいものを好きではないと言う人がいるなんて。それとも、ウォルフレッドにとっては、菓子など当たり前のものなので、食べ飽《あ》きたということなのだろうか。それはそれで凄《すご》すぎる。

「……食べぬのか？」

パイを持ったまま感心していると、気遣《きづか》わしげに問われた。

「い、いえっ。いただきます！」

ぱく、とかじると、おいしさにふたたび頬が緩む。

「泣いたり笑ったり忙《いそが》しい奴《やつ》だな」

呆れたような、だがどこかほっとした表情でウォルフレッドが笑う。

「す、すみません……」

豪奢《ごうしゃ》な室内に二人がパンとパイを食べるかすかな音だけが流れる。

こんなおいしいものを一気に食べてはもったいないと、ゆっくり味わっていたせいか、ウォルフレッドが食べ終わってもトリンティアのほうには、パイが二つ残ってしまった。

「あの……。残りの二つは、明日までとっておいてよいでしょうか……？」

「別に今食べても構わんぞ。わたしが食べ終わったからといって、遠慮《えんりょ》することはない」

「ありがとうございます。ですが、今はもう入りそうにないので……」

「あれだけでか？　三つしか食べていないだろう？」

ウォルフレッドが碧《あお》い目を丸くする。

「お夕食をしっかりといただきましたから……。陛下のご厚情のおかげで、いつもおなかいっぱいいただいております。きっと、ふくよかになるのも、もうすぐです」

「これでか？」

ぐっと両手を握《にぎ》りしめて胸を張ると、吹《ふ》き出したウォルフレッドがトリンティアを引き寄せた。強くなった麝香《じゃこう》の甘い香りに心臓が跳ねる。

「今宵《こよい》はいつもより饒舌《じょうぜつ》だな。お前がこれほど話すのは、初めて聞いた気がする。お前の言うことは、いつも予想外で他愛《たわい》なくて……。聞いていて、心地《ここち》よい」

どこか甘い声で告げたウォルフレッドが、トリンティアの顔を見てくすりと笑う。

「パイの欠片《かけら》がついているぞ」

「えっ⁉」

慌《あわ》てて口元にふれると、「逆だ」と教えられた。トリンティアが手を動かすより早く。

トリンティアの頭の後ろに手を回したウォルフレッドが、ぐいっと引き寄せる。

同時に、端整《たんせい》な面輪《おもわ》が間近に迫《せま》り。

「っ⁉」

唇《くちびる》のすぐ横をかすめたあたたかな感触《かんしょく》に、息を呑《の》む。心臓が、飛び出すかと思った。

「蜂蜜のせいか……。甘いな」

トリンティアの心のうちなど知らぬ様子で呟いたウォルフレッドと、ふと視線が合う。

背筋がそわりと粟立《あわだ》つような、熱を帯びたまなざし。ぎゅっと目を閉じたいのに、魅入《みい》られたように視線が外せない。

ゆっくりと、ウォルフレッドの面輪が近づき――。

「……約束を、違《たが》えるわけにはいかぬな」

唇が重なる寸前で、止まる。

そのままそっと離《はな》れてゆく熱が、切ないような漣《さざなみ》をトリンティアの中に巻き起こす。

揺《ゆ》れる心の水面《みなも》に映った影《かげ》を、トリンティアが見つけるより早く。

「入らぬのなら、明日の朝に食べればよい。気に入ったのなら、また作らせよう」

ふっ、とテーブルの上の蠟燭を吹き消したウォルフレッドが、トリンティアを抱《だ》き上げたまま立ち上がる。

急に深くなった闇《やみ》に、ウォルフレッドの表情が見えなくなる。

ウォルフレッドが歩んだ先は寝台《しんだい》だ。いつものようにトリンティアを横たえたウォルフレッドが、背中側からぎゅっと抱き寄せる。

すぐに、健《すこ》やかな寝息《ねいき》が聞こえてきた。いつものことながら、本当に寝つきがよい。

（さっきのは、何だったんだろう……？）

もしかして、まだパイの欠片が残っていたのだろうか。そっと口元にふれてみるが、何もついていない。ただ、ウォルフレッドがふれた肌《はだ》が、燃えるように熱い。

心臓もばくばく鳴っていて、しばらく収まりそうにない。先ほどのウォルフレッドのまなざしを思い出すだけで、なんだか逃《に》げ出したい気持ちに襲《おそ》われる。

もしかしたら、さっきのは夢だったのかもしれない。そうだ、夢でもなければ、トリンティアなどが、あんなにおいしいものを食べられるわけがない。

夢だとしたら、残りのパイも無理にでも詰《つ》め込めばよかっただろうか。もったいないことをしてしまったと悔《く》やみながら、トリンティアもまた、いつしか眠《ねむ》りについていた。

第五章 ✦ 二人目の『花の乙女』

ベラレス公爵《こうしゃく》からお茶会への招待状が届いた日以来、午前中は謁見《えっけん》するウォルフレッドに侍《はべ》り、午後からはイルダに礼儀《れいぎ》作法を習うのがトリンティアの日課となった。

「お、お待ちくださいませ、陛下！」

うわずった声が、謁見を終えて私室への廊下《ろうか》を歩むウォルフレッドを呼び止める。ウォルフレッドが振《ふ》り返れば、横抱きにされたトリンティアも一緒《いっしょ》に振り返らざるをえない。

ウォルフレッドを呼び止めたのは、四十がらみの丸々と太った貴族だった。

「何用ですか？　メドニア伯爵《はくしゃく》」

後ろに控《ひか》えていたセレウスが冷ややかな声で問う。

「本日の謁見は、すでに終了《しゅうりょう》しています。陛下に申しあげたいことがあるのなら、まず、謁見の申し込みをしていただきましょう」

「そんな悠長《ゆうちょう》なことなどしていられぬ！　陛下のお身体《からだ》に関《かか》わる重大事なのだぞ!?」

不快感を隠《かく》そうともせずセレウスに食ってかかったメドニア伯爵が、打って変わって媚《こ》びた視線をウォルフレッドに向ける。

「陛下！　お喜びくださいませ！　陛下の御為《おんため》に、わたくしメドニア伯爵が、『花の乙《おと》女《め》』を見つけてまいりましたぞ！」

メドニア伯爵の言葉が、不可視の刃《やいば》と化してトリンティアを貫《つらぬ》く。息をすることも忘れて見つめるトリンティアの前で、メドニア伯爵がとっておきの家宝を披露《ひろう》するように芝居《しばい》がかった仕草で立ち上がり、後ろに控える人物を手のひらで示す。

そこにいたのは、濃《こ》い緑色の豪奢なドレスを纏《まと》い、跪《ひざまず》いて頭《こうべ》を垂れる金の髪《かみ》の娘《むすめ》だった。

「さあ、イレーヌ。陛下にご挨拶《あいさつ》を」

いそいそとメドニア伯爵が娘を促《うなが》す。

「お初にお目にかかります、皇帝陛下《こうていへいか》。『花の乙女』であるイレーヌと申します。陛下に拝謁《はいえつ》たてまつり、喜びに身が震《ふる》えております」

イレーヌと呼ばれた娘が鈴《すず》を転がすような声で口上を述べ、ゆっくりと顔を上げる。露《あら》わになった面輪は、同性のトリンティアでさえ、見惚《みほ》れるほど美しかった。

濃い緑の瞳《ひとみ》。花の顔《かんばせ》と評するにふさわしい愛らしい顔立ち。紅をひいた唇はふっくらと柔《やわ》らかそうで、右の口元にある小さな黒子《ほくろ》が、何とも蠱惑《こわく》的だ。

まさに、『花の乙女』と名乗るにふさわしい、可憐《かれん》な乙女。

「この者が『花の乙女』だと。そう申すのか？」

初めてウォルフレッドが言葉を発する。

「左様でございます！　陛下の御為に、このわたくしが苦労して探し出した『花の乙女』でございます！　ぜひともお確かめください！」

ゲルヴィスの話によると、『花の乙女』かどうかを判別することができるのは、銀狼《ぎんろう》の血を受け継《つ》ぐ皇族と、同じ『花の乙女』だけらしいが、トリンティアには彼女が『花の乙女』なのかどうか、わからない。

ウォルフレッドが感情の読めぬ面輪をメドニア伯爵に向ける。

「メドニア伯爵。もし、わたしを謀《たばか》ったら……。どうなるか、わかっておろうな？」

刃のように冷ややかな声に、「ひぃっ」とメドニア伯爵が堪《こら》えきれずに悲鳴をこぼす。

「も、もちろんでございます！　偽者《にせもの》を連れてくるなど……！　そのような不敬、決していたしません！」

ぶるぶると震えながら、メドニア伯爵が何度も頷《うなず》く。

「ならば、真実かどうか、わたしがこの手で確かめよう」

ウォルフレッドがトリンティアをそっと床《ゆか》に下ろす。呆然《ぼうぜん》とイレーヌを見つめていたトリンティアは、爪先《つまさき》にふれた固い床の感触に我《われ》に返った。

慌ててウォルフレッドの斜《なな》め後ろに回り、両膝《りょうひざ》をつく。本来なら、頭も垂れるべきだったが、どうしてもできなかった。

初めて、トリンティア以外でウォルフレッドの前に現れた『花の乙女』。その真偽《しんぎ》を確かめるのを、この目で見ずにはいられない。

心臓が、信じられないくらいばくばくと鳴っている。緊張《きんちょう》と不安のあまり、白いドレスの胸元《むなもと》を手でぎゅっと摑《つか》んでいなくては、口から心臓が飛び出しそうだ。

「立つがいい」

ウォルフレッドが右手をイレーヌに差し出し、淡々《たんたん》と命じる。「はい」と花がほころぶような笑《え》みで頷いたイレーヌが、優雅《ゆうが》な仕草で立ち上がった。

「なんとたくましいお手でございましょう」

感極《かんきわ》まったように告げたイレーヌが、たおやかな繊手《せんしゅ》をウォルフレッドの手のひらに重ねる。その瞬間《しゅんかん》。

息を呑《の》んだウォルフレッドの背がかすかに揺れたのを、トリンティアは確かに見た。

「……なるほど。確かに『花の乙女』であるらしい」

ウォルフレッドの低い呟《つぶや》きを聞いた途端《とたん》、地面が抜《ぬ》け落ちたような感覚を味わう。跪いていなければ、床にくずおれていただろう。

身体中から、あらゆる感覚がこぼれ落ちたかのような虚脱《きょだつ》感。くらくらと揺れる視界の中、メドニア伯爵が我が意を得たりとばかりに頷くのが見えた。

「もちろんでございます！　ご立派な陛下の隣《となり》に並び立つにふさわしい『花の乙女』を、このわたくしが探し出してまいりました！　これで、みすぼらしい小娘などに寵《ちょう》をお与《あた》えになる必要もなくなりましょう！」

違う、と。ウォルフレッドはトリンティアなどに寵を与えたりしていない、と否定したいのに、凍《こお》りついたように唇《くちびる》が動かせない。

瞬《まばた》きすらかなわず、呆然と見開いたままの視界に、ウォルフレッドに婉然《えんぜん》と微笑《ほほえ》みかけるイレーヌの姿が映る。鉛《なまり》でできた男性でも融《と》けてしまいそうな、艶《あで》やかで蠱惑的な笑み。

「陛下にお目通りが叶《かな》う日を待ちわびておりました。どうか、幾久《いくひさ》しくおそばにおいてくださいませ」

蜜《みつ》よりも甘い声。たおやかな身体が、ウォルフレッドにしなだれかかる。

二人が寄り添《そ》うさまは、まるで名匠《めいしょう》が手掛《てが》けた絵画のようだ。今までウォルフレッドのそばに侍っていた自分がどれほど不釣《ふつ》り合いだったのか、嫌《いや》でも自覚させられる。

痩《や》せっぽちでみすぼらしいトリンティアがウォルフレッドの隣にいたなんて……。

見た者は皆《みな》、内心ではなんと不釣り合いなと嘲笑《ちょうしょう》していたに違《ちが》いない。『冷酷皇帝《れいこくこうてい》』が恐《おそ》ろしくて、口に出して言う者がいなかっただけで。

胸が痛くてたまらない。

昔、サディウム伯爵の折檻《せっかん》を受けていた時のように、身体を丸めて固く目を閉じ、何も感じないように世界を閉《と》ざしてしまいたい。なのに。

トリンティアの願いとは裏腹に、ウォルフレッドとイレーヌの二人から目が離《はな》せない。

全身が耳になったように、呼気ひとつ聞き逃《のが》すまいとそばだてていると。

「右手以外にふれてよいと許可した覚えはないぞ?」

冷ややかに告げたウォルフレッドが、イレーヌの細い肩《かた》を摑んで、ぐいと押し戻《もど》す。イレーヌがきょとんと目を瞬いた。

「メドニア伯爵。おぬしからの献上品《けんじょうひん》、確かに受け取った。……が、ついでに聞いておこ

う。いったい、どこで『花の乙女』を見つけてきた？」

ウォルフレッドが放つ刃のような威圧《いあつ》に、メドニア伯爵が喘《あえ》ぐように口を開閉させる。

「そ、それはもちろん、陛下の御為に、ほうぼうに手を尽《つ》くしまして……！」

「ほう？」

ウォルフレッドが形良い眉《まゆ》を上げる。

「それは興味深い話だな。先の内乱で『花の乙女』達は全員、前皇帝の皇子達に独占《どくせん》され、生き残った者は皆無《かいむ》、と……。わたしが皇帝となり、『花の乙女』を求めた時、お前達は口を揃《そろ》えてそう言ったはずだが？　皇帝であるわたしがどれほど探し求めても見つけられなかった『花の乙女』を見つけて連れてくるとは……。おぬしは探し物の名人のようだな？　――いや、『隠し事』が正《つ》しいか？」

ウォルフレッドが唇を吊り上げる。笑んでいるはずなのに、狼《おおかみ》が牙《きば》を剥《む》き出しているようにしか見えない。顔面を蒼白《そうはく》にして震えるメドニア伯爵は、言葉にならぬ声を洩《も》らすばかりだ。

その様子に小さく鼻を鳴らし、ウォルフレッドはセレウスを振り返る。

「セレウス。せっかくの貴重な献上品だ。メドニア伯爵から、来歴を聞いておけ。じっくりとな。それまで、これはお前に預けておく」

とん、とウォルフレッドが摑んでいたイレーヌの肩を押す。よろめいたイレーヌの腕《うで》をとったのはセレウスだった。

「かしこまりました。わたくしが責任をもってお預かりいたします」

「え……？」

イレーヌが呆然とした声を出す。かと思うと、慌《あわ》てふためいて口を開いた。

「お、お待ちくださいませ、陛下！　わたくしを要《い》らぬとおっしゃるのですか⁉　おそばに置いてくださらぬと⁉」

イレーヌがウォルフレッドに縋《すが》ろうと身を乗り出すが、セレウスの手は離れない。

「何か勘違《かんちが》いをしているようだが」

ウォルフレッドは、冷ややかな視線をイレーヌに向ける。

「わたしは、お前が欲しいなどと、一言とて口にしておらぬぞ？　わたしの『花の乙女』はすでにいる。ならば、毒があるやも知れぬ花にあえて手を出す必要などなかろう？」

「わ、わ……っ」

紅をひいたイレーヌの唇がわななく。顔立ちが美しい分、憤怒《ふんぬ》の表情は、ひび割れた鏡に映ったかのように歪《ゆが》んで見えた。

「わたくしを毒草とおっしゃるのですか⁉　そこのみすぼらしい娘《むすめ》に劣《おと》ると⁉」

「みすぼらしい？」

ひやり、と。怒気《どき》を孕《はら》んだ声に、空気が凍りつく。

「先ほど、メドニア伯爵《はくしゃく》も同じ事を言ったな？　このわたしの花がみすぼらしいと。それは、わたしに対する侮辱《ぶじょく》ととってよいな？」

「ひぃ……っ」

ウォルフレッドの怒《いか》りを目《ま》の当たりにしたイレーヌが押し殺した悲鳴を上げ、糸が切れた操《あやつ》り人形のように座り込む。

怯《おび》えるイレーヌを一顧《いっこ》だにせず、ウォルフレッドが荒々《あらあら》しい仕草で身を翻《ひるがえ》す。無言で見下ろす端整な面輪《おもわ》を、トリンティアはぼんやりと見上げた。

光の加減だろうか。ウォルフレッドの碧《あお》い瞳《ひとみ》が今は炎《ほのお》を宿したかのように赤く見える。

「どうした？」

トリンティアを見下ろしたウォルフレッドが、不思議そうに問いかける。

「そ、その、驚《おどろ》きのあまり腰《こし》が……」

立たなければと思うのに、萎《な》えたように足に力が入らない。困り果て、泣きたい気持ちで見上げていると、ウォルフレッドが小さく笑みをこぼした。

「お前は、まったく……」

呆《あき》れたような、けれどどこか柔《やわ》らかな笑みに、ぱくりと心臓が跳《は》ねる。

ウォルフレッドが身を屈《かが》め、いつものようにトリンティアを横抱《よこだ》きに抱《かか》え上げる。ふわりと揺蕩《たゆた》った麝香《じゃこう》の香《かお》りがいつも以上に甘い気がして、端整な面輪を見上げると、碧い瞳と目が合った。

「何だ？」

「い、いえ……っ」

ふるふるとかぶりを振《ふ》り、慌《あわ》てて腕の中でうつむく。先ほど、ウォルフレッドの瞳が赤く見えたのはやはり気のせいだったらしい。

というか、なぜいつものようにウォルフレッドに抱き上げられているのだろうか。

「供は要らぬ」

振り返ることなく一方的に告げたウォルフレッドが、悠然《ゆうぜん》と歩を進める。

無言で歩むウォルフレッドに抱かれながら、トリンティアは混乱の極《きわ》みに陥《おちい》っていた。

いったい何が起こっているのだろう。思考がふわふわと定まらない。

扉《とびら》が開く音で、はっと我《われ》に返る。いつの間にか、ウォルフレッドの私室に着いていた。

「あ、あの……。よろしいのですか？」

夢見心地《ごこち》のまま、それでも不安をぬぐえず問うと、「何がだ？」と訝《いぶか》しげに返された。

聞かないほうがいい。聞かずにいれば、まだ現実を見ずにいられる……。そう思いながらも、トリンティアの口は意思とは裏腹に問いを紡《つむ》ぐ。

「イ、イレーヌ様です！　まぎれもなく『花の乙女』でいらっしゃったのでしょう？　それなのに、セレウス様に預けてしまわれて……。よろしかったのですか？」

イレーヌが『花の乙女』だとわかった瞬間《しゅんかん》、トリンティアは自分がくびになるのだと確信した。みすぼらしいトリンティアと美しいイレーヌを比べたら、誰《だれ》だって迷わずイレーヌを選ぶに決まっている。

だというのに、ウォルフレッドはイレーヌをセレウスに預け、トリンティアを連れてきた。こうして私室に戻ってきた今でさえ、ウォルフレッドの行動が信じられない。

ウォルフレッドに寄り添《そ》うイレーヌを見た時、壊《こわ》れるかと思うほど、心臓が痛かった。

痛くて痛くて……。叶うなら、泡沫《うたかた》のように、あの場から消えてしまいたかった。

ほんの時折、見せてくれる柔らかな笑顔《えがお》が、力強くあたたかな手が、自分でない誰かのものになってしまうところなど、見たくなくて。

不意に、エリティーゼの言葉が脳裏《のうり》に甦《よみがえ》る。

『あの方を想《おも》うだけで、心臓が壊れてしまいそうになるの。微笑んでくださるだけで、天にも舞《ま》い上がりそうなくらい嬉《うれ》しくて、ご無事かしらと心配な時は、夜も眠《ねむ》れぬほど苦しくて、切なくて……』

きょとんと見返すトリンティアに、エリティーゼは笑ったものだ。

『わたくしの大切なトリンティア。きっといつか、あなたにも現れるわ。お父様の目があるサディウム領では無理でも、ここを出られる機会さえ得られたら、きっと──』

違う。と、トリンティアは記憶《きおく》の中のエリティーゼの言葉を封《ふう》じ込めようとする。

だが、それより早く。

『きっと、あなたにも好きだと想う方が現れるわ』

祈《いの》りを込めたエリティーゼの言葉が、トリンティアの心を照らす。

まるで、厚い雲の隙間《すきま》から、ひとすじの光が差し込むように。エリティーゼの言葉が、トリンティアの心の奥底に隠《かく》れていた小さな感情の芽を照らし出す。

──ウォルフレッドへの恋心《こいごころ》を。

同時に、心の中でもう一人のトリンティアが叫《さけ》んでいた。

ウォルフレッドは銀狼国の皇帝《こうてい》で。トリンティアなど、本来なら姿を見ることすらかなわぬ雲の上の御方《おかた》で。誠心誠意仕えるべき主人で……。

そんな方に、恋心を抱《いだ》くなど、不敬すぎてありえない、と。

だが、一度名前をつけられた感情は、夏草がどこまでも伸《の》びてゆくように、心の一番深いところに確固とした根を下ろす。

初めて、トリンティアを守ると言ってくれた人。取るに足らないトリンティアを必要だと言ってくれ、今まで受けてきた仕打ちに、怒りを露《あら》わにしてくれた人。

（私は、陛下が──）

突然《とつぜん》、自覚した恋心に戸惑《とまど》いを隠せないまま、ウォルフレッドを見上げる。

その視界に映ったのは。

「はっ、どんな毒が仕込まれているかもわからぬ『花の乙女』など……。そんなものをそばに置く気にはなれぬな」

不快と苛立《いらだ》ちに満ちた表情で、吐《は》き捨てるウォルフレッドだった。

「見目麗《みめうるわ》しい『花の乙女』をあてがっておけば、前皇帝のように意のままに操れると考える愚《おろ》かさには反吐《へど》が出る。わたしが惰弱《だじゃく》な皇帝と侮《あなど》られていることもな。『花の乙女』など、皇帝を癒《いや》すための存在に過ぎぬというのに……。誰も彼も、重きを置きすぎる」

ふれれば斬《き》れる刃《やいば》のような怒気を宿した声が、そのままトリンティアの心をも刺《さ》し貫《つらぬ》く。

そうだ。ウォルフレッドがトリンティアに優《やさ》しくしてくれるのは。怪我《けが》や体調を気遣《きづか》ってくれるのもすべて――。

トリンティアが、『花の乙女』だから。

『花の乙女』でないトリンティアには、何の価値も、ない。

ウォルフレッドの優しさはすべて、トリンティアではなく『花の乙女』に向けられたものだというのに。それを勘違いして舞い上がるなんて、なんと愚かなのだろう。

「どうした？」

「っ⁉」

まじまじとウォルフレッドを見上げていたせいだろう。訝しげに問うたウォルフレッドの声に、トリンティアはびくりと震《ふる》える。ウォルフレッドが困ったように眉《まゆ》を下げた。

「また怖《こわ》がらせてしまったか？　お前に怒《おこ》っているわけではない。そう怯えるな」

「い、いえっ。大丈夫《だいじょうぶ》です……」

早口に言い、顔を伏《ふ》せる。

ウォルフレッドに、自覚したての恋心を見抜《みぬ》かれたかと思った。

もしウォルフレッドがトリンティアの恋心を知れば、何と言うだろう。美しいイレーヌでさえ、不快げに突《つ》き放していたのだ。もしトリンティアが同じことをすれば、下働き風《ふ》情《ぜい》が愚かな勘違《かんちが》いをするなと、嫌悪《けんお》に端整《たんせい》な面輪を歪めるに違いない。

不愉快《ふゆかい》だ、と罵声《ばせい》を浴びるくらいなら、まだよい。

仕えるべき主に下劣《げれつ》な思いを向けたと敬遠されたら――。

今は、ウォルフレッドにとって都合のよい『花の乙女《おとめ》』がトリンティアしかいないから、そばに置いてもらえているのだ。

トリンティアの身など、ウォルフレッドの気持ちひとつで、どうとでも好きにできる。もう顔を見るのも嫌《いや》だと、王城から追い出すことさえ、一言命じるだけですぐに叶《かな》う。

お前など、何の役にも立たぬ厄介者《やっかいもの》だと……。サディウム領で毎日のように投げつけられていた罵声を忘れるなと、自分に言い聞かせる。

そんなトリンティアがウォルフレッドを想っているなど……。何があろうと、決して知られるわけにはいかない。

きっとこれから先、ウォルフレッドには何人もの『花の乙女』が献上《けんじょう》される。その中には、ウォルフレッドが召《め》し上げても問題がない者もいるだろう。

トリンティアはそれまでの代わりに過ぎない。ウォルフレッドが呼ぶ通り、まさに「鶏《とり》がら」だ。最初、鍋《なべ》に入れて煮《に》れば、後はもう捨てられるだけ。誰も見向きもしない。

トリンティアが捨てられるのは十日後か半月後か。きっとそれほど遠い日ではあるまい。もっとふさわしい『花の乙女』が手に入れば、ウォルフレッドは『天哮の儀』をその者と執《と》り行うだろう。

――枯《か》れて、しまえ。

トリンティアは芽吹《めぶ》きかけた恋心を、心の奥底へとしまい込む。

愚かな勘違いで生まれた恋心など、消えてしまえ。ウォルフレッドに知られて軽蔑《けいべつ》されるくらいなら、こんなものはいらない。

これは、いっときの夢なのだから。

あとほんの少し――トリンティアの代わりにウォルフレッドのそばに侍《はべ》る『花の乙女』が見つかるまでの間、ただ誠心誠意ウォルフレッドに仕えられたら、それでよい。

だから、こんな想いなど――隠して、枯らしてしまえ。


「ゲルヴィス。お前、鶏がらに何か余計なことを吹《ふ》き込んだか？」

「へ？　何すか、急に？」

ウォルフレッドの突然の問いに、執務《しつむ》室の自分の机で文句を垂れながら書類をめくっていたゲルヴィスが、太い眉を訝しげに跳《は》ね上げた。セレウスも黙々《もくもく》と書類仕事をしている。

「嬢《じょう》ちゃんと何かあったんすか？」

「いや。むしろ心当たりがないから困っているのだが……」

目を通した書類にサインをしながら、ウォルフレッドは吐《と》息《いき》する。

メドニア伯爵《はくしゃく》が突然、二人目の『花の乙女』であるイレーヌを連れてきてから数日。どうにもトリンティアの様子がおかしい――気がする。

どこがどうとは、はっきり言えない。恥《は》ずかしそうにしながらも、横抱《よこだ》きにすれば大人しく腕《うで》の中におさまって運ばれるし、謁見《えっけん》に同席する時は、痩《や》せた身体《からだ》をぴんと伸ばし、一言も発することなく、ただただ貴族達の好奇《こうき》や憎悪《ぞうお》の視線に耐《た》えている。

夜だって、抱き寄せれば、抗《あらが》うことなく身を寄せてくる。

まるで、狼《おおかみ》の前に引き出された子うさぎのように、恐怖《きょうふ》に震えていた頃《ころ》とは、格段の変化だというのに。

なぜか、隔意《かくい》を抱かれているような気がしてならない。

当のトリンティアは今、イルダに礼儀《れいぎ》作法の指導を受けに行っている。筋がよい、とイルダが珍《めずら》しく褒《ほ》めていた通り、ほんの数日でトリンティアの所作は、以前とは比べ物にならぬほど優雅《ゆうが》になってきた。

「そういえば、もうすぐ嬢ちゃんとのお茶の時間っすね」

ゲルヴィスの言葉に頷《うなず》く。イルダに頼《たの》まれているお茶の時間は、ウォルフレッドにとって、公務の途中《とちゅう》で、唯一《ゆいいつ》、一息つける時間でもある。

トリンティアにふれずに夜まで過ごすのは、意志の力を振《ふ》り絞《しぼ》れば苦痛に耐えられるものの、仕事の効率が格段に下がってしまう。それに。

ウォルフレッドはトリンティアの幸せそうな笑顔を思い描《えが》く。

菓子《かし》を食べている時のトリンティアは、見ているこちらの心まで融《と》かすような、幸せ極《きわ》まりない笑顔《えがお》を浮《う》かべる。菓子ひとつでこれほど喜べるのかと、微笑《ほほえ》ましくなるほどだ。

トリンティアの笑顔は、見ているだけで心楽しい。滅多《めった》に笑顔を見せることがないのでなおさらだ。と。

不意に、ウォルフレッドはトリンティアに感じていた違和感《いわかん》の正体に気づく。

出逢《であ》った頃のトリンティアは、恐怖でも混乱でも羞恥《しゅうち》でも、何であれ隠すことなくウォルフレッドに見せていた。

だが……。最近のトリンティアは、心のうちをウォルフレッドに見せまいと、押し隠しているような気がする。

感情を隠《かく》す術《すべ》を身につけるよう、イルダに指導されたのだろうか。手練手管に長《た》けた老《ろう》獪《かい》な貴族ほど、自分の感情を隠すことに慣れている。何に喜び、何に怒るかを政敵に知られるのは、弱点を晒《さら》すに等しい。

トリンティアが『花の乙女』として、貴族どもに見くびられぬ術を得るのは、喜ばしいことだと思う。なのに。

心の片隅《かたすみ》が、不満の声を上げている。その声が明確な形を成す前に、ゲルヴィスがふと思いついたとばかりに口を開いた。

「そういえば、最近ちょっとだけ、嬢ちゃんも肉がついてきてるっすね。そろそろ『鶏がら』呼びはやめてもいいんじゃないっすか？　いちおう年頃の娘《むすめ》なんですし……」

「あれのどこが肉がついていると？」

はっ、とウォルフレッドは呆《あき》れて鼻を鳴らす。ゲルヴィスに言われずとも、毎夜、夜着のトリンティアを抱きしめて寝《ね》ているのだ。ウォルフレッドが気づかぬわけがない。

確かに、少しずつ肉はついてきているが、あれではまだまだ鶏がらだ。というか。

腕を組んでしばし黙考《もっこう》し、「もしかして……」とゲルヴィスに尋《たず》ねる。

「……『鶏がら』はまずかったのか？」

「へ？」

ウォルフレッドの呟《つぶや》きに、ゲルヴィスが太い首を傾《かし》げる。

「以前、お前が言っていただろう？　相手に親しみを感じさせるなら、あだ名で呼んでみるのも一つの手だと」

瞬間《しゅんかん》。ゲルヴィスの大笑いが広い執務室に響《ひび》き渡《わた》る。

「えっ⁉　鶏がらって、嬢ちゃんに親しみを持たせる気で呼んでたんすか⁉　本気で⁉　大真面目《おおまじめ》に⁉　あっ、やべ。駄目《だめ》だ！　腹が壊《こわ》れるくらいいてぇ……っ！」

「黙《だま》れ」

大きな身体を折り畳《たた》むようにして大笑いするゲルヴィスに、思わずペンを投げつける。

「ちょっ⁉　やめてくださいよ！　人手が足りないからって、俺までしたくもない書類仕事をしてるってのに……！　インクで汚《よご》れたらどうするんすか⁉」

危なげなくペンを片手で受け止めたゲルヴィスが唇《くちびる》をとがらせるが、無視する。

「おかしいと思っていたのなら、もっと早くに教えろ」

「えー、それって完璧《かんぺき》に八つ当た――」

「黙れ。セレウス、お前もだ。何のためにお前達二人には直言を許している？」

「それは申し訳ございませんでした」

書類から視線を上げたセレウスが、そつなく謝罪する。

「わたくしはてっきり、トリンティアが『花の乙女』であることを鼻にかけて増長せぬよう、陛下が釘《くぎ》を刺《さ》してらっしゃるのかと……」

「あれはそのようなことに頭を回せる娘ではなかろう？」

謝られているはずなのに、もやもやした気持ちが湧《わ》きあがる。ひとつ咳払《せきばら》いして、ウォルフレッドは話題を変えた。

「そういえば、もう一人の『花の乙女』は、どのように過ごしている？　わたしの寵《ちょう》を得て、栄華《えいが》を極める気を隠そうともしないほうは？」

「今のところは、わたくしの屋敷《やしき》で大人しく過ごしておりますが、『天哮の儀』まであと五日しかございません。早急《さっきゅう》に万全《ばんぜん》の体調を取り戻《もど》すために必要でしたら、連れてまいります。無論、メドニア伯爵にもイレーヌにも、増長などさせません」

セレウスがきっぱりと請《う》け合う。セレウスの手腕《しゅわん》ならば、他《ほか》の者に知られることなくイレーヌを連れてくることも可能だろう。だが。

「不要だ」

なぜか不意に脳裏《のうり》に浮かんだトリンティアの姿を打ち消すように、ウォルフレッドはかぶりを振って進言を退ける。

「人の口に戸は立てられぬからな。お前に任せれば、首尾《しゅび》よく手配するだろう。が、秘密というものは洩《も》れるものだ。今はベラレス公爵との茶会が控《ひか》えておる。メドニア伯爵が、この時期に『花の乙女』を連れてきたのは、他人に先んじて献上することで、優位に立とうと意図したからであろう。ベラレス公爵も『花の乙女』でわたしを懐柔《かいじゅう》しようとしている可能性がある以上、わざわざ、『皇帝《こうてい》の寵』の価値を下げる必要はない」

ウォルフレッドは唇を吊《つ》り上げ、笑って見せる。『冷酷皇帝《れいこくこうてい》』らしく、悪辣《あくらつ》に。

「売れるものがあるのなら、最も高値で買う者にこそ、売らねばな？」

「承知いたしました。陛下がそのような意図をお持ちなのでしたら、従いましょう」

セレウスが恭《うやうや》しく一礼する。上げた面輪《おもわ》には、ウォルフレッドに負けぬ凄《すご》みのある笑みが浮かんでいた。

「果たして何が飛び出すか……。三日後のお茶会が、まことに楽しみでございますね」


「ほう、これは……」

「いやー、化けたモンだな。こりゃあ……」

「さすがイルダ殿《どの》、お見事ですね」

イルダに先導され、ウォルフレッドの私室に足を踏《ふ》み入れた途端《とたん》、聞こえてきた呟きに、トリンティアは緊張《きんちょう》と不安に身を強張《こわば》らせた。

ウォルフレッドへの恋心《こいごころ》を自覚してしまって以来、できるだけ感情を外に出さないようにと、気を張りつめる日々が続いている。

もちろん、『花の乙女』の務めに手を抜《ぬ》くつもりはない。ウォルフレッドとのお茶の時間も、夜、抱き枕《まくら》として一緒《いっしょ》に眠《ねむ》る時も、少しでもウォルフレッドの苦痛が癒《いや》せるようにと、力強い腕に抱き寄せられるままに、従っている。

けれど……。ウォルフレッドの声を、力強い腕を、甘やかな麝香《じゃこう》の香《かお》りを感じるたびに、胸の奥に押し込めたはずの恋心が疼《うず》いて、切なくて……。

正直、礼儀作法の授業を理由にウォルフレッドと離《はな》れる時間が増えたのはありがたくさえあった。

イルダに厳しく指導され、少しは作法も身についたと思っていたのだが、ウォルフレッド達が絶句するなんて……。トリンティアは情けなさに泣きたい気持ちになる。

ベラレス公爵との茶会の日である今日は、朝の数件の謁見《えっけん》が終わった後から、ずっと支《し》度《たく》に追われていた。

イルダの手によって、まだ日も高いうちから湯浴《ゆあ》みさせられ、丹念《たんねん》に梳《くしけず》られた髪《かみ》を複雑に結《ゆ》い上げてもらい、絹の美しいドレスを着せられ……。生まれて初めて、化粧《けしょう》までしてもらった。いつもの謁見はヴェールで顔を隠しているが、さすがに飲食する茶会の時は、顔を隠しているわけにはいかぬらしい。着ている白い絹のドレスも、銀糸で花の細やかな刺繍《ししゅう》がほどこされていて、明らかにいつもとは格が違《ちが》う。

こんな綺麗《きれい》なドレスを着たことなどないトリンティアにとっては、嬉《うれ》しいよりも先に、万が一、汚してしまったりしたらどうしようと、畏《おそ》れ多い気持ちのほうが大きい。何より、貧相極まりないトリンティアが着飾《きかざ》ったところで、ちぐはぐでみっともないだけだろう。

「も、申し訳ございませんっ！」

最初に呟いたまま、無言でトリンティアを見つめ続けるウォルフレッド達三人に、トリンティアは身体《からだ》を半分に折るようにして謝罪した。

「何を謝る？」

ウォルフレッドの訝《いぶか》しげな声が降ってくる。深く頭を下げたまま、トリンティアは言を継《つ》いだ。

「そ、その。せっかく美しいドレスをご用意くださったのに、着る者が私などで……。陛下のお供の一人だというのに、みっともなくて申し訳ございません！」

「そんなことはないと言ったではありませんか」

呆れ混じりの声を出したのは、隣《となり》に控えるイルダだ。

「わたくしが勧《すす》めても、鏡を見るのを頑《かたく》なに嫌《いや》がって……」

トリンティアは消え入りたい気持ちで身を縮めた。

「イルダ様が丹誠《たんせい》込めて支度をしてくださったのは承知しております。ですが、私などが着飾っても、みすぼらしいままでございましょう。それが、あまりに申し訳なくて……」

いくらイルダ達の腕《うで》がよくても、鶏《とり》がらはしょせん鶏がらだ。自分のせいでイルダ達の努力を無駄《むだ》にしたのだと思うと、申し訳なさすぎて、鏡を見ることすらできない。

イルダがどことなく芝居《しばい》がかった様子で、ふう、と溜息《ためいき》をつく。

「トリンティアの思いこみをとくのは陛下にお任せいたします」

イルダの声に応じて、ウォルフレッドが一歩踏み出したのがわかった。うつむいた視界に、磨《みが》き上げられた靴《くつ》の爪先《つまさき》が入る。

「トリンティア」

名前を呼ばれただけなのに、驚愕《きょうがく》で身体が震《ふる》える。

ウォルフレッドに名前を呼ばれたのは初めてだ。耳に心地《ここち》よく響く深みのある声で名前を呼ばれただけで、喜びに心が震える。

ただ、名前を呼ばれただけ。

それだけなのに、それが恋しい相手だというだけで、泣きたくなるほどに嬉しい。

ウォルフレッドが『花の乙女』ではなく、トリンティア自身を見てくれたようで。

「あ、あの。名前、を……？」

おろおろと洩らした呟《つぶや》きに、ウォルフレッドがあっさり頷《うなず》く。

「さすがにベラレス公爵《こうしゃく》の前で『鶏がら』とは呼べぬだろう？」

ウォルフレッドの言葉に、その通りだと納得《なっとく》する。同時に、舞《ま》い上がりかけていた心が、ぺしゃりと地に落ちた。

そうだ。何を勘違《かんちが》いしかけていたのだろう。ウォルフレッドはただ、外聞を繕《つくろ》うために名前で呼んだだけ……。それなのに、何かを期待しようとするなんて。

ウォルフレッドへの想《おも》いを決して募《つの》らせぬよう、恋心を自覚して以来、自分を戒《いまし》めてきたというのに。

「面《おもて》を上げろ」

命じられ、おずおずと顔を上げる。トリンティアを頭のてっぺんから足の爪先まで見たウォルフレッドが、「ふむ」と頷いた。

「イルダの見立ては確かだな」

満足そうに頷いたウォルフレッドが、不意に柔《やわ》らかく微笑《ほほえ》む。

「よく似合っている。可憐《かれん》で、まさに『花の乙女』と呼ぶにふさわしいな。正直、見違えたぞ」

「……え……？」

ちゃんと耳に入ったはずなのに、何と言われたのか理解できない。呆然《ぼうぜん》と呟くと、不思議そうに首を傾《かし》げられた。

「どうした？　似合っているだけでは言葉が足らぬか？」

端整な面輪が、甘やかな笑《え》みを浮《う》かべる。

「蕾《つぼみ》が開いたかのように愛らしい。今日はわたしの隣でその姿を存分に愛《め》でさせてくれ」

「っ⁉」

告げられた瞬間《しゅんかん》、腰《こし》が砕《くだ》けて立っていられなくなる。かくんとくずおれそうになったトリンティアを、素早《すばや》く一歩踏み出したウォルフレッドが抱《だ》きとめる。

「どうした？」

問われても答えるどころではない。一言でも話したら、口から心臓が飛び出しそうだ。

「も、申し訳ございません……」

このまま抱きしめられていたら気を失いそうな気がして、トリンティアは謝罪してウォルフレッドから離れようとした。が。

「ひゃっ⁉」

それより早く、いつものように抱き上げられる。まさか、今日まで抱き上げられるとは思っていなかった。

「お、下ろしてくださいませ！」

トリンティアの懇願《こんがん》に、ウォルフレッドが不思議そうに首を傾げる。

「お前を抱き上げて運ぶのは、いつものことだろう？」

「そ、そうですが……」

ベラレス公爵に会うためだろう。今日のウォルフレッドは、いつも以上にきらびやかな装《よそお》いだ。瞳《ひとみ》よりも濃《こ》い青の絹の服には、刺繍だけでなく、宝石まで縫《ぬ》いつけられていて、凛々《りり》しい美貌《びぼう》をまばゆいばかりに引き立てている。月の光を編んだような銀の髪は後ろへ撫《な》でつけられていて、秀《ひい》でた額が露《あら》わになっていた。威厳《いげん》に満ちあふれた美貌の青年皇帝《こうてい》の前では、どんな美女であろうと霞《かす》んでしまうだろう。

「では、行くか」

ゲルヴィスに一声かけたウォルフレッドが歩き出す。

今日はゲルヴィスが供として随行《ずいこう》するらしい。ゲルヴィスが身に着けているのは、鏡のように磨き上げられた立派な鎧《よろい》だ。

王城の外へ出ると、目の前に金と銀で飾り立てられた立派な馬車が停《と》まっていた。馬車の後ろには、鎧を纏《まと》い、マントを風に揺《ゆ》らして頭《こうべ》を垂れる数人の騎士《きし》達の姿も見える。隣に立つ馬の手綱《たづな》を握《にぎ》っているところを見ると、馬で一緒に来るのだろう。

王城へ奉公《ほうこう》に上がってから約一か月。思えば、外へ出るのはこれが初めてだ。

御者《ぎょしゃ》が恭しく開けた扉《とびら》を通って、ウォルフレッドがトリンティアを抱き上げたまま、馬車に乗り込む。ようやく下ろしてもらえると思ったが、ウォルフレッドはトリンティアを横抱きにしたまま、座席に座ってしまう。

「あ、あの……っ⁉」

「わたしのそばから、離れるな。今日はお前が支度している間、別行動だったからな。ベラレス公爵の前で、弱っているところなど見せられん」

「は、い……」

膝《ひざ》の上から逃《に》げ出そうとしていたトリンティアは、低い声で呟かれた言葉に、身動《みじろ》ぎするのをやめ、大人しく頷く。

トリンティアがウォルフレッドのそばにいられるのは、『花の乙女《おとめ》』だからだ。何があろうと、その役目だけは放棄《ほうき》するわけにはいかない。

もし、そんなことをしたら——。トリンティアは、ウォルフレッドのそばにいられる理由を、即座《そくざ》に失ってしまう。

トリンティアは、できるだけ心を無にしようと試みる。ウォルフレッドにトリンティアの心の内を気づかれるわけにはいかない。そう、気を引き締めようとしたのに。

「今日はわたしから離れるのは許さん。先ほど、言っただろう？　その姿を愛でさせてくれと。離れては、愛でられぬ」

ウォルフレッドが不意に耳元で悪戯《いたずら》っぽく囁《ささや》く。どこか甘い響《ひび》きを持つ声に、少し落ち着きかけていた鼓動《こどう》が、一瞬で跳《は》ね上がる。

「めっ、愛で……⁉　ご、ご冗談《じょうだん》はおよしくださいませ！　私のようなみっともない者を愛でられるなど……っ」

うわずった声で言い、真っ赤になっているだろう顔を背《そむ》けようとしたが、かなわなかった。ウォルフレッドの大きな手に顎《あご》を掴《つか》まれ、強引《ごういん》に振《ふ》り向かされる。

「言ったではないか。今日のドレスはお前によく似合っていると。それとも、お前はわたしの言葉が信じられぬと？」

「め、滅相《めっそう》もございません！　陛下のお言葉を疑うなど、決して……っ」

わずかに低くなった声に、トリンティアは泡《あわ》を食って抗弁《こうべん》する。ふるふるとかぶりを振ると、ウォルフレッドが満足そうに頷いた。

「では、愛でるのに何の問題もなかろう。よく似合っている。まさに、『花の乙女』と呼ぶにふさわしい愛らしさだ」

「っ！」

ウォルフレッドが身に着ける麝香《じゃこう》の香《かお》り以上に甘い言葉に、思考が沸騰《ふっとう》する。頭が漂白《ひょうはく》されて、何も考えられない。

息すらうまくできなくて、釣《つ》り上げられた魚のように、あうあうと唇《くちびる》を開閉していると、ウォルフレッドが吹《ふ》き出した。碧《あお》い瞳に楽しげな光が躍《おど》る。

「ああ、やはりお前は、菓子《かし》を与《あた》えるのと、恥《は》ずかしがらせるのが一番よいようだな。感情が素直《すなお》に出て、心楽しい」

妙《みょう》に弾《はず》んだ口調で、ウォルフレッドが告げる。が、トリンティアは舞い上がるどころではない。混乱の渦《うず》に叩《たた》き込まれる。

「わ、私などを愛らしいなどと……っ。そんなことをおっしゃっては、聞いた者が、陛下が熱を出されたと思われましょう⁉」

愛らしいなんて、今まで一度も言われたことがない。しかも、それを見惚《みほ》れるほど端整《たんせい》な顔立ちのウォルフレッドに言われるなんて。悪い冗談としか、思えない。

「ん？　熱が出ていそうなのはお前のほうだろう？　熟《う》れた林檎《りんご》のように顔が赤くなって

おるぞ。……本当に、熱があるのではなかろうな？」

心配そうに呟いたウォルフレッドが、不意に顔を寄せてくる。大写しになった端整な面《おも》輪《わ》に、トリンティアは思わず目を閉じて身を強張《こわば》らせた。

こつん、と額にウォルフレッドの額が当たり、麝香の香りが甘く薫《かお》る。

「熱というほど、熱くはないようだが……」

あたたかな呼気が肌《はだ》をくすぐるだけで、緊張《きんちょう》にますます身が硬《かた》くなる。このままでは心臓が壊《こわ》れてしまいそうで、ウォルフレッドを押し返しながら必死に声を上げる。

「ね、熱などございません！　か、顔が熱いのは、陛下のお言葉のせいです！　予想もつかないことをおっしゃって、混乱の極《きわ》みに落とされるから……っ」

「何を言う？」

トリンティアから顔を離《はな》したウォルフレッドが、憮然《ぶぜん》とした声を出す。

「わたしが愛らしいと思ったものを、その通り口にして、何が悪い？」

こわごわとまぶたを開け、トリンティアは泣きたい気持ちで訴《うった》える。

「陛下が、慣れぬドレスに緊張している私の心をほどこうと、お心を砕いてくださるのは嬉《うれ》しゅうございます。ですが……。自分がどれほどみすぼらしいかは、私自身が一番承知しております！　いくら豪華《ごうか》なドレスを着せていただいても、しょせん中身は鶏《とり》がら。ちぐはぐでみっともないだけだと、重々わかっておりますから……っ」

必死で言い募《つの》ると、なぜかウォルフレッドが渋面《じゅうめん》になった。

「……鶏がらは、もうやめだ」

ぎゅっ、とウォルフレッドの力強い腕《うで》に抱き寄せられる。

「トリンティア」

名前を呼ばれるだけで、心が歓喜《かんき》にうち震《ふる》える。

「どうした？」

おずおずと視線を上げる。碧い瞳が、射貫《いぬ》くようにトリンティアを見つめていた。

それだけで、心の奥に押し込めたはずの恋心《こいごころ》が、ふわりと浮かび上がってきそうになる。

ウォルフレッドに心の内を見透《みす》かされるのではないかという不安に駆られ、トリンティアはとっさに目を伏《ふ》せた。

「何でもございません。その、鶏がらでなくなったのは陛下のご厚情《こうじょう》ゆえかと思うと、感謝の念が抑《おさ》えきれず……。何とお礼を申しあげたらよいのかと、考えていたのです」

お願いだから、ウォルフレッドが何の疑問も持ちませんようにと、祈《いの》りながらごまかそうとする。だが。

「わたしを見ろ」

人を従わせずにはいられない強い声音《こわね》に、弾《はじ》かれるようにウォルフレッドを見上げる。

先ほどまで楽しげな笑《え》みに彩《いろど》られていた端整な面輪は、気がつけば不機嫌《ふきげん》そうにしかめられていた。

「最近、何かわたしに隠《かく》していることはないか？」

前触《まえぶ》れもなく核心《かくしん》をつかれて、息が止まる。

心臓が凍《こお》りついたのではないかと、本気で疑った。悲鳴を上げなかったのは奇跡《きせき》に近い。

「メドニア伯爵《はくしゃく》がイレーヌを連れてきた辺りから、お前の様子がおかしい気がするが……。何か、心配事でもあるのか？　あるのならば、隠さずに言え。善処しよう」

（でしたら……。もし他《ほか》の『花の乙女』が陛下のおそばで咲《さ》き誇《ほこ》るようになっても……。目にも届かぬほどの片隅《かたすみ》でよいのです。あなたのお姿が見られるところでお仕えし続けることを、お許しいただけませんか？）

思わず口からこぼれそうになった願いを、意志を振り絞《しぼ》って堪《こら》える。

そんなわがままなど、口に出せるわけがない。目頭《めがしら》が熱い。気を抜けばあふれそうになる涙《なみだ》を堪え、トリンティアは震える声を必死で紡《つむ》いだ。

「お美しいイレーヌ様を拝見して……。不安になってしまったのです。イルダ様が根気よくお教えくださいましたが、私などがどこまで淑女《しゅくじょ》らしく見えるのかと……。ベラレス公爵とのお茶会は、陛下にとって、とても重要なものでございましょう？　陛下にご迷惑《めいわく》をおかけするのではないかと、不安でたまらぬのでございます……」

嘘《うそ》ではない。ベラレス公爵のお茶会が不安なのも、自分が粗相《そそう》をしないかということも、心配極まりない事柄《ことがら》だ。

ただ、それ以上に、ウォルフレッドへの恋心を隠し通さねばと思いつめているだけで。

どうか納得《なっとく》してくれますようにと念じていると、不意に、ぎゅっとウォルフレッドの腕に力がこもった。麝香の香りが甘く揺蕩《たゆた》い、心臓が跳ねる。

「大丈夫《だいじょうぶ》だ……。決して、お前を傷つけさせはせぬ」

力強い腕。頼《たの》もしい言葉。けれども、いつになく硬い声は、まるで自分に言い聞かせているようにも思えて。

「それほど、ベラレス公爵は手強《てごわ》い方でいらっしゃるのですか……？」

問うと、ウォルフレッドが渋面になった。

「もう一人の有力貴族であるゼンクール公爵のように、権力欲をあからさまに出す質《たち》ではないが……。王都のそばに広大な領地を所有し、従う貴族も多い。老齢《ろうれい》と病を理由に、ここ数年は表舞台《おもてぶたい》では活躍《かつやく》をしておらんが……。今もなお、隠然《いんぜん》たる力を有している」

低い声で語るウォルフレッドの表情は張りつめていて厳しい。

「そのような方が、『天哮の儀』を目前にして、陛下をお招きに……」

これほど険しい顔のウォルフレッドは、初めて見る気がする。

「陛下だけではなく、私もお招きいただくとは……。ベラレス公爵の意図は、どこにあるのでしょうか……？」

思わず不安をこぼすと、ウォルフレッドの眉《まゆ》がきつく寄った。

一瞬《いっしゅん》、碧い瞳《ひとみ》が惑《まど》うように揺《ゆ》れ――、だが、仮面をつけるかのように巧《たく》みに隠される。

「わたしが初めて手に入れた『花の乙女《おとめ》』がどのような者か確認《かくにん》したいのだろう。不安に思うことはない。わたしもゲルヴィスもついておる。……お前には、指一本ふれさせせん」

決意を秘《ひ》めた硬質《こうしつ》な声。頼もしいはずの言葉は、しかし同時にウォルフレッドがどれほどベラレス公爵を警戒《けいかい》しているのか、言外に伝えていて。

不安に胸が疼《うず》くのを感じながら、トリンティアはただ、静かな車内に響《ひび》く車輪の音に耳を澄《す》ませた。

鬱蒼《うっそう》とした深い森の中に建つ豪奢《ごうしゃ》なベラレス公爵邸《てい》の玄関《げんかん》で、トリンティアとウォルフレッドを恭《うやうや》しく迎《むか》えたのは、ベラレス公爵の嫡子《ちゃくし》であるネイビスだった。

ネイビスによると、足の悪い公爵は出迎えが困難なため、茶会の場である中庭の庭園で待っているのだという。

「公爵はあちらでございます」

王城と見まごうほどの壮麗《そうれい》な屋敷《やしき》の廊下《ろうか》を抜け、扉《とびら》の向こうに広がる庭園の一角をネイビスが示す。

秋薔薇《ばら》やエリカ、ヒースなど、秋の花々が美しく咲き誇る庭園の奥には、優に十人は席に着けそうな大きなテーブルが置かれていた。だが、周りに侍女《じじょ》は何人もいるものの、椅《い》子《す》に座っているのは、小柄な白髪《はくはつ》の老人、一人きりだ。

ベラレス公爵の隣《となり》には息子《むすこ》のネイビスが、対面にはウォルフレッドを中心に左右にトリンティアとゲルヴィスという形で席に着く。騎士《きし》達は茶会には参加しないらしく、玄関のところで別れていた。

全員が席に着いたところで、対面に座るベラレス公爵が慇懃《いんぎん》無礼に頭を下げた。

「お久しぶりでございます。このたびは、招待に応じていただき、感謝の言葉もございません。本来ならば跪《ひざまず》き、陛下をお迎えすべきところでございますが……。一昨年《おととし》、病を得て以来、足を動かすこともままならないのでございます。非礼をお許しください」

お許しくださいと言いながらも、ベラレス公爵の声は大貴族らしい傲慢《ごうまん》さに満ちている。

皇帝《こうてい》に足を運ばせたことを驕《おご》るかのようなベラレス公爵の物言いに、ウォルフレッドの眉がかすかに寄った。

「皇帝であるわたしを、わざわざ呼びつけた理由は、跪けぬ原因を詫《わ》びるためか？」

万年雪より冷ややかなウォルフレッドの声が、ベラレス公爵に投げつけられる。

「そのようなことならば、使者に伝えさせれば十分であろう？　わたしは老いぼれの暇《ひま》つぶしにつき合うほど暇ではないのだ。用件があるならばさっさと申せ」

ベラレス公爵より、よほど傲岸に言い放ったウォルフレッドに、公爵がゆっくりと顔を上げる。深い皺《しわ》が刻まれた面輪に揶揄《やゆ》するような笑みが浮《う》かんだ。

「おやおや。陛下はずいぶんと短気でいらっしゃる。身体《からだ》はたくましくなられたとはいえ、中身はお父上の後について王城に参内《さんだい》されていた頃《ころ》とお変わりないらしい。『冷酷皇帝《れいこくこうてい》』と呼ばれてらっしゃるようですが、内情は子どもが癇癪《かんしゃく》を起こして当たり散らしているといったところですかな？」

嘲笑《ちょうしょう》を隠そうともしないベラレス公爵の言葉に、ウォルフレッドの眉がきつく寄る。だが、昂然《こうぜん》と顔を上げた視線は揺るがない。

「屋敷に引きこもって政治の場に出ぬうちに、ずいぶんと耄碌《もうろく》したようだな。屋敷に招いた理由が、わたしの不興を買って処刑《しょけい》されたいがゆえとは……。物好きなことだ」

圧を増したウォルフレッドの言葉にも、ベラレス公爵の嘲笑は消えない。

「物好きなどではございませぬ。わたくしはただ、こう考えているだけでございますよ。……今の陛下のお姿を、冥府《めいふ》にいらっしゃるシェリウス侯《こう》はお嘆《なげ》きではないかと」

「貴様……っ！」

父親の名を出されたウォルフレッドの声がひび割れる。

シェリウス侯――。皇位争いの中で命を落としたウォルフレッドの父親。

トリンティアの脳裏《のうり》に、バルコニーで聞いたウォルフレッドの言葉が甦《よみがえ》る。あふれんばかりの懐《なつ》かしさに和《やわ》らいでいたウォルフレッドの優《やさ》しい声。だが、その裏には深い哀《かな》しみが隠されていて……。

大切な亡《な》き父の名を利用して嘲笑されるなど、ウォルフレッドにとって、どれほど辛《つら》いことだろう。

きゅうっと胸が締《し》めつけられるような不安とともに、隣に座るウォルフレッドの面輪《おもわ》を見つめる。

端整《たんせい》な面輪は怒《いか》りに張りつめ、射貫《いぬ》くようにベラレス公爵を睨《にら》みつけている。その胸中では、どれほどの激情が渦巻《うずま》いているのか、トリンティアにはわからない。と。

「陛下。そのように恐《おそ》ろしいお顔をなさっていては、『花の乙女』のお嬢様《じょうさま》が怯《おび》えておりますぞ？」

ベラレス公爵の視線がトリンティアを捉《とら》える。からかうような声音《こわね》に、ウォルフレッドがはっとしたように鋭《するど》く息を呑《の》んでトリンティアを振《ふ》り返った。

自責の念を宿した碧《あお》い瞳に、トリンティアの心がつきんと痛くなる。

ウォルフレッドにこんな顔をさせたいわけではない。今ウォルフレッドは『冷酷皇帝』としてふるまうべき時で、決してトリンティアが足を引っ張るわけにはいかないのに。

「いえっ、あの……っ」

私のことなど、お気になさらないでくださいと言いたいのに、うまく言葉が出てこない。それどころか、緊張《きんちょう》のあまり、じわりと涙《なみだ》がにじみそうになる。

「怖《こわ》がらせてしまったか……？」

困ったように呟《つぶや》いたウォルフレッドがトリンティアに手を伸《の》ばしかけたところで。

「この程度のことで情けない醜態《しゅうたい》を晒《さら》すとは……。陛下の『花の乙女』の扱《あつか》いが推測できるというものですな」

ベラレス公爵《こうしゃく》の嘲弄《ちょうろう》に、ウォルフレッドの手がぴくりと止まる。

「……何だと？」

地の底を這《は》うようなウォルフレッドの低い声にも、公爵の言葉は止まらない。

「言葉の通りでございますよ。『冷酷皇帝』の名で縛《しば》りつけて、そばに置かれているのでしょう？　貴族達の噂《うわさ》では、侍女上がりだというではありませんか。どんなみすぼらしい娘《むすめ》かと思っておりましたが……。金にあかせて見た目だけは取り繕《つくろ》ったようですな？」

ベラレス公爵が告げた瞬間。

トリンティアは、雷《かみなり》が落ちたのだと思った。無音の紫電《しでん》が空を穿《うが》ったのだと。それほど、ウォルフレッドから放たれた怒気《どき》は苛烈《かれつ》で。

恐怖《きょうふ》に歯の根が合わない。身体が軋《きし》んで、うまく息が吸えない。自分がみすぼらしいせいでウォルフレッドに迷惑をかけてしまったのだという絶望で昏《くら》くなりかけた視界に、がたりと椅子を鳴らして立つウォルフレッドの長身が映る。

「わたしの大切な『花の乙女』を愚弄《ぐろう》するか」

氷片《ひょうへん》をちりばめたような声に、ウォルフレッドを見上げたトリンティアは息を呑む。

「っ⁉」

ウォルフレッドの碧い瞳が、血で染めたように真紅《しんく》に変じていた。まるで、抑《おさ》えきれぬ怒りが炎《ほのお》と化してウォルフレッドの瞳《ひとみ》を染め上げたかのように。

ウォルフレッドの激昂《げっこう》に飲まれて動けないトリンティアの耳に、ウォルフレッドを見つめるベラレス公爵の絶望に淀《よど》み、かすれた声が届く。

「やはり……。やはり陛下も、前皇帝陛下と同じく……」

同じく何、というのだろうか。トリンティアにはわからない。けれど。

ベラレス公爵を睨みつけたウォルフレッドが苛烈な怒気を纏《まと》わせたまま、今にも殴《なぐ》りかからんばかりに拳《こぶし》を握《にぎ》りしめる。

ぎり、と嚙《か》みしめられた歯が異音を発する。荒《あら》い呼気に、けれど隠《かく》しきれない苦痛の響きが混じっている気がして。

「陛下……っ！」

気がついた時には、トリンティアも立ち上がり、体当たりするようにウォルフレッドの腕《うで》に抱《だ》きついていた。

「陛下、申し訳ございません……っ！　私が陛下にふさわしい『花の乙女』ではないために……っ！　すべて私が悪いのですっ！　ですから、咎《とが》をお与《あた》えになるのでしたら、どうか私に……っ！」

なぜ、ウォルフレッドが美しいイレーヌではなく、みすぼらしいトリンティアを連れてきたのかはわからない。

けれど、このお茶会がウォルフレッドにとってどれほど大切かということならば少しはわかる。それを、トリンティアのせいで台無しにするわけにはいかない。

「陛下、どうか気をお鎮《しず》めくださいませ……っ！」

引き締まった腕に震《ふる》えながら縋《すが》り、祈《いの》るように告げる。

どんな罰《ばつ》を与えられるか、考えるだけで恐ろしい。けれど、怒りと苦痛に苛《さいな》まれるウォルフレッドを放《ほう》っておくなんて、絶対にできない。

ぎゅっと目をつむり、どうかウォルフレッドの怒りが解けますようにと祈っていると、不意に大きな手に腕を掴《つか》まれ、引きはがされた。

「ひゃっ⁉」

かと思うと、よろめいた身体を正面から抱きしめられる。ウォルフレッドが身体から絞《しぼ》り出すように吐《は》き出した溜息《ためいき》が、美しく結《ゆ》い上げられた髪《かみ》を揺《ゆ》らした。

「……すまぬ。助かった」

「へ、陛下……？」

予想だにしていなかった言葉におずおずと顔を上げると、トリンティアを見下ろす澄《す》んだ碧い瞳とぶつかった。

先ほど、真紅に染まっていたのが嘘《うそ》だと思えるような、よく晴れた空の碧。

「ま、まさか『赤眼』から戻《もど》られるとは……っ⁉」

「では、陛下は『真の花の乙女《おとめ》』を……っ⁉」

驚愕《きょうがく》に満ちたベラレス公爵とネイビスの声に、ここがどこだか思い出す。同時に、人前でウォルフレッドに抱き寄せられていることに思い至り、恥《は》ずかしさにぼっと身体が熱くなる。なんとか腕から逃《のが》れようともがくトリンティアの前で。

「陛下、『花の乙女』様。数々の無礼をお詫《わ》び申しあげます」

がたたっ、と椅子《いす》から転げ落ちるように、ベラレス公爵とネイビスがそろって平伏《へいふく》した。

自由にならぬ身体を苦労して動かし、額を地面にこすりつけるようにして公爵が告げる。

「どれほど謝罪しても詫び足りません。陛下と『花の乙女』様を疑い、資質を試《ため》そうとしたこの罪は、どうかわたくしの首にて、償《つぐな》わせてくださいませ」

予想だにしないベラレス公爵の行動に、トリンティアは腕の中から逃《に》げることも忘れてウォルフレッドを見上げる。ウォルフレッドの凛々《りり》しい眉《まゆ》は訝《いぶか》しげにきつく寄っていた。

「試す、だと？」

「左様でございます。わたくしは『冷酷皇帝』と噂される陛下が『花の乙女』を手に入れられたと聞き――。臣下の身でありながら、陛下と『花の乙女』様を試すために、わざとお二人が激昂することを申しあげました。陛下が前皇帝《こうてい》と同じく、『赤眼』に囚《とら》われているかどうか、確かめるために」

「……どういうことだ？　確かに、前皇帝は赤い瞳であったが……。それがなんだというのだ？　隠し立てせずに説明せよ」

トリンティアを抱き寄せていた腕をほどいたウォルフレッドが、椅子に座り直す。トリンティアも倣《なら》って慌《あわ》てて隣《となり》の椅子に腰《こし》かけた。

「座れ」

ウォルフレッドがいまだ地面に平伏する公爵とネイビスに昂然と命じる。

「罰を与えるかどうかは、話を聞いてから判断する。ベラレス公爵。おぬしはいったい何を知っている？」

偽《いつわ》りは許さぬとばかりに強い声で告げたウォルフレッドに、ネイビスに助けられて椅子に座り直した公爵《こうしゃく》が大きな吐息《といき》をこぼして口を開く。

「お若い陛下はご存じでないやもしれませぬが……。本来、銀狼国の皇族は銀の髪に碧《あお》い瞳を持ってお生まれになるにもかかわらず、なぜ前皇帝が陰《かげ》で『赤眼皇帝』と呼ばれていたと思われますか？」

「銀狼の血がもたらす凶暴性《きょうぼう》に抗《あらが》えなかったからだろう？　銀狼の血は、人知を超《こ》える力を与えると同時に、身体《からだ》には多大な苦痛を、精神には凶暴性を与える。そして、身の内で荒ぶる暴虐《ぼうぎゃく》を抑えきれなかった時には……。血塗《ちぬ》られたような『赤眼』へと変わる。銀狼国の皇族なら、誰《だれ》でも知っていることだ」

ウォルフレッドがさも当然だとばかりに告げる。

だが、トリンティアにとってはどれも初めて聞くことばかりだった。

「では、陛下におうかがいしましょう。なぜ、前皇帝は常に『赤眼』であられたのでしょう？　前皇帝には、歴代の皇帝以上の数の『花の乙女』が侍《はべ》っていたというのに」

「それ、は……」

とっさに答えられぬウォルフレッドに視線を伏《ふ》せた公爵が弱々しい声を洩《も》らす。

「陛下……。少しだけ、昔話をさせていただくお許しをいただけませぬか？　無力な老人の懺悔《ざんげ》を……」

「よかろう。話すがいい」

「ありがとうございます」

恭《うやうや》しく頭を下げたベラレス公爵が、うつむきがちの姿勢のまま話し出す。

「わたくしは……。前皇帝陛下のおそば近くにお仕えしながら、あの方の暴挙を、お止めすることがかないませんでした……」

己《おのれ》の無力を嘆《なげ》くかのように、公爵が深いふかい息を吐く。

「元々、皇太子の頃《ころ》より、前皇帝陛下は易《やす》きに流れやすい気質でございましたが、皇位につかれてからはさらに顕著《けんちょ》になられ、『花の乙女』に溺《おぼ》れ、公務には見向きもされなくなりました……。わたくしも何度も、それとなく忠言申しあげました。ですが……」

「ああ。変わらなかったな。あの愚《おろ》か者は」

泥水《どろみず》よりも苦く、万年雪よりも冷ややかな声で、ウォルフレッドが応じる。

「父上も、皇弟として何度も前皇帝を諫《いさ》められた。……が、その代償《だいしょう》として返ってきたのは、敵意と憎悪《ぞうお》だ。挙句の果てには、周りの貴族達から疑心を吹《ふ》き込まれ、皇位を狙《ねら》っているのだろうと、あらぬ疑いをかけられ……」

ウォルフレッドの声に、抑えきれぬ怒気《どき》が混ざる。

「わたしは、裏で糸を引いているのは、おぬしかゼンクール公爵に違いないと思っていたのだがな？」

公爵を見据《みす》えた碧い瞳には、偽りは許さぬと言いたげな厳しい光が宿っていた。

「存じておりました」

公爵が静かに頷《うなず》く。

「ですが、その疑いを晴らそうとしなかったのも確かでございます。もし、皇弟殿下《でんか》を庇《かば》いだてすれば、前陛下は、迷わずわたくしを、政《まつりごと》の中枢《ちゅうすう》から遠ざけられていたでしょう。少しずつ腐《くさ》ってゆく王城の中で、銀狼国を支えるためには、面従腹背で陛下にお仕えするしか、方法はございませんでした……。いいえ」

公爵が、力なくかぶりを振《ふ》る。

「わたくしは、銀狼国を守るということを言い訳に、前陛下に忠言する勇気がなかっただけなのでございます。わたくしが見て見ぬふりをしていた陰で、多くの貴族達が腐ってゆくのを知っていたというのに……」

トリンティアは、深い皺《しわ》が刻まれた顔に、涙《なみだ》の幻《まぼろし》を見た気がした。公爵の心の内の慟哭《どうこく》が伝わってくるようで、胸が痛くなる。

「なぜ、前皇帝が『赤眼』のままであらせられたのか……。それは、互《たが》いに絆《きずな》を結んだ『真の花の乙女』でなければ、身体の苦痛は癒《いや》せても、精神の凶暴性まで鎮めることはかなわぬゆえでございます。前皇帝は多くの『花の乙女』をおそばに置かれましたが、最後まで、誰とも心を通わせせられることはありませんでした……。いえ、ひとりだけ可能性のある者はおりましたが……」

過去を断《た》ち切るように、ベラレス公爵が顔を上げる。

「ですが、嘆きの日々も今日で終わりでございます」

ウォルフレッドを見つめるベラレス公爵の顔には、清々《すがすが》しい笑《え》みが浮《う》かんでいた。

「陛下は『花の乙女』様と、確かに絆を結んでいらっしゃいました。真紅《しんく》に染まった瞳が、『花の乙女』様にふれられただけで戻ったことこそ、その証左。陛下こそ、まさに銀狼国の皇帝にふさわしい御方《おかた》でございます!」

ベラレス公爵とネイビスが深々と頭を下げる。

だが、トリンティアは喜ぶどころではなかった。ばくばくとみっともないほどに鼓動《こどう》が速まっている。

ベラレス公爵の言うことが本当ならば……。

ウォルフレッドも、トリンティアに何らかの感情を抱《いだ》いてくれているということだろうか。トリンティアが一方的に恋《こ》い焦《こ》がれているのではなく、ウォルフレッドもほんの少しは――。

「守ってやると、誓《ちか》ったからな」

ウォルフレッドがベラレス公爵に視線を向けたまま、静かに告げる。

「何も知らぬ娘《むすめ》を、国の都合で政争の渦中《かちゅう》に引き込んだのだ。『花の乙女』一人守れずに、国を立て直すことなどできぬだろう?」

穏《おだ》やかで、力強い声。

けれど、その声は刃《やいば》となってトリンティアを貫《つらぬ》く。

そうだ。ウォルフレッドは『花の乙女』が必要だから、守ろうとしてくれるだけ。トリンティアの恋心《こいごころ》が実るかもしれないだなんて、期待を抱くのもおこがましい。

きつく唇《くちびる》を噛《か》みしめたトリンティアの耳に、覚悟《かくご》を宿して張りつめたベラレス公爵の声が届く。

「陛下が銀狼国の未来をゆだねられる御方とわかった今、わたくしが最後のお役目を果たせる日がやってまいりました。わたくしがベラレス家の当主におさまっていたのは、この日のため。陛下、どうぞ反皇帝派の一角と見なされているわたくしを誅《ちゅう》して、陛下の威《い》をお高めくださいませ。わたくしを斬首《ざんしゅ》すれば、いまだ陛下にまつろわぬゼンクール公爵も、心穏やかではいられますまい。そして、叶《かな》うならばネイビスを側近としてお加えいただければと……。それが、ふがいなくも生き延びた老いぼれの、最後の願いでございます」

深くふかく、テーブルに額をこすりつけるようにして、ベラレス公爵が懇願《こんがん》する。

しん、とテーブルに重い沈黙《ちんもく》が落ちた。

「ベラレス公爵。おぬしの願いはわかった」

ウォルフレッドの静かな声が、刃のように沈黙を穿《うが》つ。

「おぬしの望み通り、今ここに、銀狼国皇帝《こうてい》の名において、おぬしの公爵位退任と、ネイビスの新公爵就任を認めよう。正式な書類はおって交付するが、ネイビス、銀狼国のため、大いに手腕《しゅわん》を振るってくれることを期待するぞ」

「あ、ありがとうございます！　誠心誠意、お仕えさせていただきます！」

ぱっと顔を上げ、喜色に満ちた声を上げたネイビスが、ふたたび深く頭を下げる。

「そしてベラレス公爵……。いや、今やベラレス元公爵か。おぬしの処遇《しょぐう》だが——」

「どのような罰《ばつ》であろうとも、謹《つつし》んでお受けいたします」

ベラレス元公爵が、粛々《しゅくしゅく》と応じる。

「見事な心ばえだな。だが」

ウォルフレッドが淡々《たんたん》と告げる。

「わたしは、無力な老人の首を斬《き》って浮かれる愚か者になる気はない」

「っ⁉」

信じられぬと言いたげに目を見開き、元公爵が顔を上げる。

「ですが……！　わたくしを生き長らえさせれば、口さがない者達が噂《うわさ》いたしましょう。陛下はベラレス家の後ろ盾《だて》を得るために、忖度《そんたく》したのだと。そのような噂を流すわけにはまいりません！　ネイビスには、わたくしがどのような目に遭《あ》おうとも、決して陛下をお恨《うら》みせず、粉骨砕身《ふんこつさいしん》してお仕えせよと、重々言い聞かせております！　どうぞ、陛下の今後の治世のために、わたくしの首を——」

「驕《おご》るな」

刃のように鋭《するど》い声が、元公爵の口を縫《ぬ》いとめる。

「わたしは、誰《だれ》の指図も受けぬ。そもそも、家督《かとく》を譲《ゆず》ったおぬしは、ベラレス元公爵だ。もはや、何の権限も持たぬ老人の首を斬ったところで、何の意味がある？　わたしは無駄《むだ》なことは好まぬ」

きっぱりと告げる声音《こわね》は冷淡そのものだ。だが。

「まことに……。まことにありがとうございます……っ」

元公爵《こうしゃく》が深々と頭を下げる。その声は、隠《かく》しきれぬ湿《しめ》り気を帯びていた。

「この身に罪を背負って、断罪される覚悟で、今日まで恥《はじ》を忍《しの》んで当主の座にしがみついておりましたものを……。まさか、このようなご厚情《こうじょう》をいただけるとは……」

元公爵の言葉に、トリンティアも詰《つ》めていた息をほっと吐《は》き出す。ウォルフレッドが端《たん》整《せい》な面輪《おもわ》に薄《うす》く笑みを乗せた。

「言っておくが、現在の王城は人手不足なのだ。ゼンクール公爵も、まだわたしに忠誠を誓う気がないようだからな。退任したからといって、のんびり隠居《いんきょ》できると思うな。ネイビスと共に、銀狼国のために力を尽《つ》くせ」

「もちろんでございます！　陛下の御為《おんため》に、この身を尽くす所存でございます！」

深く頭を下げたまま、元公爵が老人とは思えぬはりのある声で告げる。

「しかし……。わたくしばかりが恩恵《おんけい》にあずかるわけにはいきませぬ」

ゆっくりと顔を上げた元公爵が、毅《き》然《ぜん》とした声で告げる。

「実は……。前皇帝の崩御《ほうぎょ》の際、一人だけ、『花の乙女《おとめ》』を保護することができたのです。すでに『真の花の乙女』を得てらっしゃる陛下には、ご不要かもしれませんが……」

元公爵の言葉に、トリンティアの心臓が轟《とどろ》く。

トリンティアが銀狼の血による凶暴性《きょうぼうせい》を鎮《しず》めることができるとはいえ、しょせんは一介《いっかい》の侍女《じじょ》。対して、ベラレス公爵家で保護されていた『花の乙女』なら、ウォルフレッドのそばに侍《はべ》るのに、何の支障もないはずだ。

まだ夕暮れには少し間があるというのに、目の前が昏《くら》く閉《と》ざされてゆく心地《ここち》がする。背中ににじんだ冷や汗《あせ》が、心まで凍《こお》りつかせてゆく。

元公爵が屋敷《やしき》を振り向く。それに合わせて、中庭に通じる扉《とびら》がゆっくりと開けられた。

中庭に出てきたのは、『花の乙女』であることを示す古式ゆかしい純白のドレスを纏《まと》った四十代半ばと思われる女性だ。

ああ、とトリンティアは心の中で悲鳴を上げる。

優雅《ゆうが》な所作。年齢《ねんれい》がそのまま美しさとして昇華《しょうか》した優《やさ》しげな顔立ち。女性らしいまろやかな肢体《したい》……。すべてが、トリンティアにはないものだ。

と、しずしずと歩む女性が、こちらを向いた。トリンティア達を見つめた目が驚愕《きょうがく》に見開かれ。

「トリン、ティア……？」

紅をひいた唇から、信じられぬと言いたげなかすれた呟《つぶや》きがこぼれ出る。

真っ先に過敏《かびん》に反応したのはウォルフレッドだった。碧《あお》い瞳《ひとみ》が警戒《けいかい》に眇《すが》められる。

「なぜ、トリンティアの名を知っておる？　わたしはここへ来てから、一度も名を呼んでおらぬぞ？　お前は何者だ？」

ウォルフレッドの誰何《すいか》に、女性がはっとしたように跪《ひざまず》く。

「失礼いたしました。わたくしはソシアと申します。陛下におかれましては──」

「御託《ごたく》はよい。わたしの問いに答えよ」

「かしこまりました……」

女性が立ち上がり、歩んでくる。その姿を間近で見て。

「お姫《ひめ》様《さま》……？」

トリンティアは、まだ幼い頃《ころ》にサディウム領を訪《おとず》れた『花の乙女』が彼女だと、ようやく気がついた。十年以上経《た》って、記《き》憶《おく》にある姿よりも年をとっているが、間《ま》違《ちが》いない。

トリンティアが思わず洩《も》らした呟きに、ソシアが柔《やわ》らかく微《ほ》笑《ほえ》む。

「初めて会った時にも、同じように『お姫様』と呼んでくれたわね」

「面識があるのか？」

ウォルフレッドが振《ふ》り返る。トリンティアは慌《あわ》ててこくりと頷《うなず》いた。

「昔……。まだ私が幼い頃に、一度だけ、『花の乙女』様がサディウム領に来られたことがあったのです。その時に……」

「まさか、あなたと『花の乙女』同士として再会することになるなんて……」

ソシアが喜んでいるのか哀《かな》しんでいるのか、判断がつかない表情で呟く。使用人が運んできた椅《い》子《す》に、優雅な所作で腰《こし》かけたソシアが、ウォルフレッドに向き直った。

「陛下……。少し長い話におつきあい願えますでしょうか？　まさか、トリンティアと会うとは思わず……。わたくしも混乱しているのです」

鷹揚《おうよう》に頷く。

「……よかろう。話せ」

ちらりとトリンティアに視線を走らせたウォルフレッドが、鷹揚《おうよう》に頷く。

「ありがとうございます」

丁寧《ていねい》に一礼したソシアの美しい面輪には、沈痛《ちんつう》な表情が浮《う》かんでいた。

「いったい、何からお話しすればよいのでしょうか……。銀狼の血は代々の皇族の方に受け継《つ》がれますが、『花の乙女』の資質は、必ずしも母から娘に受け継がれるわけではございません。しかも、資質を持つ者はごくわずか。それゆえ、わたくし達『花の乙女』は、数年に一度、各領を巡《めぐ》って資質を持つ娘達を探し出し、王都の神殿《しんでん》にて教育を施《ほどこ》します。わたくしも、そのように見出《みいだ》され、『花の乙女』となりました。そして……。トリンティアの母親であるティエラも」

「っ⁉」

トリンティアは息を呑《の》んでソシアを見つめる。生まれて初めて知った、母の名前。絞《しぼ》り出した声は、みっともないほどにかすれ、震《ふる》えていた。

「わ、私の母様は……。『花の乙女』だったのですか……⁉」

「ええ。神殿に引き取られた少女達は、年上の『花の乙女』達が教育係となって育てるの。ティエラは、わたくしが教育係だったのよ」

ソシアが束《つか》の間、憂《うれ》いを忘れたような穏《おだ》やかな笑顔《えがお》で頷く。荒々《あらあら》しい声で割って入ったのはウォルフレッドだった。

「待て！　トリンティアの母親も『花の乙女』だったと!?　トリンティアは両親の名すら知らぬと言っていた。母親が『花の乙女』だとしたら、父親は──、っ！」

黙《だま》っていられぬとばかりに口を挟《はさ》んだウォルフレッドが、途中《とちゅう》で何かに思い至ったのか、息を呑んで口をつぐむ。ゲルヴィス達も、はっとしたように息を呑んだ。

が、トリンティアはどういうことなのかわからない。ソシアの面輪が、ふたたび深い哀しみに沈《しず》む。告げた声は、堪《こら》えきれぬ痛みに満ちていた。

「皇弟殿下のご一家にお仕えしていた『花の乙女』は、お一人だけでございましたね。陛下は、『乙女の涙《なみだ》』で苦痛を抑《おさ》えてらしたと。そう、うかがっております。ですが……。『乙女の涙』だけで苦痛を抑えられる方は、本当に稀《まれ》なのです……」

父親の話が出ても、ウォルフレッドは無言のままだ。ただ、端整な面輪が治りきらぬ傷口にふれられたかのように、痛みに歪《ゆが》む。

「陛下は、一度でも皇族に仕えたことがある『花の乙女』が身籠《みごも》ってしまった場合、その子がどうなるか、ご存じでしょうか……？」

ウォルフレッドは何も答えない。だが、碧い瞳が何かを察したように瞠《みは》られる。

苦くにがく……。今にも泣き出すかと思うほど、ソシアの声が震える。

「生まれた子が女の子であれば、『花の乙女』の資質を受け継いだ子は、次の代の『花の乙女』として神殿で育てられます。資質を受け継がなかった子は、男子禁制の神殿の下働きとして……。ですが、生まれた子が男子だった場合は──後々の皇位争いの火種にならぬよう、生まれた直後に殺されるのです」

しん、と鉛《なまり》のような沈黙《ちんもく》が落ちたテーブルに、ソシアの静かな声が流れる。

「……ティエラは、前皇帝《こうてい》陛下にお仕えしておりました」

ソシアの言葉に息を呑んだのは、ウォルフレッドか、全員か。

「天涯孤独《てんがいこどく》の身から『花の乙女』となったティエラにとっては、身籠った命は何物にも代えがたい宝物だったのでしょう。おなかが大きくなるにつれ、思いつめた顔をすることが多くなり……。臨月も間近に迫《せま》った頃、ティエラは、忽然《こつぜん》と神殿から姿を消しました」

ソシアが何かを堪えるように深くうつむく。膝《ひざ》の上で揃《そろ》えられた手は、白く骨が浮かび上がるほど、固く握《にぎ》り込まれていた。

「わたくしは、ティエラの様子に気づいていました。けれど、おなかの子の未来を思うと、止めることはどうしてもできず……っ！　ですから」

血を吐《は》くように告げ、面輪《おもわ》を上げたソシアが、濡《ぬ》れた瞳でトリンティアを見つめる。

「養女にした娘《むすめ》に『花の乙女』の資質があるかどうか確かめてほしいと請《こ》われてサディウム領に赴《おもむ》いた時……。ティエラに生き写しのトリンティアを見た瞬間、わたくしはティエラが冥府《めいふ》から責めているのだとしか思えませんでした。命を懸《か》けて生んだ幼い娘にまで、『花の乙女』の重い運命を背負わせるのかと……」

「だから、サディウム伯爵《はくしゃく》におっしゃったんですか？　『この子には、「花の乙女」の資質はありません』と……」

気がついた時には、勝手に唇《くちびる》から言葉がこぼれ出ていた。

鋭《するど》く息を呑んだソシアの顔が蒼白《そうはく》になる。その表情を見た途端《とたん》、トリンティア自身が封《ふう》じていた記憶が、すべて甦《よみがえ》る。

そうだ。あの時も同じ、蒼白な顔をしていた。まるで、幽霊《ゆうれい》でも見たかのように幼いトリンティアを見つめ、柔らかな手でトリンティアの小さな両手を握って告げたのだ。

『サディウム伯爵。残念ながら、この子には『花の乙女』の資質はございません』

サディウム家から『花の乙女』を出し、皇帝の寵愛《ちょうあい》を得ることで、宮廷《きゅうてい》での発言力をさらに増そうと狙《ねら》っていた伯爵は、野望が水泡《すいほう》に帰したことに烈火《れっか》のごとく激昂《げっこう》した。それまで、エリティーゼと本当の姉妹のように育てられていたトリンティアは、たった一夜ですべてを失った。お前みたいな役立たずに大金を投じたのかと、なじられ、折檻《せっかん》され……。

自分の身に起こったことを信じたくなくて、幼いトリンティアは記憶を封じた。

サディウム伯爵に虐《しいた》げられた日々を思い出すだけで、身体《からだ》が震えて止まらなくなる。恐《きょう》怖《ふ》に耐《た》えようと膝の上で両手を握りしめた途端。

不意に、あたたかく大きな手のひらがトリンティアの両手を包み込む。

うつむいていた顔を上げた途端、真っ直《す》ぐこちらを見つめるウォルフレッドと目が合った。励《はげ》ますように小さく頷いたウォルフレッドが、ソシアを振り返る。

「一つ聞きたい。トリンティアが資質を知られてなかったがゆえに、『花の乙女』を手に入れられたわたしが言えた義理でないのは、重々承知の上だ。それでも……。お前は、少しでも考えなかったのか？　資質はないと断じられたトリンティアが、サディウム伯爵にどのような目に遭《あ》わされるか。お前の言葉ゆえに、トリンティアは十年以上もの間、サディウム伯爵に虐げられていたのだぞ⁉」

刃《やいば》のように振るわれた断罪の言葉に、ただでさえ蒼白だったソシアの顔が、さらに白く、凍《こお》りつく。

「わたくしが去った後、トリンティアが気を失うのではないかと、心配でたまらなくなる。いくら詫《わ》びても足りぬと承知しております。トリンティアが辛《つら》い目に遭うだろうことは、わかっておりました。

ソシアの声が、今にも泣きそうにひび割れる。

「『花の乙女』となればトリンティアが貴族達の道具にされて苦しむとわかっているのに、どうして見過ごせましょう⁉　ティエラがすべてを捨ててまで必死に守ろうとした娘ですのに……っ！」

堪えきれなくなった涙が、ソシアの瞳《ひとみ》からはらはらとこぼれ落ちる。ウォルフレッドが泥水《どろみず》を飲んだように押し黙った。重苦しい沈黙の中、ソシアの懺悔《ざんげ》だけが続く。

「今さら、何を言っても言い訳にしかならぬと存じております。わたくしも、神殿で引き取りましょうと申し出たのです。ですが、サディウム伯爵は、ごみを捨てるためだけに、なぜ煩雑《はんざつ》な養子《ようし》縁組《えんぐみ》の解消をしなければならぬと、聞く耳を持ってくださらず……」

耳の奥で、サディウム伯爵の声が甦る。

『役立たず！　お前の顔を見るだけで腹立たしい！　お前など、母親ともども見捨てておけばよかった！』

伯爵のことを思い出すだけで、我知《われ》らず身体が震える。トリンティアがあんな目に遭った原因を作ったのが、たった一度の邂逅《かいこう》の後も、ずっと憧《あこが》れていたソシアだったなんて。

「ごめんなさい……っ。いくら謝っても足りないとわかっているけれど、それでも……」

はらはらと涙を流しながら謝り続けるソシアに、トリンティアはおずおずと呼びかけた。

「ソシア様……」

途端、ソシアが息を呑んで顔を上げる。見ている者の心まで痛くなるほどの自責の念に囚《とら》われた瞳と視線を合わせ、トリンティアは小さく微笑《ほほえ》んだ。

「お願いですから、ご自分を責めないでくださいませ。ソシア様が、母の遺志を継《つ》いで私を守ろうとしてくださった……。そのことが知れただけで、私はもう十分なのですから」

ソシアが信じられない言葉を聞いたかのように、目を瞠る。視線を逸《そ》らすことなく、トリンティアはもう一度微笑んだ。

サディウム伯爵に虐げられた十年間が辛くなかったと言えば、嘘《うそ》になる。

どうしてこんな辛い目に遭うのだろうと、毎日、嘆《なげ》いてばかりいた。けれど。

「その、今の今まで、ソシア様とお話ししたことを忘れてしまっていたんですけれど……。でも」

顔を上げ、トリンティアはきっぱりと告げる。

「ソシア様があの時、私に資質がないと言ってくださったおかげで、数奇《すうき》な巡《めぐ》り合わせの末、私は今、陛下にお仕えできているのです。それだけで、感謝してもしきれません」

もしあの時、ソシアがサディウム伯爵に真実を告げていれば、トリンティアはきっと、ウォルフレッドに出逢《であ》えていなかった。

トリンティアは自分の手を包むウォルフレッドの指先を、きゅっと握り返す。

決して口にできぬ秘《ひ》めた想《おも》いを、伝える代わりに。

「母がつけてくれたこの名前の意味は『癒《いや》し』なのだと、陛下に教えていただきました」

不意に話題を変えたトリンティアに、ソシアが頰《ほお》を涙《なみだ》で濡らしたまま、ぎこちなく頷《うなず》く。

「あなたを身籠った時から、ティエラがずっと言っていたの。女の子が生まれたら、名前はトリンティアにするのだと……。この子が、私の心を癒してくれたから、と……」

遠い昔を懐《なつ》かしむように、ソシアがわずかに表情を緩《ゆる》める。トリンティアはソシアに視線を合わせて微笑んだ。

「きっと、母様は……。ソシア様のお心も癒したくて、私にトリンティアと名づけてくれたのだと……。そう思います。ソシア様はずっとずっと、長い間苦しまれてきたのでしょう？　もう、癒されてよいのだと……。母様もそれを願っているんだと、思います」

うまく言葉にできない自分がもどかしい。たどたどしくも、きっぱりと告げると、見開かれたソシアの目から、新たな涙がこぼれ落ちた。

「わたくしを……。許してくれるというの？」

「許すも何も……。先ほど申しあげた通り、私はソシア様に感謝しているのです。最初から、恨《うら》んでなどおりません」

迷いなく、断言する。

ソシアが告げた言葉で、自分の境遇《きょうぐう》が変わったと覚えていたのなら、もしかしたら恨んでいたかもしれない。だが、それはすべて仮定の話だ。

今のトリンティアの心の中には、ソシアへの恨みや憎《にく》しみなど、一欠片《ひとかけら》もない。

「……本当に、お前はそれでよいのか？」

ウォルフレッドが低い声で口を挟《はさ》む。「はい」と、トリンティアははっきりと頷いた。

「もちろんです。私はソシア様に、これ以上、苦しんでいただきたくありません」

「ありがとう……っ、ありがとうございます……っ」

ソシアがはらはらと涙をこぼす。だが、その表情はどこか晴れやかで、トリンティアはほっとして息を吐き出した。

まだ納得《なっとく》できないところがあるのか、不機嫌《ふきげん》そうな声を上げたのはウォルフレッドだ。

「お前がそう言うのなら構わんが……。本当に、お人好《ひとよ》しすぎる」

「も、申し訳ございませんっ！　で、ですが、嘘偽《うそいつわ》りのない気持ちなのです。その、それと……。私のことで怒《おこ》ってくださり、ありがとうございました……」

単に、義憤《ぎふん》に駆《か》られただけに違《ちが》いない。それでも、トリンティアは、ウォルフレッドが怒ってくれたことが、何より嬉《うれ》しかった。

トリンティアの言葉に、ウォルフレッドが目を瞠《みは》る。かと思うと、ふい、と顔を背《そむ》けられた。

「当然だろう。お前は、わたしの『花の乙女』なのだから」

怒ったような声と同時に、手を包んでいた指先がほどかれる。

「しっかし……。まさか、嬢《じょう》ちゃんが前皇帝《こうてい》陛下の娘だったとはなぁ……。ん？　ってことは、嬢ちゃんは皇女ってことか？」

黙《だま》ったまま話を聞いていたゲルヴィスが、大柄《おおがら》な身体にふさわしい大きな息を吐き、首を傾《かし》げる。トリンティアは度肝《どぎも》を抜《ぬ》かれた。

「こ、こここ……っ⁉」

恐《おそ》ろしさに震《ふる》えながらかぶりを振《ふ》る。冷静な声を上げたのはウォルフレッドだ。

「出自の証《あかし》があれば、身分を証明することも不可能ではなかろうが……。今さら、新たな隠《かく》し子が出てきたところで、そうそうわたしの皇位が揺《ゆ》らぐはずがない」

即座《そくざ》に応じたのは元公爵《こうしゃく》だ。

「『天哮の儀』に先立ち、ベラレス家が陛下に忠誠をお誓《ちか》い申しあげたことを、貴族達に広めます。わずかなりとも、よからぬことを企《たくら》む者への牽制《けんせい》になるかと……。それと」

元公爵が侍女《じじょ》が持ってきた宝石で飾《かざ》られた金の小箱を、恭《うやうや》しくテーブルの上に置く。

「ソシアがこれまでに作った『乙女の涙』でございます。何かのお役に立つのではないかと……。どうぞ、ソシアと共にお納めくださいませ」

「トリンティアは『乙女の涙』の作り方も知らぬことと思います。トリンティアの教育係としてでかまいません。どうか、おそばに置いてくださいませ」

深く頭《こうべ》を垂れたソシアの言葉に、きゅうっと心臓が痛くなる。確かに、ソシアはウォルフレッドの母親ほどの年齢《ねんれい》だが、手入れされた肌《はだ》は美しく、みすぼらしいトリンティアなどより、ずっと魅力《みりょく》的だ。

母の教育係であったソシアに、『花の乙女』の心得を教えてもらえるなんて、この上ない幸運だ。『乙女の涙』を作れるようになったら、トリンティアとて、ウォルフレッドがソシアと絆《きずな》を結ぶまで、もう少しウォルフレッドのそばにいられるかもしれない。

『乙女の涙』はありがたくいただこう。だが……。今すぐにソシアを連れ帰る気はない。ソシアがベラレス家に保護されていると知る者は？」

ウォルフレッドの問いに、元公爵が即答する。

「限られた者しか知りませぬ」

「そうか。では、今しばらくこのまま保護を頼《たの》む」

ウォルフレッドの唇《くちびる》が、自嘲《じちょう》に歪《ゆが》む。

「わたしの腕《うで》は二本しかないのでな。……限りがあるのだ」

「……。かしこまりました」

元公爵が何か言いかけ……。途中《とちゅう》で言葉を飲み込んで、恭しく一礼する。

「わたくしごときが陛下のご判断に口出ししては不敬というもの。ですが……。どうか、お気をつけくださいませ」

「うむ。思いがけず長居してしまったな。だが、よい茶会であった。礼を言う」

深々と頭を下げる元公爵に、ウォルフレッドは鷹揚《おうよう》に頷いた。

第六章　『花の乙女』は冷酷皇帝の無事を祈る

「も、申し訳ございません。私のせいで、お帰りが遅《おそ》くなってしまいまして……」

帰りの馬車に乗るなり、トリンティアは深く頭を下げてウォルフレッドに詫《わ》びた。

小さな窓の外に見える空には、宵闇《よいやみ》が迫《せま》りつつある。深い森に囲まれたここでは、沈《しず》みゆく夕陽《ゆうひ》は見えないが、頭上には燃えるように紅《あか》い雲が浮《う》かんでいた。

「お前のせいではない。今日の茶会の内容は、わたしも全く予想だにしていなかった」

答えるウォルフレッドの表情はひどく硬《かた》い。そこには、警戒《けいかい》していたベラレス公爵を味方につけられた喜びは、全く窺《うかが》えなかった。

トリンティアが前皇帝《こうてい》の血を引いているとわかったせいで、ウォルフレッドに新たな迷《めい》惑《わく》をかけてしまうのだろうか。前皇帝の皇子達を廃《はい》し、皇位に登り詰《つ》めたウォルフレッドにとって、前皇帝の血を引く娘《むすめ》など、邪魔《じゃま》者《もの》以外の何物でもないだろう。

イレーヌにソシアと二人も『花の乙女』が献上《けんじょう》された今、トリンティアがウォルフレッドのそばにいられる時間は、きっとあとほんのわずかだ。

トリンティアのような取るに足らない者でも『守る』と約束してくれたウォルフレッドなのだ。ソシアとならすぐに新しい絆を結べるに違いない。

（王城に戻《もど》ったら……。きっと、ほどなくクビを言い渡《わた》されるんだ……）

揺れる馬車の中で、トリンティアは胸の痛みにこぼれそうになる涙《なみだ》を堪《こら》える。と。

「離《はな》れるなと言っただろう？」

隣《となり》に座るウォルフレッドに、ぐいっと引き寄せられる。ふわりと麝香《じゃこう》の香《かお》りが漂《ただよ》った。

いつもは胸をくすぐる甘やかな香りが、今はひどく苦く、心を締《し》めつける。

「はい……」

トリンティアは素直《すなお》にウォルフレッドに身を寄せた。

永遠に王城に着かなければいいのに。愚《おろ》かな願いだとわかっていても、そう思わずにはいられない。と、不意に。

「っ！」

ウォルフレッドが鋭《するど》く息を呑《の》む。同時に、森全体が動いたかのように、ざわりと気配が蠢《うごめ》いた。まるで、馬車ごと圧し潰《つぶ》すかのように、不可視の殺意が膨《ふく》れ上がり――、

「トリンティア！」

ウォルフレッドがぐいっとトリンティアを座席に押し倒《たお》す。

窓硝子《まどガラス》が割れる高い音が鳴り響《ひび》き――。

トリンティアに覆《おお》いかぶさったウォルフレッドの肩《かた》に、一本の矢が突《つ》き刺《さ》さった。

ぱたた、とトリンティアの頬《ほお》に血飛沫《ちしぶき》が散る。

何が起こったのか、わからなかった。恐怖《きょうふ》に、思考が真っ白に染まる。

馬が激しくいななき、馬車が手荒《てあら》に止まる。混乱の極《きわ》みに陥《おちい》った耳に届くのは、降り注ぐ矢に傷つき呻《うめ》く騎士《きし》達の悲鳴と、金属の鎧《よろい》が鳴る固い音。悲痛な馬の嘶き声だ。

「ゲルヴィス！　わたしが出る！」

一瞬《いっしゅん》の矢《や》の止み間に、ウォルフレッドが声を張り上げる。同時に、有無《うむ》を言わせぬ力で、座席から引きずり下ろされた。

「隠れていろ」

ウォルフレッドが座席の下に張られていた板を蹴《け》り破る。がこっ、と板が外れ、ぽっかりと空いた人ひとり隠れられるほどの空間に、トリンティアは力ずくで押し込められた。

押し込んだウォルフレッドの面輪《おもわ》が痛みに歪む。

当たり前だ。左肩に今も矢が突き立ったままなのだから。ウォルフレッドが動くたび、絹の布地にじわじわと血の染《し》みが広がってゆく。

早く、手当てをしなければ。そう思うのに、凍《こお》りついたように身体《からだ》が動かない。

「陛下！　嬢《じょう》ちゃんは無事っすか⁉」

ゲルヴィスの声と同時に、乱暴に扉《とびら》が開け放たれる。ゲルヴィスの無事を喜ぶより早く。

「無論だ。必ず守りきれ」

告げたウォルフレッドの身体が、急激に膨れ上がる。

幻《まぼろし》ではない。内側から押し上げる筋肉に耐《た》えきれなくなった服が、ぼろきれのように床《ゆか》に落ち――。

馬車に収まりきらぬほどの白銀の狼《おおかみ》が現れたと思った瞬間、紫電《しでん》のような残像とともに、馬車の外へ躍《おど》り出る。

からん、と床に落ちたのは、盛り上がった筋肉に押し出された一本の矢だ。血濡《ぬ》れた矢じりが、夕陽を反射してぬめるように不気味に光る。

畏怖《いふ》と破壊《はかい》が形を成したような、白銀の狼。

建国神話に謳《うた》われているのは、単なる比喩《ひゆ》だと思っていた。代々の皇帝《こうてい》達の権威《けんい》を讃《たた》えるための。だが、そうではなく。

驚愕《きょうがく》に息すらできない。見えぬ畏怖の手に、心臓を握《にぎ》りつぶされたかのようだ。

「嬢ちゃん！　ちゃんと隠《かく》れてるか⁉」

開け放ったままの馬車の扉の前に、ウォルフレッドと入れ違《ちが》いに騎馬ごと立ちはだかったゲルヴィスの声に、ようやく我《われ》に返る。

「間違っても顔を出すんじゃねえぞ！　ちゃんと奥へ引っ込んでろ！　何があっても、陛下と俺が守ってやるから心配すんな！」

頼《たの》もしい声に、詰めていた息を吐《は》き出す。途端《とたん》、震《ふる》えで歯の根が合わなくなった。

怖《こわ》い。怖《こわ》い怖い怖い。

今にも壊れそうなほど、心臓が轟《とどろ》いている。座席の下で、トリンティアは胸の前で両手を握りしめ、固く目を閉じてウォルフレッドの無事を祈る。

がちがちと鳴る歯の音がうるさい。その音に交じって聞こえるのは、断末魔の悲鳴と、襲撃者達《しゅうげきしゃたち》の殺意のこもった叫《さけ》びだ。

「簒奪者《さんだつしゃ》に構うなっ！　『花の乙女《おとめ》』を狙《ねら》え！」

「『花の乙女』さえ殺せば、簒奪者は遠からず自滅《じめつ》する！」

「っ！」

狙われているのは自分なのだと――理解した途端、氷の手に心臓を鷲摑《わしづか》みにされる。

同時に、ウォルフレッドの思惑《おもわく》を理解した。

なぜ、イレーヌではなく、トリンティアを供に選んだのか。なぜ、ソシアを連れ帰らなかったのか。ウォルフレッドは最初から、襲撃を予想していたのだ。でなければ、座席の下にこんな細工をしておくわけがない。

そして、トリンティアを供に選んだのは――『花の乙女』の中で、トリンティアが一番、いなくなっても、問題のない存在だから。

胸の奥がずきりと痛む。固く閉じたまぶたから、抑《おさ》えきれぬ涙がぼろぼろとあふれ出す。

襲撃者の剣《けん》で貫《つらぬ》かれるよりも、哀《かな》しみで心臓に穴が開く方が早いのではなかろうか。

「ふっざけんな！　嬢ちゃんに手を出させるわけがねぇだろうが！」

すぐそばで鋼と鋼が打ち合う音がする。聞こえた声にはっとして目を開ければ、襲《おそ》ってきた男を斬《き》り伏《ふ》せるゲルヴィスの鎧に包まれた広い背中が見えた。

無事な後ろ姿に喜ぶ間もなく、新たな刺客《しかく》がゲルヴィスに斬りかかる。

ゲルヴィスが剣で敵の刃《やいば》を受け止めるのが扉の隙間《すきま》から見えた。

「くっそ、意外と多いな……っ」

忌々《いまいま》しげに舌打ちしたゲルヴィスが敵を斬り伏せる。

扉の前に立ちふさがらなくてよいのなら、馬を駆《か》ってもっと自由に戦えるだろうに。だが、ゲルヴィスがいなくなったら最後、トリンティアは乗り込んできた男達に一息で刺し貫かれるだろう。

怯《おび》えるトリンティアを嘲笑《あざわら》うかのように、不意にがしゃんと硝子が割れる音がする。

視線を向ければ、刺客の一人が剣の柄《つか》で扉とは逆側の小窓を叩《たた》き割っていた。ひび割れたトリンティアの心のように、粉々に砕《くだ》け散った硝子がばらばらと床に落ちる。

馬車の窓は、男が通り抜《ぬ》けられるほど大きくはない。だが、殺意にぎらついた目と視線が合った途端、悲鳴が口からほとばしった。

「死ね！」

男が手にした剣を振《ふ》りかぶる。赤光を反射してぎらつく刃が放たれる寸前。

狼の唸《うな》りが耳に届く。同時に白銀の毛並みが舞《ま》い、男の姿がかき消えた。

何か重いものが地に伏す響きと、骨が嚙《か》み砕かれる身の毛もよだつ音。ウォルフレッドに間一髪《かんいっぱつ》のところで助けられたのだと理解するより早く。

白銀の狼が放った遠吠《とおぼ》えが、辺りを圧する。

天の星々まで堕《お》とすかのような、鋭い叫び。森の木々でさえ、ひれ伏すかのように木の葉を揺《ゆ》らすのをやめ、静まり返る。

魂《たましい》が千切れて消し飛ぶかのような畏敬に打たれ、思考が白く染め上げられる。

「ひ……っ、怯《ひる》むなっ！　大義は我らにあるのだ！　射ろ！　毒矢を放て！」

静寂《せいじゃく》の中、いち早く我を取り戻した敵の男が、ひび割れた声でがなり立てる。

弓の弦《つる》を引き絞《しぼ》るかすかな音。

先ほど、ウォルフレッドの肩に突き立った矢が脳裏《のうり》を駆け抜け、ぞっ、と血の気が引く。

「陛下っ！」

自分が射られるかもしれない恐怖より、ウォルフレッドを案じる気持ちに突き動かされて、思わず座席の下から這《は》い出る。

窓の向こうに、こちらに向かって放たれた幾《いく》本もの矢が、やけにゆっくりと飛んでくるのが見えた。

だが、矢が馬車へと届く前に、白銀の毛並みが窓の前に立ちふさがる。幾本もの矢を受けた銀狼がかすかによろめいた。

「陛下！」

「嬢ちゃん⁉　隠れてろって言っただろ⁉」

窓辺に駆け寄ろうとしたトリンティアのドレスの裾《すそ》を、振り返ったゲルヴィスがむんずと摑む。力任せに引っ張られ、トリンティアはたまらず尻《しり》もちをついた。

「ですが陛下がっ！」

「あの方はこのくらいじゃ死なねえよ！　それより大人しく隠れとけ！」

叫んだゲルヴィスが振り返り、敵の剣を受ける。その表情はいつもと違って余裕《よゆう》がない。

「くそ……っ」

ゲルヴィスが苛立《いらだ》たしげに舌打ちした時。

「陛下！　お待たせいたしました！　よいか、一人たりとも賊《ぞく》を逃《に》がすな！」

勇ましい声が朗々と響く。

「セレウス！　遅《おせ》えぞ！」

ゲルヴィスが喜色に満ちた声を上げた。文句を言いつつも、野太い声が弾《はず》んでいる。

「すみません。包囲《ほうい》網《もう》を敷《し》くのに少々時間がかかりました」

戦いの音に交じって、セレウスの珍《めずら》しく申し訳なさそうな声が届く。

トリンティアは全く知らされていなかったが、襲撃を予想していたウォルフレッドは、セレウスを別動隊として待機させていたらしい。

「セレウス様！　陛下が！　陛下が毒矢に……っ！」

窓からはもう、白銀のきらめきは見えない。駆け寄って外を確認《かくにん》したいが、トリンティアが無防備に身を晒《さら》せば、足手纏《あしでまと》いになるのは明らかだ。

震えが止まらない。床に座り込み、両手を胸の前で握りしめて、ひたすらウォルフレッドの無事を祈《いの》る。

戦いの音に交じって、狼の声が聞こえる。少なくとも、動けなくなっているわけではないのだと信じたい。

どれほど祈り続けていただろう。

「嬢《じょう》ちゃん、どいてくれ」

ゲルヴィスの声にはっとして目を開ける。返り血で汚《よご》れた鎧《よろい》姿のゲルヴィスが、マントに包まれた誰《だれ》かを馬車に運び入れようとしていた。

血に汚れ、蒼《あお》い顔をしたその人は。

「陛下！」

「邪魔《じゃま》です」

取り縋《すが》ろうとしたトリンティアを、次いで馬車に乗ってきたセレウスが冷ややかに制する。トリンティアは慌《あわ》てて壁際《かべぎわ》へにじり寄って場所を空けた。

馬車の床《ゆか》に横たえられたウォルフレッドのマントをセレウスがめくる。トリンティアは思わず視線を逸《そ》らしたが、ゲルヴィスによってか、簡素な下穿《したば》きが穿かされていてほっとする。だが、安堵《あんど》している場合ではない。

目を閉じたままのウォルフレッドは、返り血に汚れた面輪《おもわ》を苦痛に歪《ゆが》め、荒《あら》く浅い呼吸を繰《く》り返している。

「傷はすでにふさがりつつありますが……。毒というのが厄介《やっかい》ですね」

ウォルフレッドの身体《からだ》を丹念《たんねん》に調べながら、セレウスが苦い声で呟《つぶや》く。

あんなに血が出ていた矢傷がふさがりつつあるなんて。これも銀狼《ぎんろう》の力なのだろうか。

「わ、私にできることはありますか⁉」

ウォルフレッドが矢を受けたのはトリンティアのせいだ。足手纏いでしかない自分が情けなくて申し訳なくて、泣きたくなる。だが、泣くだけなら後からいくらだってできる。

勢い込んで尋《たず》ねたトリンティアに、ウォルフレッドから視線を逸らさずセレウスが告げる。

「では、陛下の手を握《にぎ》っていてください。ああ、くちづけてくれてもかまいませんよ」

「く……っ!?」

「銀狼の力がお強い陛下は、毒程度でどうこうなる方ではありません。その程度で殺される方なら、今までに何度、殺されていることか」

セレウスが冷笑《れいしょう》を閃《ひらめ》かせる。

「ですが、体調が万全《ばんぜん》な時ならいざ知らず、今の陛下は、長期間の『花の乙女』の不在による不調を、未《いま》だに癒《いや》せてらっしゃらぬ状態。その上、負担のかかる銀狼の御姿《おすがた》に変化《へんげ》なされて……。この苦しみようも、毒のせいよりも、そちらが原因かもしれません」

セレウスの氷よりも冷徹《れいてつ》な声に、トリンティアは大切なことを思い出した。

「『乙女の涙《なみだ》』があります！」

慌てて馬車の中を見回すと、小箱は床に転がり落ちていた。

「ベラレス家で、ソシア様という『花の乙女』にお会いしたんです。これは、その方がくださったもので……」

説明しながら金の小箱を差し出すと、手早く箱を開けたセレウスが、中にたくさん入っている薄紅色《うすべにいろ》の丸薬を数粒《つぶ》取り出し、強引《ごういん》にウォルフレッドの口を割って中に押し込んだ。

ウォルフレッドが目を閉じたまま、こくりと嚥下《えんげ》する。かすかにほっとした息が吐《は》き出された。が、すぐに荒い呼吸に変わり、トリンティアは慌てて両手でウォルフレッドの手を握りしめる。

「ベラレス公爵《こうしゃく》とのお茶会のことは、後でゲルヴィスから詳《くわ》しく聞きますが……。ソシアという『花の乙女』は、今どこに？」

「公爵家にいらっしゃいます。陛下が連れ帰るのをお断りになられて……」

「今から戻《もど》っていては完全に陽《ひ》が沈《しず》んでしまいますね。さすがに、今日はこれ以上の襲撃《しゅうげき》はないと思いますが……」

苦い顔で呟いたセレウスが立ち上がる。

「これ以上、わたくしがここにいてもできることはありませんから、陛下はあなたにお任せします。もし陛下の呼吸が今より荒くなることがあれば、『乙女の涙』を二、三粒、お口へ入れてさしあげるように。城までは、ゲルヴィスが護衛します」

一方的に言い置いたセレウスが馬車を出ていく。ぱたりと扉《とびら》が閉められ、すぐに馬車が動き出した。

太陽はもう、ほとんど沈みかけている。夜の気配を運んでくる風が、割れた窓から入って来る馬車の中で、トリンティアはひたすらウォルフレッドの手を握りしめていた。

「トリンティア。あなたも着替《きが》えて、何か食べたほうが……」

「ですが……」

気遣《きづか》うイルダの声に、ウォルフレッドの私室の寝台《しんだい》のすぐ側《そば》に置かれた椅子《いす》に腰《こし》かけていたトリンティアは、ふるふるとかぶりを振った。

寝台では、ウォルフレッドが荒く浅い呼吸を繰り返している。イルダとゲルヴィスの手によって返り血を拭《ぬぐ》われ、ゆったりとした夜着を着せられているものの、苦悶《くもん》の表情は馬車にいた時となんら変わりない。

トリンティアは馬車からずっと、片時も離《はな》さずウォルフレッドの手を握り続けていた。力を込め続けた両手は、感覚がなくなりつつある。

「陛下を案じる気持ちはわかりますが、そんなに気を張っていては、あなたのほうが倒《たお》れてしまいますよ」

ふだん表情を崩《くず》さないイルダが、珍しく眉根《まゆね》を寄せる。

「わたくしは陛下がご幼少のみぎりよりお仕えしておりますが、この状態ならば、命に別状はありません。銀狼に変化なされた反動に襲《おそ》われているだけでしょう」

安心させるようなイルダの声に、逆に胸がずきりと痛む。

ウォルフレッドが銀狼の血による苦痛に苛《さいな》まれているのだとしたら、トリンティアのせいに他《ほか》ならない。足手纏いのトリンティアを守るためにウォルフレッドは──。

「……イルダ様。ドレスを脱《ぬ》ぐのを手伝っていただけませんか？」

「ええ、もちろんですよ」

イルダがほっとしたように息をついて、夜着に着替えるのを手伝ってくれる。

「ありがとうございました。そ、その……」

意を決して、ウォルフレッドにかけられた掛布《かけふ》をめくる。片手をウォルフレッドとつないだまま、寝台に上がろうと膝《ひざ》をのせると、背後でイルダが淡々《たんたん》と告げた。

「……わたくしは扉の前に控《ひか》えています。必要でしたら、いつでも呼びなさい」

イルダがドレスを持って私室を出ていく。ぱたりと扉が閉まる音を聞いてから、トリンティアはそっとウォルフレッドの隣《となり》に横たわった。

馬車でセレウスに聞いた言葉が脳裏《のうり》に甦《よみがえ》る。手をつないでいるより、ふれる面積が広いほうが、少しでも楽になるのではないかと、藁《わら》にも縋《すが》る思いで引き締《し》まった身体に身を寄せる。片手で夜着の上から胸元《むなもと》に手を振《ふ》れると、ぱくぱくといつもよりずっと速い鼓動《こどう》が感じ取れた。

毎夜、トリンティアを抱《だ》きしめて眠《ねむ》る時は、とくとくと穏《おだ》やかな音を奏《かな》でる鼓動。それを聞くだけで、いつも切ないほどの幸せと、泣きたくなるような安堵に包まれるのに。

「陛下……」

身を起こして、ウォルフレッドの面輪をのぞきこむ。眉を寄せ、苦しげな表情を浮《う》かべる端整《たんせい》な面輪。

荒く浅い呼気を吐き出す唇《くちびる》に、トリンティアはそっと己《おのれ》のそれを押しつけた。

乾《かわ》いて、ひやりとした唇。

息がうまくできなくて離すと、血の気の失《う》せた唇から、は、と呼気が洩《も》れた。先ほどよりも、わずかに緩《ゆる》んだ呼吸に、少しは効果があったのだと、泣きたくなるほど安堵する。

ほっとして、トリンティアは優《やさ》しくやさしく、ウォルフレッドの唇にくちづけの雨を降らせる。

胸が痛い。愛《いと》しい人が少しでも楽になりますようにと祈りながら。

ウォルフレッドが今すぐ楽になってくれるなら、トリンティアの命など、捧《ささ》げてしまってもいいのに。

抑《おさ》えきれない気持ちが、涙となってあふれそうになる。唇を強く噛《か》んで涙を堪《こら》え、トリンティアはウォルフレッドを真っ直《す》ぐに見つめた。

ゆっくりと、もう一度くちづける。

「ウォルフレッド様……」

決して本人の前では口に出せぬ名前を紡《つむ》いだ途端《とたん》。

「ミレイユ……！」

不意に、力強い腕《うで》に抱きしめられる。

「っ⁉」

視線を上げて確かめたが、ウォルフレッドは目をつむったままだ。

秘《ひ》められた名を知ってしまった驚《おどろ》きで、心臓がばくばくと跳《は》ねている。

ミレイユとは誰《だれ》だろう。聞いたことがない名前だ。けれども、紡がれた声は、聞いたこちらの胸が痛くなるほどに切なげで。

――ウォルフレッドにとって特別な女性なのだと、嫌《いや》でもわかる。

婚約《こんやく》者なのだろうか。ウォルフレッドは皇帝《こうてい》だ。妃《きさき》候補の四人や五人、いたところでおかしくない。ウォルフレッドの隣に立つにふさわしい美しい方。トリンティアが嫉妬《しっと》すら抱《いだ》きようのない、遥《はる》かな高みにいる女性。まだ見ぬその方のためにも。

「どうか……。早くお目覚めくださいませ……」

トリンティアは胸元に頬《ほお》を寄せ、傷だらけの身体《からだ》をぎゅっと抱きしめた。


懐《なつ》かしい、夢を見た。皇帝となった今はもう、ゲルヴィスでさえ呼ばなくなった「ウォルフレッド」と名を呼ぶ人の――。

夢現《ゆめうつつ》の狭間《はざま》を漂《ただよ》っていたウォルフレッドは、意識を取り戻した途端、跳ね起きようとして、身体を抱きしめる細い腕の重みに阻《はば》まれた。

窓から差し込む光は明るい。いつの間に夜が明けたのか。驚きつつ視線を向けた先に、守りたかった少女の無事な姿を見とめて、ほっと息を吐き出す。

同時に、意識を失う寸前のことを思い出した。

ベラレス公爵の誘《さそ》いを受ければ、愚《おろ》か者どもが襲撃を企《たくら》むに違《ちが》いないと、ゲルヴィスを護衛とし、セレウスに密《ひそ》かに別動隊を指揮させ……。だが、敵の数を甘く見積もり過ぎていた。加えて、毒矢まで用意していたとは。敵も周到《しゅうとう》に準備を整えていたのだろう。

いや、大軍も毒矢も、ウォルフレッドには何ほどのものでもない。ウォルフレッドと、ゲルヴィスだけであったなら。

ウォルフレッドを抱きしめ、寄り添《そ》って眠るトリンティアをまじまじと見つめる。健《すこ》やかな寝息《ねいき》を立てるトリンティアは怪我《けが》はしていないようで、心の底から安堵《あんど》する。

今度こそ守り切ると誓《ちか》った存在を、約束を違《たが》えず守れた喜びに、心が浮き立つ。そのためならば、毒矢の雨に身を晒《さら》すことすら、一片《いっぺん》の躊躇《ためら》いも感じなかった。

あたたかい身体を抱き寄せると、身体の奥底で蠢《うごめ》く苦痛が、柔《やわ》らかに融《と》けてゆく。

皇位争いを制し皇帝となってからは、銀狼《ぎんろう》になることもなかった。

久々に銀狼と化した身体は、骨が軋《きし》むような痛みを訴《うった》えている。トリンティアがふれているところから、ゆるゆると痛みがほどけてゆくが、すべてを癒《いや》すにはほど遠い。

明後日《あさって》の夜明けには、『天哮の儀』が迫《せま》っているというのに、と吐息《といき》すると、くすぐったかったのか、トリンティアがもぞりと動いた。

逃《に》げようとするぬくもりを離したくなくて、思わずぎゅっと抱き寄せる。

トリンティアにふれるだけで痛みがやわらいでいく感覚に、華奢《きゃしゃ》な身体を抱きつぶしてしまいそうになり、慌《あわ》てて腕を緩めた瞬間《しゅんかん》。

喰《く》ってしまえ、と不意に身体の奥で赤眼の餓狼《がろう》が囁《ささや》いた。まるで、銀狼の血の凶暴性《きょうぼうせい》が具現化したかのように。

何を躊躇うことがある？　『花の乙女《おとめ》』は銀狼を癒すための存在。遠慮《えんりょ》など、するほうが愚かではないか。

身体の奥底に巣くう苦痛が、赤眼の餓狼の姿をとって、ウォルフレッドをけしかける。

――お前とて、喰らいたいのだろう？

餓狼がウォルフレッドの心の幕をやすやすと嚙み破り、暴《あば》いてゆく。

着飾《きかざ》ったトリンティアを見た時、思ったではないか。『花の乙女』にふさわしい、美しい乙女になったと。

やめろ、とウォルフレッドはかすれた声で呟《つぶや》いて餓狼の誘惑《ゆうわく》をはねつける。

前皇帝のように、『花の乙女』に溺《おぼ》れる愚帝《ぐてい》になる気は、微塵《みじん》もない。「手は出さぬ」と交《か》わした約束を破るような卑怯《ひきょう》者には決してならぬ、と。

そんな口約束を愚かに守ってどうする？　と餓狼がウォルフレッドの意志を挫《くじ》こうとせせら嗤《わら》う。

お前は銀狼国の皇帝ではないか。ウォルフレッドが白と言えば、黒い鴉《からす》ですら白く染まる。だというのに、取るに足らぬ小娘《こむすめ》との約束を律儀《りちぎ》に守ろうとするとは、片腹痛い。

まるで獲物《えもの》をいたぶるかのように、餓狼がウォルフレッドの心に甘い毒を送り込む。身体の奥底から湧《わ》き上がってくる苦痛が、ウォルフレッドの理性を酩酊《めいてい》させる。

初めてくちづけた夜のように、柔らかな唇を奪《うば》えば、どれほど満たされることだろう。腕の中で眠るこの花を自分だけのものにしてしまえたら。

けれど。

脳裏に灼《や》きついたトリンティアの泣き顔が、かろうじて理性を奮い立たせる。守ると約束した大切な花。その彼女を、ウォルフレッド自身が泣かせるわけにはいかぬ。

縋るようにトリンティアを抱く腕に力をこめた瞬間。

「ん……っ、陛、下……？」

苦しげに息を吐《は》いたトリンティアが目を覚ます。失敗を悔《く》やむが、もう遅《おそ》い。

「よかった……っ。気がつかれたのですね……っ」

目覚めたトリンティアがウォルフレッドを見上げ、花が咲《さ》くような笑顔《えがお》を見せる。

思わず魅入《みい》られたウォルフレッドの心の奥で、「ほら、獲物が目覚めたぞ」と餓狼が低く嗤う。

遠雷《えんらい》のように轟《とどろ》く声を聞きながら、ウォルフレッドは言葉もなく腕の中のトリンティアを見下ろした。

目覚めた瞬間、自分を見下ろす碧《あお》い瞳《ひとみ》と目が合って、トリンティアは喜びに大きく息を吐き出した。嬉《うれ》しさに涙《なみだ》がにじみそうになる。

「よかった……っ。ずっと苦しそうになさっていて……。お加減はいかがですか？」

問うたが、返事はない。碧い目を瞠《みは》り、トリンティアを見つめる表情からは、何を考えているのか窺《うかが》い知れない。

「陛、下……？」

もう一度呼んだところで、先に言わねばならぬことに思い至る。

「あ、あの！　助けていただいて本当にありがとうございました！　私を庇《かば》ってくださったせいで、陛下がお怪我を……っ！　どれほどお詫《わ》び申しあげても足りぬと重々承知しておりますが、申し訳ございませんでした……っ！」

抱《だ》きしめられているのでうまく頭が下げられず、ウォルフレッドの胸に頭をこすりつけるような形になってしまう。

「お前は、怪我をしていないか？」

ぎこちなく紡がれた問いに、こくこくと何度も頷《うなず》く。

「はいっ。陛下が守ってくださったので、私はどこも――、ひゃっ!?」

突然《とつぜん》、強く抱きしめられて、息が詰《つ》まる。

「そうか、よかった……っ。約束を、守れたのだな」

胸に迫るような安堵の声。

「で、ですが、そのせいで陛下が毒矢に……っ」

昨日のことを思い出すだけで、かたかたと身体が震《ふる》え出す。

「よい。あの程度の矢も毒も、銀狼の血を引くわたしには、何ほどのこともない」

震えるトリンティアをなだめるように、ウォルフレッドがそっと髪《かみ》を撫《な》でてくれる。優《やさ》しく頼《たの》もしい、大きな手のひら。

「夕べは、ずっとわたしについていてくれたのだな」

髪のことなんてすっかり忘れていたが、茶会の時のままだ。昨日は綺麗《きれい》に結《ゆ》い上げてもらっていたが、酷《ひど》い有様になっているに違いない。

「も、申し訳ございませんっ。みっともないところを……」

「よい。気にするな」

頭を撫でていたウォルフレッドが、しゅるりとリボンをほどく。ほどけた髪がはらはらと肩《かた》に落ちた。

「ずっとわたしのそばにいてくれた証《あかし》だろう？　おかげで、銀狼に変化《へんげ》したにもかかわらず、動ける程度にはましだ」

痛みを堪《こら》えるようなウォルフレッドの声に、トリンティアの胸まで痛くなる。

「銀狼になられるのは、お辛《つら》いのですか……？」

「お前には知らせぬままになってしまったな。恐《おそ》ろしかっただろう？」

問いかけは、別の問いではぐらかされる。トリンティアは必死でかぶりを振《ふ》った。

「恐ろしいだなんて！　一片たりとも思いませんでした！　美しくて、息を呑《の》むほど神々《こうごう》しくて……っ。何より、助けてくださった陛下を恐ろしいと思うはずがございません！」

トリンティアの返事に、ウォルフレッドが驚《おどろ》いたように目を見開く。だが、返事はない。

ただ、苦痛を孕《はら》んだ呼気が形良い唇《くちびる》から洩《も》れる。

やはり、まだ辛いに違いない。ウォルフレッドの身体の中では、いったいどれほどの苦痛が暴れ回っているのだろう。

トリンティアはぎゅっと唇を噛《か》みしめた。

おそらく、一晩寄り添っていただけでは足りなかったのだ。ウォルフレッドの力になれない自分が情けなくて、身を裂《さ》いて詫びたいほどだ。

どんなことでもいい。わずかなりともウォルフレッドを癒す方法がないかと必死で思考を巡《めぐ》らせ……。『花の乙女』として、初めてウォルフレッドの私室へ連れてこられた夜のことを思い出す。

自分がこれから告げようとする言葉の大胆《だいたん》さに、身体《からだ》がかたかたと震え出す。

けれど、トリンティアのせいで傷を負ったというのに、苦痛を押し隠《かく》してふだん通りにふるまおうとするウォルフレッドを、このまま放《ほう》っておくなんてできない。

「陛、下……」

身体の震えが止まらない。紡《つむ》ぐ声が自分のものではないかのように遠く聞こえる。

「お前はもう下がってよい。このままでは――」

「いえっ、あの……っ！」

退室させようとするウォルフレッドの言葉を遮《さえぎ》るようにかぶりを振る。緊張《きんちょう》にひりつく喉《のど》を苦労して動かし、碧い瞳を真っ直《す》ぐに見上げて告げる。

「私が陛下の苦痛を癒せるのでしたら、何でもいたします！　ですからどうか――っ！」

言葉は、みなまで言わぬうちに断《た》ち切られた。両肩を摑《つか》まれ、なかば突《つ》き飛ばすように乱暴に引きはがされる。

「……昨日の襲撃《しゅうげき》で混乱しているようだな。今日は休め」

トリンティアを見もせず、感情を無理やり押し込めたような低い声で一方的に言い置いたウォルフレッドが、唇を引き結び、身を翻《ひるがえ》して寝台《しんだい》を下りる。トリンティアが止める間もなかった。

そのまま、振り返ることなくウォルフレッドが私室を出ていく。

――まるで、トリンティアを拒絶《きょぜつ》するかのように。

荒々しく扉が閉まる音を聞いた途端《とたん》、堪えきれなくなった涙があふれ出す。

凍《こお》りついたような表情で固く引き結ばれた唇も、突き飛ばすようにトリンティアを引きはがした手も、明確にトリンティアを拒《こば》んでいた。

なんと愚《おろ》かだったのだろう。涙を拭《ぬぐ》いもせずうなだれる。

もしかしたら、と心の中では一縷《いちる》の望みを抱《いだ》いていた。

トリンティアの不安を払《はら》おうと髪を撫でてくれた手も、怪我《けが》はないかと案じてくれた声も、思わず縋《すが》りつきたくなるほどに優しくて。

もしかしたら――トリンティアの想《おも》いを受け取ってもらえるのではないかと。

きっと、トリンティアの恋心《こいごころ》に気づかれてしまったのだ。身の程《ほど》知らずも甚《はなは》だしい愚か者よと、軽蔑《けいべつ》されてしまったに違《ちが》いない。

だが、一度告げてしまった言葉はもう、決して取り消せない。

いったい何と言って謝ればウォルフレッドの許しを得られるかわからず、トリンティアは一人寝台に座り込んで、途方に暮れて涙を流し続けた――。

「陛下！」

乱暴に扉を閉め、廊下《ろうか》へ出たウォルフレッドに、扉のすぐそばで待機していたゲルヴィスとイルダが駆《か》け寄ってくる。

二人を無視して、背を向け歩き出す。どこでもいい。とにかく、一刻も早くここから立ち去りたかった。

「どこに行かれるんすか⁉」

「お加減はいかがでございますか⁉」

口々に問うゲルヴィスとイルダに、「構うな」とすげなく告げる。が、そんな程度で引き下がるゲルヴィスではない。

「ひっでぇ顔色で何をおっしゃってるんすか！　嬢《じょう》ちゃんはどうしたんです⁉」

肩を摑もうとした手を、乱暴に振り払う。

ばしんっ、と鞭打《むちう》つような大きな音が静かな石造りの廊下に響《ひび》き渡《わた》る。ウォルフレッドは足を止めると、軽く息を吐《は》いて、できる限り感情を出さずにイルダに命じた。

「イルダ。トリンティアの様子を見てやってくれ。昨日、襲撃を受けたせいで、ひどく動《どう》揺《よう》しているらしい。……頼む」

震え、今にも泣き出しそうなトリンティアの顔を思い出すだけで、心の柔《やわ》らかな部分に爪《つめ》を立てられているような気持ちになる。

「かしこまりました」

ウォルフレッドの最後の言葉に小さく息を吞んだイルダが、だが余計なことは何も言わず、一礼して廊下を戻《もど》っていく。

「ゲルヴィス。お前もトリンティアについていてやれ。さすがに、昨日の今日で襲撃はなかろうが……」

昨日、トリンティアに向けられた凶刃《きょうじん》を思い出すだけで、凶暴な感情が湧《わ》き上がってくる。だが、トリンティアを傷つけるという意味では、ウォルフレッドも大差ない。

ウォルフレッドはゲルヴィスが何か口にするより早く、言を継《つ》ぐ。

「少し、一人になりたいだけだ。落ち着いたら、すぐに公務に戻る。それまでトリンティアを頼んだ。……トリンティアも、わたしよりお前のほうがよかろう」

最後の呟《つぶや》きは、無意識に苦くなる。

ゲルヴィスがはーっ、と大きく息を吐き出して、仕方なさそうに大きな手で頭をかいた。

「わかりましたよ。けど、無理はなさらないでくださいよ？」

「わたしのことならば、心配いらぬ」

すげなく返すと、もう一度、特大の溜息《ためいき》をつかれた。

「ったく。言い出したら聞かないんすから。セレウスみたいなことは言いたくないっすけど、明後日《あさって》の夜明けは、『天哮の儀』っすからね。嬢ちゃんと何があったか知りませんが、それまでにそのお顔、もうちょっとましにしておいてくださいよ」

なぜトリンティアが原因ということまでわかったのだろう。長年のつきあいのゲルヴィスに内心、舌を巻きつつ、別の問いを口に出す。

「セレウスはどうしている？」

「寝《ね》ずに昨日の後始末に走り回ってるっすよ。陛下がお目覚めになったと知れば、報告に来るんじゃないっすかね？」

「そうか」

正直、今は誰《だれ》の顔も見たくない。一つ頷《うなず》くと、ウォルフレッドは今度こそゲルヴィスに背を向ける。

向かった先は、私室からさほど離《はな》れていない執務室《しつむ》だ。無人の室内にほっとする。セレウスとゲルヴィスの机の間を通り抜《ぬ》け、奥の自分の椅子《いす》にどかっと座る。

「くそ……っ」

こぼれ出た声は、自分でも驚《おどろ》くほど荒《あら》かった。

トリンティアの言葉を聞いた時、幻聴《げんちょう》かととっさに疑った。自分の中の欲望が幻《まぼろし》となって現れたのだと。

だが、今にも泣き出しそうな顔で震《ふる》えているトリンティアを見た瞬間《しゅんかん》、氷水を浴びせられたように心臓が凍りついた。

血の気の引いた面輪《おもわ》で、ウォルフレッドの顔色を窺《うかが》うさまは、『冷酷皇帝《れいこくこうてい》』の噂《うわさ》に怯《おび》えていた頃《ころ》と、なんら変わりなくて――。

きっと、セレウスに強《し》いられて、無理やり言わされたに違いないと。

あたたかく柔らかな身体を引きはがせたのは、奇跡《きせき》に近い。あと一呼吸、遅《おく》れていたら、どうなっていたか、考えるだけで恐《おそ》ろしい。そして我《われ》に返った時、守ると約束した少女を自らの手で傷つけてしまった怒《いか》りで、我が身に牙《きば》を立てていたに違いない。

ウォルフレッドは身体の中で渦巻《うずま》く感情を押し出すように、長く息を吐き出した。

苦痛は、まだ身体の中で暴れ回っている。餓狼《がろう》はいったん消えたものの、骨が軋《きし》み、内臓が腐《くさ》っていくかのような痛みに吐きそうだ。

だが、これがトリンティアを傷つけずにすんだ代償《だいしょう》だというのなら、こんな痛みくらい、いくらでもつきあってやる。

もう一度、安堵《あんど》と苦痛が入り混じった息を吐いたところで、前触《まえぶ》れもなく、執務室の扉が開けられた。

「陛下?」

ウォルフレッドがいるとは予想だにしていなかったのだろう。セレウスが戸口で立ち止まり、目を瞬《しばた》かせる。

鎧《よろい》こそ脱《ぬ》いでいるものの、ゲルヴィスが言っていた通り一睡《いっすい》もしていないのだろう。疲《つか》れがにじむ怜悧《れいり》な面輪の中で、目だけが獲物《えもの》を探す獣《けもの》のように底光りしている。

「トリンティアに何を吹《ふ》き込んだ?」

セレウスの顔を見た途端、抑《おさ》えきれぬ怒りが湧き上がり、糾弾《きゅうだん》が口をついて出る。セレウスが動じた風もなく片眉《かたまゆ》を上げた。

「ああ。ついに――」

「そんなわけがなかろう!」

セレウスの言葉を断《た》ち切り、荒ぶる感情のままに、拳《こぶし》を天板に叩《たた》きつける。だんっ、と荒々しい音が静かな執務室に響き渡る。が、セレウスは憎《にく》らしいほど泰然《たいぜん》としたままだ。

「なぜです? ベラレス家でのことは、ゲルヴィスより聞きました。まさか、トリンティアが前皇帝《こうてい》の娘《むすめ》だったとは。驚きましたが、これほどこちらに都合がよいこともございません。皇女を屈服《くっぷく》させたとなれば、前皇帝派も気勢が殺《そ》がれましょう。まったくあの娘は、思わず感謝したくなるほど、あれこれ役に立ってくれますね」

「ふざけるなっ！」

考えるより早く、怒声《どせい》が飛び出す。

「トリンティアは道具ではない！　利用するのはわたしが許さんっ！」

「なぜでございます？」

ウォルフレッドの激昂《げっこう》に返すセレウスの声は、恐ろしいほどに凪《な》いでいた。

「皇位を手に入れ、この国を変えるために、今までありとあらゆるものを利用してきたというのに。なぜ、あの娘だけを特別に扱《あつか》うのです？」

とすり、とセレウスの問いかけが矢のように胸に突き刺《さ》さる。

とっさに言葉が出てこない。なぜ、という問いかけだけが、頭を巡《めぐ》り。

「……言ったはずだ。わたしは『花の乙女《おとめ》』に溺《おぼ》れる惰弱《だじゃく》な王にはならぬと」

告げた声は、苦痛にまみれ、ひび割れていた。セレウスが呆《あき》れたように眉をひそめる。

「その志はご立派ですが、今は間近に迫《せま》った『天哮の儀』をつつがなく執《と》り行うことが最重要事項《じこう》でございます。そもそも、『花の乙女』は皇族の苦痛を癒《いや》すために存在するもの。それを慮《おもんぱか》るなど、本末転倒《ほんまつてんとう》ではございませんか」

「『天哮の儀』は、必ず成功させる。当然だろう？」

セレウスに言われずとも、『天哮の儀』の成功が今後の治世においてどれほど重要なのか、ウォルフレッド自身が誰よりも承知している。

だが、答えた声は苦痛がにじみ、覇気《はき》に欠けていた。セレウスが怜悧な面輪をしかめる。

「かなりお辛《つら》いようでございますが」

「ベラレス公爵《こうしゃく》から献上《けんじょう》された『乙女の涙《なみだ》』があっただろう？　どこだ？」

今の状態でトリンティアに会える気がしない。

もう一度、あたたかな身体《からだ》を抱き寄せたら――今度こそ、抑えが利《き》く自信がない。

セレウスが懐《ふところ》から取り出した小さな革袋《かわぶくろ》を奪《うば》うように取り、薄紅色《うすべにいろ》の丸薬を口の中に乱暴に放《ほう》り込む。――が、違和感《いわかん》に思わず手で口を押さえたウォルフレッドに、セレウスが詰《つ》め寄った。

「どうかなさいましたか⁉　もしや毒が――っ⁉」

「違《ちが》う。毒ではない」

もう片方の手でセレウスを制し、かぶりを振《ふ》る。

「だが……。数か月ぶりに『乙女の涙』を口にしたせいか、作った者が違うからなのか……。こんな違和感は初めてだ。苦痛は確かに減じるゆえ、毒でないのは確かなのだが……」

自分でもうまく言葉にできない。トリンティアにふれている時は、感情まで優《やさ》しくなだめられるような安らぎを感じるのだが……。ソシアの丸薬には、それがない。これが『真の花の乙女』との差なのだろうか。

いや、そんなものは不要だと、ウォルフレッドは口から離した手を握《にぎ》りしめる。

『花の乙女』も『乙女の涙』も、必要なのは苦痛と凶暴性を癒す効能、それだけだ。それ以外のものなど、求めていない。決して。

「昨日の愚《おろ》か者どもはどうした？」

渦巻く感情から目を背《そむ》けるようにセレウスに問うと、即座《そくざ》に答えが返ってきた。

「すでに首謀者《しゅぼうしゃ》だけでなく賛同者まで調べはついております。現在は逃亡《とうぼう》防止のため兵を派遣《はけん》し、屋敷《やしき》に蟄居《ちっきょ》させておりますが……」

セレウスが自分の机の上にあった何枚かの書類をウォルフレッドに差し出す。

「陛下のご署名さえいただければ、本日中に処刑《しょけい》できるよう、手はずを整えております」

ウォルフレッドは受け取った書類をぱらぱらとめくる。記されていた貴族達の名は、『天哮の儀』の中止を求めて謁見《えっけん》しに来た輩《やから》どもだ。

ウォルフレッドは一つ吐息《といき》して、胸の中の感情を手放すように、乱暴に書類を執務机に放り投げた。ばさり、と書類が乱れて広がる。

「逃亡の心配がないのなら、ひとまずはこのままでよかろう。『天哮の儀』の直前に、刑場を血で濡《ぬ》らす必要もあるまい」

「よろしいのですか？　後顧《こうこ》の憂《うれ》いを断つためにも、『冷酷皇帝』らしく、果断に処罰《しょばつ》されてもかまわぬかと」

「だが、いつまでも恐怖《きょうふ》だけで人は縛《しば》れまい」

ウォルフレッドは苦い声で呟《つぶや》く。

「『天哮の儀』が成功すれば、わたしの皇位を認める貴族達が大勢《たいせい》を占《し》めよう。この国を健《すこ》やかに発展させるためにも、歪《ゆが》みは少しずつ正してゆかねば」

「それについては陛下のおっしゃる通りでございますが……」

徹夜《てつや》のせいでやや落ちくぼんだセレウスの薄青《うすあお》い瞳《ひとみ》が、苛烈《かれつ》な光を宿す。

「この国の膿《うみ》を出し切るためにも、陛下には『冷酷皇帝』として今一度、刃《やいば》を振るっていただきとうございます」

セレウスが、懐からすでに開封《かいふう》された手紙を取り出す。

「サディウム伯爵《はくしゃく》より、内々の招待状が届きました。『天哮の儀』の前に、ぜひとも陛下にお会いしたいと」

「サディウム伯爵が？　何用だ？」

思わず厳しい声が出る。セレウスが薄く微笑《ほほえ》んだ。

「ろくでなしのサディウム伯爵のことですから、おそらく『銀狼国の薔薇《ばら》』と呼ばれるエリティーゼ嬢《じょう》を陛下の妃候《きさき》補として差し出すことで、陛下の庇護《ひご》を求めようとしているのではないかと」

セレウスがはんっ、と嘲《あざけ》るように鼻で笑う。

「トリンティアの素性《すじょう》は、特に隠《かく》してはおりませんから。その気になれば、彼女がサディウム家の者だと、すぐに知れましょう。強硬《きょうこう》なレイフェルド派だったサディウム伯爵が、陛下に『花の乙女』を献上したとなれば、同じ派閥《はばつ》の貴族達に恨《うら》まれるのは必至……。今《いま》頃《ごろ》、サディウム伯爵がどのような顔で右往左往しているか考えるだけで、心が躍《おど》ります」

セレウスが整った面輪を歪ませ、追い詰めた獲物の喉笛《のどぶえ》を嚙《か》み千切る獣のような、嗜虐《しぎゃく》的な笑《え》みを浮《う》かべる。セレウスがこれほど感情を露《あら》わにする相手は、サディウム伯爵だけだ。かつて、セレウスの父親を冤罪《えんざい》で陥《おとし》れ、処刑される原因を作った男。

薄青い瞳を妄執《もうしゅう》にぎらつかせるセレウスは、たとえウォルフレッドが誘《さそ》いを蹴《け》ろうとしても、聞き入れぬだろう。

「確かに、その可能性が一番高いだろうが……。だが、サディウム伯爵がゼンクール公爵と手を組み、エリティーゼ嬢を餌《えさ》にわたしを招いて暗殺しようと企《たくら》んでいる可能性も皆無《かいむ》とは言えぬだろう？」

サディウム伯爵の動向はウォルフレッドも気にかけ、調べさせていた。調査した者の言によると、サディウム伯爵の屋敷の周りで怪《あや》しげな動きがあるという。いったいどんな企みが隠されているかはわからぬが、不穏《ふおん》の芽は早めに摘《つ》んでおくに限る。

怪しい動きがあれば、すぐに皇帝が動くという印象を植えつければ、今後、反皇帝派の貴族達がくだらぬ企みを画策する事態も減るだろう。

「わかった。招待を受けよう。返答はお前に任せる」

「かしこまりました。では、明日の午後の約束を取りつけましょう」

一礼したセレウスが、「それと」と言を継《つ》ぐ。

「先ほど、先触《さきぶ》れがございまして、ベラレス新公爵が参られるとのことです。公爵家からの帰途《きと》での襲撃《しゅうげき》でございましたから、身の潔白を証《あか》したいのでしょう。加えて、ベラレス家が陛下のお味方となったことを印象づけられるためかと。どうぞ謁見のお支度《したく》を」

告げるセレウスに応じ、立ち上がる。身体の奥に、熾火《おきび》のように苦痛が燻《くすぶ》り続けているが、『乙女の涙』のおかげで、動くのに支障はない。むしろ、忙《いそが》しいほうが気が楽だ。でなければ、すぐにトリンティアの泣き出しそうな顔がまなうらに浮かんで、心が千々に乱れてしまいそうで。

「セレウス。『乙女の涙』があるゆえ、今日は『花の乙女』はいらぬ。昨日の今日だ。少しは休ませてやらねば、『天哮の儀』の直前に倒《たお》れられては困るからな」

トリンティアを心配している気持ちに偽《いつわ》りはない。だが、ウォルフレッド自身が、セレウスに告げた言葉は、建前に過ぎないと自覚している。

しばらくはトリンティアを視界に入れたくない。

もし今、トリンティアにふれたら――身体の中で荒《あ》れ立つ飢《う》えのままに、約束を違《たが》えてしまいそうで。

「かしこまりました。トリンティアは今日はイルダ殿《どの》に預けて骨休めさせましょう」

恭《うやうや》しく応じるセレウスを後ろに従え、ウォルフレッドは謁見の準備を整えるべく、執務《しつむ》室を出た。

「今日は、陛下のお側《そば》に侍《はべ》る必要はありません」

「え……？」

いつものように湯浴《ゆあ》みを終え、後はウォルフレッドの私室に行くばかりとなっていたトリンティアは、セレウスに告げられた言葉に、呆然《ぼうぜん》と声を洩《も》らした。

「夜も……、ですか？」

「ええ。陛下が必要ないと」

淡々《たんたん》と応じたセレウスがトリンティアの返答も待たずに踵《きびす》を返す。ぱたりと扉《とびら》が閉まった瞬間《しゅんかん》、トリンティアは、糸が切れたようにへなへなと床《ゆか》にへたりこんだ。

「トリンティア⁉」

珍《めずら》しくイルダが慌《あわ》てた声を上げる。が、答える余裕《よゆう》もない。衝撃《しょうげき》に白く染まった頭の中で、セレウスに告げられた言葉だけが、ぐるぐると回っている。

今朝、ウォルフレッドが私室を出ていって以来、一度も顔を合わせていない。

だが、きっと夜にはそばにいられるのだと信じていた。

ウォルフレッドに会ったら、朝の非礼を詫《わ》びよう。苦しんでいる姿を見て、思わず「何でもします」と言ってしまっただけなのだと……。不快にさせるつもりなど、なかったのだと。そう、謝罪しようと思っていたのに。

床に座り込み、涙《なみだ》がこぼれ落ちるのもそのままにうなだれていると、不意にイルダが肩《かた》に手をかけた。

「トリンティア、あなた……。陛下に、恋《こい》をしているのね？」

「っ！」

問われた瞬間、息が詰まる。驚《おどろ》きのあまり、涙さえぱたりと止まった。

どうしてわかってしまったのだろう。心の奥底に、固くかたく封《ふう》じていたはずなのに。

「も、申し訳ございません……っ！」

新たな涙に瞳を潤《うる》ませながら、トリンティアは床に額をこすりつけて平伏《へいふく》する。

「……なぜ、謝るのです？」

感情の窺《うかが》えない静かな声に、びくりと肩が震《ふる》える。

謝るということは恋心を認めたも同じだ。早く弁解せねばと理性が叫《さけ》んでいる。けれど。

トリンティアはふたたび額を床にこすりつけた。

「も、申し訳ございません！　自分がどれほど分不相応で、愚《おろ》かな想《おも》いを抱《いだ》いているのか、承知しております！　不敬罪で罰せられても仕方がございません！　ですが……っ」

ウォルフレッドに想いを告げるなんて、許されないのは知っている。告げる気もない。

けれど、たとえ一生、告げられないとしても、この想いにだけは、嘘《うそ》をつきたくない。

心の中で星のようにきらめくもの。すでに砕《くだ》け散った想いは、ふれるたびに粉々になった硝子《ガラス》のようにトリンティアを傷つける。それでも。

この想いを失《な》くしてしまったら、もう二度と自分の意志で息ができないような気がする。

「わ、私などが想いを寄せていい御方《おかた》ではないと承知しております！　陛下には、一言たりともお伝えする気はございませんっ！　ソシア様やイレーヌ様に張り合おうという気など、決して……っ」

だから、ただ心の中でだけ想うことを許してほしいと告げようとして。

「ソシア様もイレーヌ様も、今夜、陛下のお側に侍られてはいませんよ」

「で、では、ミレイユ様が……？」

ウォルフレッドが愛《いと》しげに呟《つぶや》いていた名前を出した途端《とたん》、イルダの表情が凍《こお》りついた。

「その名を、どこで聞いたのです？」

偽りは許さぬと言いたげな鋭《するど》いまなざしに、トリンティアはびくりと震える。

「陛下が、夢現《ゆめうつつ》に呼ばれていたのです。あ、あのっ、決してミレイユ様のお名前を他
言する気はございません！　陛下の……大切な想い人でいらっしゃるのでしょう……？」

トリンティアの答えに、イルダが小さく吐息《といき》する。

「ええ、陛下の大切な方であったのは間違《まちが》いありませんね……」

イルダの言葉が胸を突《つ》き刺《さ》す。唇《くちびる》を噛みしめたトリンティアに、イルダが静かに言を継いだ。

「ですが、ミレイユ様が陛下のお側に侍ることは決してありえません。あの方は――二年

前に、お亡《な》くなりになっているのですから」

「え……？」

「誤解のないように言っておきますが、わたくしはあなたを責める気はありませんよ。心など、思うようにならぬもの。むしろ、止めねばと思うほど、かえって想いが深まるものでしょう？　それを責めようとは思いません。ですが」

イルダの瞳が剣《けん》のごとき鋭さを宿して、トリンティアを見据《みす》える。

「あの方は、銀狼国の皇帝《こうてい》であらせられる御方。生半可な者では、隣《となり》に並び立つことなど、到底《とうてい》かないません。――トリンティア。あなたに、その覚悟《かくご》はありますか？」

首筋に刃《やいば》を押しつけられたような圧が、イルダから発せられる。

真っ直《す》ぐに見返しながら、トリンティアは緊張《きんちょう》にひりつく喉《のど》を何とか動かした。

「わ、わかりません……。こんな想いを誰《だれ》かに抱《いだ》いたことなんて初めてで、何をどうすればよいかなんて、全くわからなくて……。イルダ様がおっしゃる覚悟がどんなものなのかも……。でも」

抑《おさ》えきれない感情に、ふたたび涙があふれてくる。

「陛下が、大切なんです。ずっと役立たずと罵《ののし》られてきた私が少しでもあの方のお役に立てるなら、何でもいたしますっ！」

ウォルフレッドに応《こた》えてもらおうなんて、もう思わない。そんなことは起こりえないとわかっている。ただ、ウォルフレッドのために、何でもいいからできることがしたい。

初めてトリンティアを「守る」と言ってくれた人。言葉通りに、トリンティアを庇《かば》って矢の雨に身を晒《さら》してくれた人。

あの時ウォルフレッドが守ってくれなければ、トリンティアは今、ここにいなかっただろう。どうすればウォルフレッドに大恩を返せるのか、トリンティアには思い浮《う》かばない。

――自分はもう、ウォルフレッドのそばにいることすらできないのだから。

トリンティアの返事は、果たしてイルダの意に適《かな》ったのか適わなかったのか。イルダが視線を伏《ふ》せ、そっと吐息する。

「……少し、昔話をしましょうか」

いつもより、ほんの少し柔《やわ》らかな声。どこか懐《なつ》かしむような……同時に、トリンティアには想像もできぬほどの深い哀《かな》しみを秘《ひ》めた。

「ミレイユ様は……。陛下の想い人ではありません。ミレイユ様は陛下のお父上、シェリウス侯《こう》のご寵愛《ちょうあい》を受けていた『花の乙女《おとめ》』であり……。陛下は、ミレイユ様を年の離《はな》れた姉のように深く慕《した》っておいででした」

「姉のように……」

ぽつりと呟いたトリンティアに、イルダは「ええ」と頷《うなず》く。

「ミレイユ様はとてもお美しくて、いらっしゃるだけでその場が明るくなるような方でした。陛下がお飲みになっていた『乙女の涙』はすべて、ミレイユ様が作られていたのですよ。あのまま、何事も起こらなければ、おそらくシェリウス侯は、早めに陛下に家督《かとく》を譲《ゆず》られ、ミレイユ様を正式に妻として娶《めと》られていたでしょう。稀《まれ》とはいえ、『花の乙女』が皇帝の側妃《そくひ》になった例もありますから。ですが……」

イルダの面輪《おもわ》が、今にも泣き出しそうに歪《ゆが》む。

「前皇帝のご葬儀《そうぎ》の帰りに賊《ぞく》に襲《おそ》われ、お二人とも……っ」

常に冷静さを失わないイルダの声がひび割れる。

「賊の正体は、今もわかっておりませんが、おそらく複数の皇子達が結託《けったく》したのでしょう。並の兵士達では、銀狼の力を持つ者に敵《かな》うはずがありませんから。王都に残っていらした陛下は、からくも難を逃《のが》れましたが……」

「ど……、どうしてですか⁉　だって、叔父《おじ》と甥《おい》なのでしょう⁉　それなのに……っ」

信じがたい話に、トリンティアはかすれた声を絞《しぼ》り出す。

「閑職《かんしょく》に追いやられていたとはいえ、シェリウス侯は亡き皇帝の弟……。皇族の中では最年長であり、人望も、これまで積まれてきた実績も、成人して数年も経《た》っていない皇子達より、群を抜《ぬ》いてらっしゃいました。皇子達にとって、シェリウス侯は皇位争いを勝ち抜くために、いち早く排除《はいじょ》したい存在だったのでしょう」

つう、とイルダの瞳《ひとみ》から、ひとすじの涙が伝い落ちる。

「後はあなたも知っている通りです。陛下は血で血を洗う争いの末に、他《ほか》の皇子達を制し、皇帝へと登りつめられました」

話し終えたイルダが、厳しいまなざしでトリンティアを貫《つらぬ》く。

「皇位につかれましたが、陛下の治世はまだ盤石《ばんじゃく》とは言えません。その陛下のお側《そば》にお仕えするということは、今後も昨日のような命の危険がないとは言えないということです。それでも――あなたは、陛下のお側にいたいと？」

イルダの視線に、昨日、自分に向けられた殺意を思い出す。

憎悪《ぞうお》に血走った目。命を欲《ほっ》してぬめるようにぎらつく刃。

恐《おそ》ろしくないわけがない。今でさえ、思い出すだけで身体《からだ》の震えが止まらなくなる。

「ゆ、夕べ、わたしは震えるばかりで何もできませんでした……。でも」

トリンティアは真っ直ぐイルダの目を見つめ返す。

「私の命を救ってくださったのは陛下です。陛下がいらっしゃらなければ、私は無事ではいられませんでした。ならば、私の命は助けてくださった陛下のもの。陛下のお役に立てるのでしたら、できることは何でもいたします！」

トリンティアは一縷《いちる》の望みを懸《か》け、イルダに深く頭を下げる。

「お願いです、イルダ様！　どうかお教えくださいませ！　私などでもまだ……。わずかなりとも、陛下のお役に立てることがあるでしょうか……？」

「トリンティア……。陛下はおそらく……」

何やら言いかけたイルダが、ふるりとかぶりを振《ふ》る。

「いいえ。わたくしごときが陛下のご心情を推《お》し測るのは不敬ですね。トリンティア、陛下には折を見て、わたくしから取りなしておきましょう。ですから、今日はゆっくりとお休みなさい。心身を整えておくことも『花の乙女』の立派な役目ですよ」

「はい……っ」

いたわりに満ちた優《やさ》しい声に、新たな涙《なみだ》が浮かぶのを感じながら、トリンティアはこくりと素直《すなお》に頷いた。


結局、一夜明けた後も、トリンティアはウォルフレッドに呼ばれぬままだった。

やはりウォルフレッドに見限られてしまったのだと嘆《なげ》き……。セレウスにウォルフレッドの外出の供をするよう命じられた時は、ようやくウォルフレッドに逢《あ》うことができるのだと、喜びと安堵《あんど》で涙がにじみそうになるほど、嬉《うれ》しかった。だが。

『花の乙女』であることを示す白い絹のドレスを纏《まと》い、顔にヴェールをかけたトリンティアがセレウスに促《うなが》されて馬車に乗り込んだ瞬間《しゅんかん》、先に乗っていたウォルフレッドが碧《あお》い瞳を見開いた。

「セレウス、どういうことだっ⁉　トリンティアを連れて行く必要はないだろう⁉」

鋭くセレウスに詰《つ》め寄るウォルフレッドの声が、喜びに舞《ま》い上がりかけていた心を刃のように貫く。

ウォルフレッドはやはり、自分など必要ではないのだ。そう考えるだけで涙があふれそうになり、トリンティアは厚手のヴェールの下できつく唇を噛《か》みしめた。

トリンティアには目もくれず、ウォルフレッドが厳しい声でセレウスを糾弾《きゅうだん》する。

「サディウム伯爵邸《はくしゃくてい》にトリンティアを連れて行くなど……っ！　何を考えている⁉」

「っ⁉」

ウォルフレッドの言葉に息を呑《の》む。恐怖《きょうふ》のあまり視界が狭《せま》く、昏《くら》くなり、ふらついた瞬間、力強い腕《うで》に抱《だ》きとめられた。ふわりと揺蕩《たゆた》った麝香《じゃこう》の香《かお》りに、泣きたいほどに胸が締《し》めつけられる。

だが、ウォルフレッドがトリンティアを抱きとめたのはほんの一瞬だった。即座《そくざ》に引きはがされたかと思うと、強引《ごういん》に馬車の座席に座らせられる。身体の震《ふる》えが止まらない。自分自身をかき抱く両手は、血の気が引いて氷のように冷たい。

刃のように鋭《するど》いウォルフレッドの糾弾にも、セレウスは泰然《たいぜん》としたものだ。

「皇帝陛下《こうてい》がお訪ねになるのですから、『花の乙女』の同行は当然でございましょう？　それとも、イレーヌかソシア殿《どの》を供にされますか？　今から支度《したく》をさせるとなると、約束の刻限に大幅《おおはば》に遅《おく》れることになりますが」

セレウスの言葉に、ウォルフレッドが言葉に詰まる。と、セレウスが薄青《うすあお》い瞳をトリンティアへ向けた。

「トリンティアも、サディウム伯爵はともかく、エリティーゼ嬢《じょう》には会いたいのでは？」

「エリティーゼお姉様にお会いできるのですか⁉」

震えていたのも忘れ、思わず身を乗り出す。セレウスが悠然《ゆうぜん》と頷いた。

「ええ。エリティーゼ嬢も王都へ来ておりますからね。……会いたいでしょう？」

「そ、それはもちろん……っ！」

伯爵に会うのは、顔を見ることさえ恐ろしい。だが、それ以上に大切な姉に会いたい。

「トリンティアもこう申しておりますし、このまま出発してよろしいですね？」

言葉こそ疑問形だが、決定事項《じこう》を伝えるような声音《こわね》でセレウスがウォルフレッドを振り向く。トリンティアの隣《となり》ではなく、向かいの座席に腰《こし》かけたウォルフレッドが、刺《さ》すような視線でセレウスを睨《にら》みつけた。

「……セレウス。謀《はか》ったな？」

「これも、銀狼国の膿《うみ》を出すためでございます」

セレウスの薄い唇《くちびる》に凄絶《せいぜつ》な笑《え》みが浮《う》かぶ。トリンティアが見た記憶《きおく》のない感情を露《あら》わにしたセレウスに、胸の奥で嫌《いや》な予感がむくりと芽吹《めぶ》いた。

ウォルフレッドの許可も得ずにトリンティアを同行させて、セレウスは何をさせる気なのだろう。

セレウスの指示で馬車が動き出すが、ウォルフレッドは硬《かた》い表情で唇を引き結び、窓の外へ視線を向けたまま、一言も発しない。

怒《いか》りを無理やり押し込めているかのような表情は、まさに『冷酷皇帝《れいこくこうてい》』の名にふさわしく、ふれる者を拒《こば》むかのようだ。

（やっぱり、私に呆《あき》れて怒《おこ》ってらっしゃるんだ……）

エリティーゼに会える喜びより、サディウム伯爵の顔を見る恐怖より、ウォルフレッドに軽蔑《けいべつ》されてしまったという事実が、何よりも心を苛《さいな》む。

分厚いヴェールの下で視線を伏《ふ》せ、涙がこぼれ落ちぬよう、きゅっと唇を噛みしめる。

針のむしろに座るような重苦しい沈黙《ちんもく》の中、どれほど走っただろう。「到着《とうちゃく》いたしました」という御者《ぎょしゃ》の声とともに、馬車が停《と》まる。

「ようこそおいでくださいました。陛下のご厚情《こうじょう》に、心より感謝いたします」

馬車から降りたウォルフレッド達を出迎《でむか》えたのは、恭《うやうや》しく頭を下げるサディウム伯爵と、美しく着飾《きかざ》ったエリティーゼ、そしてずらりと居並ぶ使用人達だった。

サディウム伯爵の姿を見るだけで、膝《ひざ》が震えてくずおれそうになる。だが、伯爵は厚いヴェールに阻《はば》まれて顔の見えないトリンティアなど、目にも入っていない様子だ。

「さあ、どうぞ中へお入りくださいませ。お茶の支度を整えてございます」

揉《も》み手せんばかりにへりくだって、伯爵がウォルフレッドを促す。

こんな上機嫌《じょうきげん》な伯爵を見たのは、エリティーゼがレイフェルドの婚約《こんやく》者に決まった時以来のような気がする。いったい、伯爵はどんな意図でウォルフレッドを招いたのだろう。

何より、面《おもて》を上げたエリティーゼの表情が強張《こわば》っているのが、トリンティアには一番気にかかる。

知らない者が見れば、『銀狼国の薔薇《ばら》』と讃《たた》えられるにふさわしい淑《しと》やかな笑みを浮かべているようにしか見えぬだろう。だが、義妹《いもうと》として長年エリティーゼの近くにいたトリンティアにはわかる。エリティーゼは明らかに心の中に憂《うれ》いを隠《かく》している。

大切なエリティーゼの憂い顔を目にしただけで、心が軋《きし》む。

『冷酷皇帝』と呼ばれるウォルフレッドに怯《おび》えているのだろうか。今日のウォルフレッドは険しい表情をしていて、喉《のど》がひりつくような無言の圧を発している。

屋敷《やしき》の玄関《げんかん》からほど近い応接室に入ったところで、サディウム伯爵が媚《こ》びるような笑みを浮かべて、ウォルフレッドに話しかけた。

「陛下。我が娘《むすめ》はいかがでございますか？　お目見えさせていただくのは初めてでございましょう？」

伯爵の声に合わせて、スカートをつまんだエリティーゼが楚々《そそ》とした仕草で礼をする。

美しい面輪《おもわ》は血の気が引いて蒼白《そうはく》だ。

娘の様子にも気づかず、サディウム伯爵が自慢《じまん》げに胸を反らした。

「親のわたくしが申しあげるのも憚《はばか》られますが、エリティーゼはどこに出しても恥《は》ずかしくない礼儀《れいぎ》作法と貞淑《ていしゅく》さを兼《か》ね備えた娘でございます。さらには、『銀狼国の薔薇』と謳《うた》われるこの美貌《びぼう》。わたくしは、エリティーゼこそが皇妃《こうひ》にふさわしいと確信しております！」

皇妃。その言葉にがんと頭を殴《なぐ》られたような衝撃《しょうげき》を受ける。ふらりとよろめいたトリンティアを、サディウム伯爵が侮蔑《ぶべつ》も露わに睨みつけた。

「陛下がおそばに置いてらっしゃる『花の乙女《おとめ》』は侍女上《じじょ》がりという噂《うわさ》ではございませんか。顔を見せることもかなわぬみすぼらしい『花の乙女』とエリティーゼでしたら、比べるまでもございませんでしょう？　なにとぞ、エリティーゼを皇妃として迎え、父であるわたくしを――」

「ま、待ってください！　エリティーゼお姉様には、ご婚約のお話があったはずです！」

恐怖を上回る感情に背中を押されて、トリンティアは思わず口を開く。

ようやくエリティーゼが憂い顔を見せていた理由を理解する。きっと、エリティーゼをウォルフレッドに娶《めあわ》せるために、想《おも》う相手との婚約をなかったことにされたのだ。

王城に上がる前なら、伯爵に意見するなど、恐《おそ》ろしくて決してできなかった。だが、目の前で大切な姉が想いを踏《ふ》みにじられるのを見過ごすことなんてできない。

突然《とつぜん》割って入ったトリンティアに、サディウム伯爵が激昂《げっこう》する。

「何を馬鹿《ばか》なことを！　『花の乙女』風情《ふぜい》が、陛下のご寵愛《ちょうあい》を失うのを恐れてエリティーゼを愚弄《ぐろう》する気か!?　ただではおかんぞ！」

「ひ……っ！」

真正面から苛烈《かれつ》な怒気《どき》を叩《たた》きつけられ、思わず悲鳴を上げて震えた瞬間、広い背中がトリンティアの前に立ちふさがる。

「陛下……っ!?」

驚《おどろ》きに目を瞠《みは》って見つめたウォルフレッドの背中の向こうで、伯爵が訝《いぶか》しげに眉《まゆ》をひそめたのが見えた。

「お姉様、だと……？」

「おやおや。まだ気づいておられませんでしたか」

口を挟《はさ》んだセレウスが、トリンティアの腕を摑《つか》んでウォルフレッドの背後から自分のそばへ引き寄せたかと思うと、見せつけるように厚いヴェールをめくりあげる。伯爵が目を剝《む》いた。

「トリンティア……!?」

呆然《ぼうぜん》と呟《つぶや》いた伯爵が、すぐに激しく首を横に振《ふ》る。

「馬鹿な！　ありえんっ！　トリンティアが『花の乙女』だと!?　そんなこと、ありえるはずがないっ！」

「昔、『花の乙女』に確かめてもらい、資質はないと言われたからですか？」

セレウスが静かな声で問う。伯爵《はくしゃく》の目が、さらに大きく見開かれた。

「な、なぜそれを知っている!?」

セレウスの怜悧《れいり》な面輪に、冷ややかな笑みが閃《ひらめ》く。

「色々と知っておりますよ？　『花の乙女』が生んだトリンティアを養女にして、政治の駒《こま》にしようとしたこと。だというのに、ソシア殿に資質はないと言われ、トリンティアを虐待《ぎゃくたい》していたこと。ああ」

セレウスが整った面輪にあからさまな嘲笑《ちょうしょう》を浮かべる。

「こんな噂も聞いておりますよ？　陛下が『花の乙女』を得られたのは、反皇帝派に裏切り者がいるからだと、犯人捜《さが》しが始まっているそうではないですか」

セレウスが楽しくて仕方がないと言いたげに薄い唇を吊《つ》り上げる。

「反皇帝派の貴族達から突《つ》き上げられ、ずいぶん、お困りのようですね。今日、慌《あわ》ててエリティーゼ嬢を陛下に引き合わせたのも、陛下の庇護《ひご》を得て、反皇帝派から守ってもらうつもりだったのでしょう？　レイフェルド派の急先鋒《きゅうせんぽう》だったあなたが陛下にすり寄るとは、変わり身の早いことだ。忠節などあったものではありませんね。――この、下衆《げす》が」

ゆっくりと、刻みつけるようにセレウスが最後の言葉を告げる。

一瞬《いっしゅん》、呆《ほう》けた顔をした伯爵が、言われたことを理解した途端《とたん》、憤怒《ふんぬ》に顔を赤くした。

「黙《だま》って聞いておれば、若造がいい気になりおって！」

セレウスに摑みかかろうとしたサディウム伯爵が、すんでのところで皇帝《こうてい》の前だということを思い出したのだろう。うろたえたようにウォルフレッドに視線を向ける。

「こ、皇帝陛下っ、その……っ！　ま、まさかトリンティアをおそばに置いてくださっていらしたとは……っ！」

伯爵が餌《えさ》をねだる野良犬《のらいぬ》のように媚びへつらった笑みを貼《は》りつける。

「義理とはいえ、トリンティアは我が娘。いかがでございましょう？　トリンティアを王城へ献上した褒美《ほうび》をわたくしに――」

「黙れ」

怒りを宿したウォルフレッドの声が、サディウム伯爵の唇を縫《ぬ》い留める。

「娘だと？　よくそんな口が利《き》けたものだな？　お前が長年どんな仕打ちをしてきたか、わたしがトリンティアから聞いておらぬと思っておるのか？」

ウォルフレッドの碧《あお》い瞳《ひとみ》が怒りを宿して伯爵を刺《さ》し貫《つらぬ》く。

「なっ、な……っ!?」

ウォルフレッドが発する威圧感《いあつかん》に気圧《けお》されて、サディウム伯爵が陸へ揚《あ》げられた魚のように言葉もなく口をぱくぱく開閉させる。追いつめるように、ウォルフレッドが一歩伯爵へと踏み出した。

「お前などに親を主張する権利はない。それでも主張するというのなら――。先に、お前がトリンティアへしてきたことの罪を贖《あがな》ってもらおうか」

広い背中からは燃え上がる怒気が炎《ほのお》と化して立ち上っているかのようだ。ウォルフレッドにふれようと、とっさにトリンティアは一歩踏み出す。だが、それよりも早く。

「くそっ！　くそ……っ！　どこまでもわたしの足を引っ張る厄介者《やっかいもの》めが……っ！」

恐怖《きょうふ》のあまり恐慌《きょうこう》に陥《おちい》ったサディウム伯爵がトリンティアへ拳《こぶし》を振りかぶる。

殴られる、と反射的に目をつむった瞬間、力強い腕《うで》に抱《だ》き寄せられた。

「わたしの『花』に何をする気だ？」

左腕でトリンティアを抱き寄せ、右手でサディウム伯爵の手首を掴んだウォルフレッドが怒《いか》りに満ちた声で問う。

「答えよ。何をする気だったと聞いておる」

容赦《ようしゃ》のない力で手首を握《にぎ》られた伯爵が、答えの代わりに呻《うめ》き声を上げる。苦痛に満ちたその声に、トリンティアは思わず身体《からだ》を震《ふる》わせた。たとえ長年自分を虐《しいた》げていたサディウム伯爵であったとしても、誰《だれ》かが苦しんでいる声は、聞くだけで心が締《し》めつけられる心地《ここち》がする。

震えながらそっと袖《そで》を引くと、はっと我《われ》に返ったようにウォルフレッドが腕をほどく。頭《こうべ》を巡《めぐ》らせ視線を向けた先は、エリティーゼだ。

「エリティーゼ嬢《じょう》。トリンティアのことを頼《たの》んでよいか？　これ以上、この場に留《とど》まるのはトリンティアには辛《つら》かろう」

「かしこまりました。ではトリンティア、いらっしゃい。ひとまずわたくしの部屋へ行きましょう」

進み出たエリティーゼが、トリンティアの手を取る。サディウム領にいた頃《ころ》と同じ、優《やさ》しくあたたかな手に、安堵《あんど》のあまり涙《なみだ》ぐみそうになる。

トリンティアの手を取ったまま、エリティーゼがウォルフレッドへ深々と頭を下げた。

「陛下のご厚情《こうじょう》に感謝申しあげます。見違《みちが》えるように愛らしくなって……。大切にしていただいているのですね」

面輪を上げたエリティーゼが、『銀狼国の薔薇《ばら》』と呼ばれるにふさわしい麗《うるわ》しい笑顔《えがお》を見せる。

「いや……」

だが、ウォルフレッドが見せたのは泥水《どろみず》を飲んだかのような苦い表情だった。顔を背《そむ》けたウォルフレッドが、身振《みぶ》りだけで出ていくように示す。

「行きましょう、トリンティア」

「はい……」

エリティーゼに導かれるまま、トリンティアは応接室を出て屋敷《やしき》の奥へと進んだ。

* * *

トリンティアがエリティーゼとともに応接室を出ていくまで、ウォルフレッドは華奢《きゃしゃ》な後ろ姿をじっと見守っていた。

胸の奥では、先ほどエリティーゼに言われた言葉が棘《とげ》のように刺さり、じくじくと疼《うず》いている。

大切に、したいと思う。だが、本当にトリンティアを大切にできているのか……。今のウォルフレッドには、まったく自信がない。

トリンティアの笑顔を曇《くも》らせたくなどないのに、実際にしていることといえば、トリンティアを怯《おび》えさせ、挙句の果てには命の危険に晒《さら》し……。己《おのれ》の外道《げどう》さに、反吐《へど》が出る。

先ほど、トリンティアをサディウム伯爵から庇《かば》って抱き寄せた時のことを思い出す。トリンティアが震えていた原因が伯爵だけで、ウォルフレッドに怯えていたわけではないと、誰が明言できるだろう。

トリンティアにふれるだけで……。胸の奥の檻《おり》に閉じ込めたはずの餓狼《がろう》が暴れ出しそうになるというのに。

「ぐぅぅ……っ」

そばから発せられた耳障《みみざわ》りな呻き声に、ウォルフレッドは手首を摑んだままのサディウム伯爵を冷ややかに見下ろした。

伯爵は脂汗《あぶらあせ》を流して、苦悶《くもん》の呻きをこぼし続けている。人に痛みを与《あた》えることには慣れていても、自分が味わうのには弱いらしい。侮蔑《ぶべつ》と怒りに心が冷えていくのを感じながら、ウォルフレッドはセレウスに命じた。

「セレウス。サディウム伯爵の罪を」

「かしこまりました」

セレウスが喜色を浮《う》かべて頷《うなず》く。

「エリティーゼ嬢で陛下の歓心《かんしん》を買えると驕《おご》った罪。陛下の『花の乙女《おとめ》』に暴力を振《ふ》るおうとした罪。皇女であるトリンティアを長年虐《しいた》げてきた罪。選《よ》り取り見取りですが、いかがいたしましょう？」

「え、冤罪《えんざい》だ！」

罪を並べ立てるセレウスに、伯爵が泡《あわ》を食って言い返す。

「す、すべてはソシアとかいう女のせいだ！　あの女が、トリンティアには『花の乙女』の資質がない、この娘《むすめ》は皇帝の娘ではないと言ったばかりに……っ！　全部、その女が悪いのだ！　わたしは無実だ！」

「たとえ、ソシアの告げたことの真実がどちらであろうとも」

なおも言い募《つの》ろうとする伯爵の言葉を、叩《たた》き斬《き》る。

「仮にも養女とした娘に暴力を振るい、虐げてよいわけがなかろう？」

トリンティアを虐げてきたこの男を許してやる気など、欠片《かけら》もない。

「お前の爵位を剝奪《はくだつ》し、罪人として裁くのは、過去の罪だけでも十分だが」

腹の底から湧《わ》き上がる激情が、ウォルフレッドの声を刃《やいば》のように鋭《するど》く、重く変じさせる。

「わたしの『花』を傷つける者は、誰であろうと断じて許さん」

煮《に》えたぎる怒りのままに握りしめる手に力を込めると、サディウム伯爵《はくしゃく》の絶叫《ぜっきょう》が響《ひび》いた。

ウォルフレッドは眉《まゆ》一つ動かさず、伯爵の手を放す。耳障りな叫《さけ》びを上げながら伯爵が床《ゆか》にくずおれるが、視線を向けもしない。

「セレウス。この下衆《げす》を逃《に》げぬよう拘束《こうそく》しておけ。エリティーゼ嬢はわたしがいったん身元を引き受けた上で、しかるべき貴族に嫁《とつ》がせる。異論は認めん」

「は、かしこまりました」

恭《うやうや》しく応じるセレウスの声は、隠《かく》しきれぬほど弾《はず》んでいる。

長年、仇《かたき》と憎《にく》んできたサディウム伯爵を、ついに失脚《しっきゃく》させたのだ。セレウスがここまで感情を露《あら》わにして喜ぶのも珍《めずら》しい。それだけ、恨《うら》み骨髄《こつずい》に徹《てっ》していたということか。だが。

ウォルフレッドは大股《おおまた》に歩み寄ると、顔を上げたセレウスの襟首《えりくび》を掴《つか》んで、荒々《あらあら》しく引き寄せた。虚《きょ》をつかれて瞬《まばた》いたセレウスの目を、額がふれるほどの近さで射貫《いぬ》き。

「かつて、お前に言ったな。この国を良くするためならば、お前の策に乗って利用されてやる、と。だが」

襟首を掴んだ手に力がこもる。

「トリンティアまで利用してよいと許した覚えは、一度もないぞ？」

サディウム伯爵邸《てい》への訪問にセレウスがトリンティアを同行させた理由は、この展開を狙《ねら》っていたからに違いない。

ウォルフレッドなら、いくら利用しても構わない。もともと、そういう約束だ。だが、誰であろうと、トリンティアを道具のように扱《あつか》うのは許さない。

セレウスの瞳《ひとみ》がわずかに揺《ゆ》れる。その口が開かれるより早く。

ざわり、と廊下の向こうで気配が揺らめいた。同時に。

「火事だ！　誰かが屋敷に火を放ったぞ！」

慌《あわ》てふためく使用人達の声が、ウォルフレッドの耳に飛び込んで来た。

「トリンティア⁉　どうしたの⁉」

エリティーゼの私室に入った途端《とたん》、糸が切れたように床に膝《ひざ》をついたトリンティアに、エリティーゼが驚《おどろ》きの声を上げ、妹と同じように跪《ひざまず》く。うつむいた拍子《ひょうし》に顔の前に落ちたヴェール越《ご》しに大切な姉を見上げ、トリンティアはふるりとかぶりを振った。

「ごめんなさい、お姉様。安心した途端、緊張《きんちょう》の糸が切れてしまって……」

サディウム伯爵に食ってかかったのだと思うと、身体の震えが止まらなくなる。

と、ぎゅっとエリティーゼに抱きつかれた。

「ありがとう、トリンティア……っ！　わたくしのために、お父様に……っ」

「い、いいえ……っ！　だって私、お姉様には大恩が……っ」

ふるふると慌てて首を横に振る。いや、たとえ大好きなエリティーゼのためだったとしても、以前のトリンティアなら、サディウム伯爵に言い返すなんて、考えもしなかった。

「サディウム領を出て、見違えるように変わったのね。見た目が綺麗《きれい》になっただけでなく、心まで強くなって……。きっとこれも、陛下のおかげなのね」

「っ」

しみじみと告げられた言葉に息を呑《の》む。

トリンティアが変わったのだとすれば、エリティーゼの言う通り、ウォルフレッドのおかげだ。ウォルフレッドが、ありとあらゆるものを与えてくれたから……。

十分な食事と柔《やわ》らかな寝台《しんだい》。美しい絹のドレス。それだけではない。

こんな自分でも誰《だれ》かの役に立てるのだという自信も、大切にされることの喜びも、恋《こい》をする幸せも、それを失った哀《かな》しみも──。

全部、ウォルフレッドが教えてくれた。

ウォルフレッドのことを想《おも》うだけで、泣きたいほどに胸が痛くなる。まさか、サディウム伯爵から助けてくれるとは、夢にも思っていなかった。たとえそれが皇帝《こうてい》の権威《けんい》を傷つけられたという理由であったとしても、涙があふれそうになるほど、嬉《うれ》しい。

腕《うで》をほどいて立ち上がったエリティーゼが、トリンティアが立つのに手を貸してくれる。

「陛下のご厚情に甘えて、ゆっくりするといいわ。まだ緊張が解けていないでしょう？すぐにお茶を用意させるわ。少し待っていてちょうだい。お父様の命で今わたくしの私室の周りは人払《ひとばら》いをしているの」

トリンティアが止める間もなく、エリティーゼが出ていってしまう。姉の優《やさ》しさに、トリンティアはようやく緊張を緩《ゆる》めて深く息を吐《は》きだした。と。

「エリティーゼお嬢様《じょうさま》。いらっしゃいますか？」

こんこん、と扉《とびら》が叩かれる。

「はい」

エリティーゼの不在を告げようと、扉を開けた途端。

廊下《ろうか》にいた二人の男が、部屋に踏《ふ》み入ってくる。トリンティアの知らぬ若い男と、壮年《そうねん》の男。

「だ、誰——、っ！」

誰何《すいか》しようとしたトリンティアの腕を男の一人が掴み、乱暴に引き寄せる。

たたらを踏んで前屈《まえかが》みになった首の後ろに重い衝撃《しょうげき》が走り——。

トリンティアは抵抗《ていこう》する間もなく意識を失った。


「火事だ！」

使用人達の叫びを聞いた途端、ウォルフレッドはセレウスを掴んでいた手を放し、廊下へ飛び出した。銀狼《ぎんろう》の血ゆえの鋭敏《えいびん》な嗅覚《きゅうかく》が、焦《こ》げくさい臭《にお》いをかすかに感じ取る。

廊下を走っていく使用人の一人の腕を掴んで、無理やり引き止める。

「エリティーゼ嬢の私室はどこだ!?　わたしが連れてきた『花の乙女』はっ!?」

「エ、エリティーゼお嬢様のお部屋でしたら二階の……っ」

位置を聞くと同時に使用人を放《ほう》り出して駆《か》け出す。背後からセレウスが呼ぶ声がするが黙殺《もくさつ》する。駆け出していくばくも行かぬうちに、廊下の先にエリティーゼの姿を見つけた。

「エリティーゼ嬢！　トリンティアはどこにいるっ⁉」

なぜエリティーゼだけがここにいるのか。だが、今はそれを問いただしている暇《ひま》はない。

「も、もしまだ逃げていなければ、わたくしの私室に……っ」

「トリンティアはわたしに任せて、あなたは避難《ひなん》を！」

エリティーゼの返事も待たずにふたたび駆け出す。幸い、エリティーゼの私室は火事が起こっている場所とは真逆らしい。無人の廊下をひた走り。

「トリンティア！」

乱暴に扉を開け放つ。だが、部屋の中は無人だった。

「くそっ！」

舌打ちする間も惜《お》しく、踵《きびす》を返す。トリンティアは愚《おろ》かではない。きっと先に逃げているのだと。逃げていてくれと願いながら。

屋敷《やしき》の外へ飛び出すと、晩秋に似合わぬ炎《ほのお》の熱気と喧騒《けんそう》が、広い庭に渦巻《うずま》いていた。今にも雨が降り出しそうな曇天《どんてん》が地上まで下りてきたかのように、煙《けむり》で視界が悪い。井戸《いど》から水を汲《く》んで消火する者、邸内から高価な家財を運び出す者。別邸の使用人達が慌ただしく動いている。だが。

その中のどこにも、トリンティアの姿がない。白いドレスを纏《まと》った華奢《きゃしゃ》な少女が。

「セレウス！　エリティーゼ嬢！　トリンティアを見たか⁉」

庭の片隅《かたすみ》にエリティーゼ達と避難しているセレウスに駆け寄る。

「いいえっ、トリンティアはまだ……っ！　いったいどこに……っ⁉」

エリティーゼが今にも気を失いそうな蒼白《そうはく》な顔でかぶりを振《ふ》るが、なだめている余裕《よゆう》などない。

「くそっ！　どこにいる⁉」

「陛下⁉」

セレウスの声を無視して、来た道を駆け戻《もど》る。トリンティアのことだ。動転して逃げる途中《とちゅう》で足を挫《くじ》き、座り込んでいる可能性も否定できない。

屋敷に入る寸前、厚く垂れこめていた灰色の雲から、ぽつりと雨粒《あまつぶ》が落ちてきた。

これで火も消えるだろう。頭の片隅で冷静に考えながら、ウォルフレッドはトリンティアの姿を求めて、邸内に飛び込んだ。

第七章 ❖ 銀狼は『花の乙女』に癒され、祝福される

「この程度の娘《むすめ》が、『銀狼国の薔薇《ばら》』のはずがないだろう！」

ヴェールが乱暴にはぎとられる。次いで響《ひび》いた激しい怒声《どせい》と、誰かが蹴《け》り倒《たお》される重い音に、トリンティアの意識は完全に覚醒《かくせい》した。

意識を失う寸前の恐怖《きょうふ》を思い出し、とっさに逃《に》げようとする。が、両手が動かせない。そこでようやく、後ろ手に縛《しば》られ、床《ゆか》に転がされているのだと気がついた。

痛みに呻《うめ》く声に視線を向ければ、床にへたり込んでいるのはサディウム伯爵《はくしゃく》の屋敷からトリンティアを攫《さら》った男達の若いほうだ。もう一人の壮年の男は、床に額をこすりつけるようにして、震《ふる》えながら平伏《へいふく》している。

そして、蹴り倒した男を忌々《いまいま》しげに睨《にら》みつけているのは。

「レイフェルド殿下《でんか》……!?」

かすれた声が、震える唇《くちびる》からこぼれ出る。だが、幸いトリンティアの声は誰にも届かなかったようだ。

長く伸《の》ばした前髪《まえがみ》で顔の右半分が隠《かく》れて、碧《あお》かった瞳《ひとみ》が赤く変じているが、エリティーゼの婚約者《こんやく》として、何度かサディウム領に来ていた姿を見たことがあるので、間違《まちが》いない。

皇子らしい華《はな》やかな雰囲気《ふんいき》は失《う》せ、荒《すさ》んだ気配を纏《まと》っているが、確かに前皇帝の第四皇子であり、次期皇帝との呼び声も高かったレイフェルドだ。だが。

レイフェルドは、皇位争いの中、ウォルフレッドとの戦闘《せんとう》中に崖《がけ》から落ちて行方《ゆくえ》不明となっていたはずだ。まさか、生きているとは思いもよらなかった。

「くそっ！　ウォルフレッドごときに鞍替《くらが》えしようとした女に、思い知らせてやろうとしたものを……っ！　今からでも、もう一度攫ってこいっ！」

吠《ほ》えるようなレイフェルドの怒声に、トリンティアは我《われ》に返る。レイフェルドの言葉から推測するに、かつて自分の婚約者だったエリティーゼと間違われて攫われたらしい。

かつて自分の婚約者だったエリティーゼが、サディウム伯爵によってウォルフレッドに嫁《とつ》がされようとしたのが、気位の高いレイフェルドには我慢《がまん》ならないのだろうか。

心に浮《う》かんだ疑問を、トリンティアはすぐに否定する。

平伏する男達を罵倒《ばとう》し、容赦《ようしゃ》なく蹴りつけるレイフェルドの姿に、震えが止まらない。

これは、恋《こい》しい婚約者を他《ほか》の男に奪《うば》われて取り戻そうと足掻《あが》く男の姿ではない。そんな甘やかな気配は、レイフェルドからは一片《いっぺん》たりとも感じられない。

まるで、お気に入りの玩具《がんぐ》を奪われて癇癪《かんしゃく》を起こす子どものような。誰かに取られるくらいなら、自分で壊《こわ》してやると言いたげな激情に、血の気が引く。もし攫われたのがエリティーゼ本人だったら、どんな目に遭《あ》わされていたのか、恐《おそ》ろしすぎて考えたくない。

「お許しください！　どうか、ご寛恕《かんじょ》を！」

這《は》いつくばって許しを乞《こ》うていた男達が、必死にレイフェルドをなだめようとする。

「夜が明ければ、皇位はレイフェルド殿下……、いえっ、新皇帝《こうてい》レイフェルド陛下のものでございます！」

「まもなく出立のお時間です！　なにとぞ、なにとぞ……っ！」

夜が明ければ皇位はレイフェルドのものとは、いったいどういうことなのだろう。尋《たず》ねたいが、恐怖に喉《のど》が詰《つ》まって、声を出すことすらできない。

「この役立たずどもが！」

舌打ちとともに、男をもう一度、足蹴《あしげ》にしたレイフェルドが、苛立《いらだ》たしげに部屋を出ていく。トリンティアはようやく詰めていた息を吐き出した。

　身体《からだ》の芯《しん》まで恐怖で冷えきったかのように、身体が動かせない。

『冷酷皇帝《れいこくこうてい》』の恐ろしさとは、違う。ウォルフレッドは怠《なま》ける者、義務を果たそうとしない者には厳しいが、決して道理を無視した非道を押しつけたりはしない。

だが、レイフェルドは違う。前髪で隠されていない左目を飢《う》えた獣《けもの》のようにぎらつかせていた姿を思い出すだけで、身体の奥から震えが湧《わ》き上がる。

行方不明の間に、いったい何があったのか。まるで、手負いの飢えた獣のようだ。機嫌《きげん》を損《そこ》ねれば、即座《そくざ》に喉笛を噛《か》み千切られそうな圧迫感《あっぱくかん》。

レイフェルドが去り、ひたすら床に伏《ふ》していた男達がのろのろと身を起こす。

「くそっ」

若い男が血の混じった唾《つば》を吐き捨て、トリンティアに顔を向ける。憎《にく》しみのこもった視線に、トリンティアはびくりと身体を震わせた。

「私室にいたから、てっきり本人だと……っ」

ずかずかと大股《おおまた》で近づいてくる男に、トリンティアは身を縮める。だが、手を縛られた状態では、動くこともままならない。

ここはどこで、どうやって逃げればよいのか。窓の外が真っ暗なので、夜だというのはわかるものの、いったい自分がどれだけの間、気を失っていたのかも判然としない。

少しでも逃げようと、ずりずりと後ずさるものの、すぐに背中が固い壁《かべ》にぶつかる。

若い男がトリンティアの目の前に立ち、ぎらついた目で見下ろしたかと思うと。

「ひっ！」

突然《とつぜん》、がんっ、と顔のすぐそばの壁を蹴りつけられ、目をつむって悲鳴を洩《も》らす。

怖《こわ》い。身体の震えが止まらない。閉じたまぶたから、涙《なみだ》があふれそうになる。けれど。

「よ、夜が明ければ皇位はレイフェルド殿下のものとは、どういうことですか……？」

大切なウォルフレッドの皇位が狙《ねら》われていると知って、聞かなかったことにはできない。

夜明けには『天哮の儀』が行われる。ウォルフレッドのこれからの治世にとって大切な儀《ぎ》式《しき》だというのに、妨害《ぼうがい》するつもりなのだろうか。

震えながら見上げると、壁に足をかけたまま、男が、へっ、と口元を歪《ゆが》めた。

「聞いてどうする？　知ったところで、ここから逃げられねぇってのに」

男の言う通りだ。人違いだったとわかったところで、解放してくれるわけがない。

絶望に囚《とら》われて呆《ほう》けたように男を見上げていると、「へぇ」と男が唇を吊《つ》り上げた。

『銀狼国の薔薇』じゃないってことは、この娘は好きにしていいってことだよな？」

呟《つぶや》いた男が、壁から足を離《はな》して身を屈《かが》め、トリンティアの顎《あご》を摑《つか》んで持ち上げる。

「いや……っ」

欲望にぎらついた目に、反射的にかすれた声がこぼれる。顔を背《そむ》けようとするが、怒《いか》りをぶつけるかのように顎を鷲摑《わしづか》みにした男の手は放れない。

男の顔がゆっくりと近づき――、

「おい待て！」

トリンティアにのしかかろうとしていた若い男の肩《かた》を、壮年《そうねん》の男が摑む。

「待て！　ひょっとすると、レイフェルド殿下から褒美《ほうび》をもらえるかもしれんぞ⁉」

「ああん？　別人を連れてきやがってと蹴られたばっかりなのに何を言ってやがる？」

年かさの男の声に、若い男が訝《いぶか》しげな声を上げる。

「そいつが着ているのは『花の乙女《おとめ》』のドレスだ！　新しい『花の乙女』、しかも恨んでいるウォルフレッドに仕えていたのを献上《けんじょう》したとなりゃあ……！」

年かさの男が濁《にご》った笑い声を立てる。

言いようのない嫌《いや》な予感が全身を満たしていくのを、トリンティアは震えながら感じていた……。

「陛下っ⁉　どこに行く気っすか⁉」

「放せっ！」

一睡《いっすい》もしないまま迎《むか》えた深夜。

火事の直前に、サディウム伯爵邸《てい》から大慌《おおあわ》てで出ていった馬車がある。その馬車は、王都郊外《こうがい》のゼンクール公爵に縁《ゆかり》のある屋敷《やしき》へ入っていったが、その屋敷では、武装に身を固めた騎士《きし》達が今にも王都へ向かって進軍しようとしつつある……。

一晩中、トリンティアの捜索《そうさく》に当たらせていた騎士達の一人から、求めていた報告がようやくもたらされた瞬間《しゅんかん》、ウォルフレッドは椅子《いす》を蹴立《けた》てて立ち上がった。

執務《しつむ》室を走り出ようとした途端《とたん》、ゲルヴィスに肩を摑んで引き止められる。

「トリンティアを助けに行くに決まっているだろう⁉」

乱暴にゲルヴィスの手を払《はら》いのける。だが、ゲルヴィスも退《ひ》かない。

「夜明けまで、もう二刻もないんすよ⁉　『天哮の儀』はどうするつもりですか⁉」

「ゲルヴィスの言う通りです」

扉《とびら》を押し開け、執務室へ入ってきたのはセレウスだ。その後ろには、豪奢《ごうしゃ》な白い絹のドレスを纏《まと》ったソシアが控《ひか》えている。

「『天哮の儀』はソシア殿《どの》と執《と》り行ってください。すでに騎士達を向かわせる手はずは整えております。決してゼンクール公爵の軍を王都に入れはしません。ゼンクール公爵に囚われているだろうトリンティアの救出も、騎士達にお任せを」

「できるわけがなかろうっ⁉」

吼《ほ》えるような怒声《どせい》に、ソシアがびくりと身体を震《ふる》わせる。だが、セレウスは憎らしいほど泰然《たいぜん》としていた。

「なぜでございますか？」

理解できぬと言いたげに、淡々《たんたん》とセレウスが問う。

「『天哮の儀』に必要なのは『花の乙女《おとめ》』であって、トリンティアではありません。『天哮の儀』の重要さは、陛下が一番ご存じでしょう？」

今さら、セレウスに指摘《してき》されずとも知っている。

だからこそ、この日のために特別にあつらえた皇帝にふさわしい豪奢な衣装《いしょう》を纏い、トリンティアを捜《さが》しに行きたい心を必死になだめて、王城に留《とど》まっているのだ。『天哮の儀』さえなかったら、とうに王城を飛び出し、トリンティア捜索の陣頭《じんとう》指揮を執っている。

「当然だ。だが、トリンティアを放《ほう》っておくことはできぬ！」

『天哮の儀』を前にゼンクール公爵が動いたということは、トリンティアを攫《さら》ったのもゼンクール公爵の手の者で間違《まちが》いないだろう。

いったいどんな意図でトリンティアを攫ったのかはわからない。だが、トリンティアは今頃《いまごろ》、どれほど恐ろしい思いをしているだろう。恐怖《きょうふ》に震えているかもしれないと思っただけで凶暴《きょうぼう》な感情が湧き上がり、胸が張り裂《さ》けそうになる。

「どけ！」

力ずくでも執務室を出ていこうとするウォルフレッドの前に、セレウスが立ちふさがる。

「なりませんっ！　トリンティアを見捨てるつもりはございません。ご不安ならば、ゲルヴィスも遣《つか》わしましょう。ですが、陛下を行かせるわけにはまいりません！」

セレウスの瞳《ひとみ》が、射貫《いぬ》くようにウォルフレッドを見据《みす》える。

「まもなく、『天哮の儀』に参列するために貴族達がやって参ります。その貴族達に、城から出ていく陛下のお姿を見せるおつもりですかっ⁉」

セレウスの言うことは正しい。己《おのれ》の治世を盤石《ばんじゃく》にするこの日のために、ずっと苦痛に耐《た》えてきた。今になってそれを投げ出すなど、ありえない。

自分でも愚《おろ》かだとわかっている。けれど。

心が、トリンティアを求めてやまない。

今すぐ華奢《きゃしゃ》な身体を腕《うで》の中におさめ、怖いことは何もないのだと安心させてやりたい。

──約束を、したのだ。必ず守ると。

「わたしを約束一つ守れぬ皇帝《こうてい》にする気か？」と問おうとして。

激烈《げきれつ》な頭痛に襲《おそ》われ、思わず呻《うめ》く。トリンティアの捜索に気をとられるあまり、『乙女の涙』を飲むことすら忘れてしまっていた。「だから襲撃《しゅうげき》の翌朝、あの娘を喰《く》っておけばよかっただろう？」と赤眼の餓狼《がろう》が胸の奥底で嘲笑《あざわら》っている心地《ここち》がする。

「陛下、こちらを」

さっと前へ出たソシアが、懐《ふところ》から取り出した『乙女の涙』を手のひらにのせて差し出す。

ウォルフレッドは無言で丸薬を摑むと、乱暴に口の中に放り込んだ。一日飲んでもまだ慣れぬ丸薬の味に顔をしかめると、「どうかなさいましたか？」と、ソシアが不安そうに眉《まゆ》を寄せた。

「いや、『乙女の涙』の味に慣れぬだけだ」

早口に言い捨て、セレウスを無理やり押しのけようとすると、ソシアが鋭《するど》く息を吞《の》んだ。

「昔、聞いたことがございます。銀狼の血を引く方が絆《きずな》を結んだ『真の花の乙女』が与《あた》える癒《いや》しは、名の通り、花の蜜《みつ》のように甘いのだと……。ですが、まさか本当に……!?」

とすり、とソシアの言葉が矢のようにウォルフレッドの胸に突《つ》き立つ。

「そんな話があるのかよ？」

訝しげに尋《たず》ねたゲルヴィスに、ソシアが頷《うなず》き、躊躇《ためら》いがちに口を開く。

「はい、これは秘事ですが……。『乙女の涙』の材料の一つは、私達『花の乙女』の血や涙ですから……。銀狼の血を引く方が、この者だけとたった一人想《おも》い定めた『真の花の乙女』は、銀狼の血がもたらす苦痛だけでなく、凶暴性をも癒すそうです。建国神話に謳《うた》われる銀狼国の始祖は、『真の花の乙女』を得られたがゆえに、己の心を失うことなくこの国を打ち建てることができたのだと……。そう聞いております」

ゲルヴィスとソシアのやりとりも、耳に入らない。

まるで、ずっと目の前にあったのに、見えていなかったものに初めて気づかされたように。ウォルフレッドの心を覆《おお》っていたヴェールが、前触《まえぶ》れもなく剝《は》がれてゆく。

最初はただ、苦痛を癒すだけの存在だった。

父とミレイユが殺され、彼女が遺《のこ》してくれた『乙女の涙《なみだ》』も皇位争いの中で尽《つ》き――。

苦痛に負けて皇位を手放してなるものかと、手を尽くして『花の乙女』を探していた。

そんな中で、偶然《ぐうぜん》にも手に入れた『花の乙女』。逃《のが》さぬためなら、恐怖だろうと金だろうと使えるものは使って、そばに置いておかねばと思ったのに。

『冷酷皇帝《れいこくこうてい》』に怯《おび》えて、ただただ身を硬《かた》くして震えるトリンティアを見ているうちに、このままではいけないと。唯一《ゆいいつ》の『花の乙女』として、もう少し務めを果たしてもらわねばと思っていただけ、だったはずなのに。

怯えながらも、ウォルフレッドを気遣う優《やさ》しさに癒されて。

けなげに務めを果たそうとする姿がいじらしくて。

素直《すなお》に感情を表すさまが新鮮《しんせん》で、愛らしい笑顔《えがお》を見るだけで心が弾《はず》んで――。

本当はもっとずっと前から、トリンティアを愛していた。けれど、未《いま》だ治世を盤石にもできぬ己が恋《こい》に溺《おぼ》れるわけにはいかないと……。無意識に目を逸《そ》らしていた。

「度し難《がた》い愚か者だな、わたしは」

何があろうとトリンティアを守ると誓《ちか》ったのは、彼女が『花の乙女』だからというだけでなく――。

「陛下？」

この上なく苦い呟きに、セレウスが訝しげに眉をひそめる。ウォルフレッドは条件付きの忠臣を見つめると、唇《くちびる》を歪《ゆが》めた。

「セレウス。かつて約束したな？　もしわたしが皇帝にふさわしくないと、お前が断じた時は、遠慮《えんりょ》なく引きずり下ろすがいい、と。どうやら、その時が来たようだ」

「いったい何をおっしゃって……っ⁉　まもなく『天哮の儀』が始まると――」

「トリンティアを、助けにゆく」

セレウスの言葉と、胸の奥で嘲笑《あざわら》う餓狼を断ち斬《き》るように告げる。

「『天哮の儀』をトリンティア以外と行う気はない。わたしが祝福を受けたい『花の乙女』は――。トリンティア、ただ一人だけだ」

「陛下っ⁉　正気でございますか⁉」

セレウスが泡《あわ》を食って詰《つ》め寄る。ふだんの冷静さをかなぐり捨てた様子に、こいつでもこんな顔をすることがあるのかと、そんな場合ではないのに、妙《みょう》に愉快《ゆかい》な気持ちになる。

「どうか、トリンティアのことはゲルヴィスにお任せください！　『天哮の儀』を目前に、陛下御自《おんみずか》らが行かれる必要は――」

「わたしが、行きたいのだ」

強い声音《こわね》で遮《さえぎ》る。セレウスが愕然《がくぜん》と目を見開き、ウォルフレッドの両肩《りょうかた》を摑《つか》んだ。

「陛下！　どうか正気にお戻《もど》りください！　銀狼国の未来という大義の前に、いっときの感情で動くなど──」

「では問うが」

ウォルフレッドはセレウスの目をひたと見据える。

「サディウム伯爵《はくしゃく》を糾弾《きゅうだん》した時、心の中に復讐《ふくしゅう》の喜びが欠片《かけら》もなかったと──。感情に動かされなかったと、お前は誓えるか？」

「っ！」

息を呑んだセレウスの両手を肩から外し、ウォルフレッドは今度こそ扉《とびら》へと進む。

「ゲルヴィス！　騎士《きし》達を率いて郊外《こうがい》へ向かえ！　ゼンクール公爵の手の者を、王都に入れる前になんとしても食い止めよ！　わたしは先に出る！　後から追ってこい！」

「はっ！」

喜色を帯びた声で応じるゲルヴィスの前を通り過ぎ、扉を押し開けながら振《ふ》り返りもせずセレウスに告げる。

「お前のこれまでの忠勤に感謝する。……が、すまぬな。お前の理想とする皇帝は、もう演じられぬようだ。わたしを追い落としたければ、好きにしろ。咎《とが》めんぞ？」

ゲルヴィスを従え、足早に廊下《ろうか》へ出ると、数歩も行かぬうちに背後で乱暴に扉が開いた。

「一方的に勝手なことをおっしゃらないでください！」

追いかけてきたのは、いつになく荒《あ》れたセレウスの声だ。

「陛下以上の主君が、そう簡単に見つかるとお思いですか⁉　わたくしが陛下を簡単に見限ると⁉」

一息に告げたセレウスが、すぅ、と大きく息を継《つ》ぐ。

「『天哮の儀』の準備を万端《ばんたん》に整えてお待ち申しあげております。刻限は夜明け前です。それまでに、必ずトリンティアとお戻りください。……わたくしも、まだ彼女に詫《わ》びていないのですから」

聞こえるか聞こえないかの低い声で最後の一言を呟《つぶや》いたセレウスが、いつもの声に戻ってゲルヴィスに告げる。

「ゲルヴィス！　陛下を頼《たの》みましたよ！」

「おうっ、任せとけ！」

二人の声を背後に聞きながら、ウォルフレッドは今度こそ脇目《わきめ》もふらずに駆《か》け出した。

どんっ、と背中を突かれ、馬車に押し込められたトリンティアは、前のめりに床《ゆか》に倒《たお》れた。後ろ手に縛《しば》られていた縄《なわ》は、乗る直前にはどかれていたものの、きつく縛られていたせいで、腕が痺《しび》れてしまっている。

馬車が動き出すと同時に、ぎ、と床が軋《きし》んだ音に、トリンティアはびくりと肩を跳《は》ね上げて、音を発した人物を見上げた。

揺《ゆ》れる馬車の中で立ち上がり、トリンティアを見下ろしていたのは。

「レイフェルド、殿下《でんか》……」

紡《つむ》いだ声が恐怖《きょうふ》に震《ふる》え、かすれる。

「なるほど、そのドレス……。確かに、『花の乙女《おとめ》』のものだな」

しどけなく絹の服を纏《まと》ったレイフェルドが、瞳《ひとみ》に淀《よど》んだ情動を浮《う》かべて呟く。その唇が喜悦《きえつ》に吊《つ》り上がった。かと思うと。

「っ！」

突然《とつぜん》、髪《かみ》を鷲掴《わしづか》みにされ、無理やり引き起こされる。耳元で髪が抜《ぬ》ける音がした。

身を起こしたトリンティアの首を、レイフェルドが片手で無造作に掴む。

首を絞《し》められる恐怖に反射的に暴れるが、レイフェルドの手はびくともしない。銀狼の血の力だろう。片手だけでトリンティアを軽々と持ち上げる。

息ができない。苦しい。死の恐怖に頭が真っ白に染め上げられる。無我夢中でレイフェルドの手に爪《つめ》を立て、足をばたつかせて暴れても、首を掴んだ手は小揺《こゆ》るぎもしない。

と、不意にレイフェルドが手を放す。

どさりと床に落ちたトリンティアは、咳《せ》きこみながら空気を求めて喘《あえ》いだ。

心臓が、身体《からだ》から飛び出しそうなほど暴れ回っている。がんがんと頭が鳴り、ろくに聞こえない耳に流れ込んできたのは、くつくつと喉《のど》を鳴らすレイフェルドの喜悦に満ちた声だった。

「お前がウォルフレッドが慈《いつく》しんでいる『花の乙女』か！　こいつはいい。お前をぼろぼろにして目の前に引きずり出してやったら、あいつはどんな顔をするんだろうな？」

逃《に》げなければ。このままここにいては、どんな目に遭《あ》わされるか。走る馬車だろうが関係ない。恐怖に強張《こわば》る身体を必死に動かして、扉に取り縋《すが》るより早く。

レイフェルドの長身がのしかかってくる。

「ひ……っ」

悲鳴とともに必死に振り払《はら》った手がレイフェルドの顔をかすめた。前髪で隠《かく》されていた顔の右半分が露《あら》わになる。

そこには、整った面輪《おもわ》の右半分に及《およ》ぶ、酷《ひど》い傷跡《きずあと》があった。ひきつれた傷は肉が盛り上がり、白く濁《にご》った目は視力が失われているだろう。

息を呑《の》んだトリンティアに、レイフェルドが口元を歪める。

「この顔が恐《おそ》ろしいか？」

トリンティアを押し倒し、馬乗りになったレイフェルドが、左手でそっとトリンティアの頬《ほお》を撫《な》でる。

「これはウォルフレッドと戦った時の傷だ。お前にも、同じ傷をつけてやろうか？」

泥《どろ》のように冷たく淀んだ声で、レイフェルドが楽しげに喉を鳴らす。赤く底光りする片目に浮かぶのは、ウォルフレッドへの言い知れぬ憎悪《ぞうお》だ。

「いや……っ！」

両手を突《つ》っ張ってレイフェルドを押しのけようとするが、大きな身体はびくともしない。

「お、おやめくださいっ！　どうか……っ」

「良いぞ、いい反応だ。人形のようではつまらんからな」

おぞましい愉悦《ゆえつ》を宿して、レイフェルドが嗤《わら》う。

「ははは、愉快極《きわ》まりないな。溺愛《できあい》していた『花の乙女』を奪《うば》われて怒《いか》るウォルフレッドの顔を想像するだけで、心躍《おど》る」

トリンティアの恐怖を愉《たの》しむように、レイフェルドの手がドレスの胸元《むなもと》にかかる。常人ではあり得ぬ力に、絹の布地が、びっ、と嫌《いや》な音を立て——、

「トリンティア！」

涙《なみだ》を流しながら固く目を閉じたトリンティアの耳に、何よりも聞きたい人の叫《さけ》びが飛び込む。

同時に、まるで紙のように馬車の壁《かべ》が鋭《するど》い爪で切り裂《さ》かれる。吹《ふ》きこんだ夜風に揺らめいたのは、月の光を編んだかのようにきらめく白銀の毛並み——。

「レイフェルド!?　貴様……っ！」

トリンティアに覆《おお》いかぶさるレイフェルドを見た銀狼《ぎんろう》が、激昂《げっこう》の唸《うな》りを上げる。ウォルフレッドの怒りに呼応して、碧《あお》い瞳が一瞬《いっしゅん》で真紅《しんく》に染まった。

ウォルフレッドが動くより早く、自身も銀狼と化したレイフェルドが、ウォルフレッド

に飛びかかった。

「ウォルフレッド！　まさか、お前からわたしのもとへ来るとはな！　今ここで、どちらがこの国の皇帝《こうてい》にふさわしいか、明らかにしてやろう！」

レイフェルドの爪を、ウォルフレッドが軽《かろ》やかにかわす。かと思うと、嚙《か》みつこうとした牙《きば》を、今度はレイフェルドがあざやかに避《よ》けた。

幻《まぼろし》でも、見ているのだろうか。

夜明けには王都で『天哮の儀』を執《と》り行わなければならないウォルフレッドが、今、ここにいるなんて。

まるで重さなどないかのように、目にも留まらぬ速さで銀狼達の死闘《しとう》が繰《く》り広げられる。ウォルフレッドを追って駆けてきた騎士達の鬨《とき》の声が聞こえる。騎士達を鼓舞《こぶ》するゲルヴィスの声も。

まさか、ウォルフレッドが自ら来てくれただなんて。レイフェルドを放《ほう》っておけなかったからだとわかっている。それでも、安堵《あんど》と嬉《うれ》しさに涙があふれてくる。

にじむ視界に、二匹《ひき》の銀狼が闘《たたか》う姿が見える。恐怖も忘れ、トリンティアは裂けた馬車の壁の間から、銀狼達の死闘を魅《み》入《い》られたように見つめた。

素早《すばや》く位置を入れ替《か》えながら、二匹の銀狼が互《たが》いに爪や牙を繰り出し合う。

心臓を凍《こお》らせるような低い唸り声が夜気を切り裂く。

人外の力を振るう二匹の銀狼の闘いに、周りの騎士達は、一人として割って入れない。

率いてきた騎士《きし》達を指揮しながら、レイフェルド側の騎士達を次々に斬《き》り伏《ふ》せていくゲルヴィスでさえも。

「トリンティアもこの国の未来も――。決してお前の好きにはさせん！」

何度、応酬《おうしゅう》し合っただろう。ウォルフレッドの巨体《きょたい》がぐっと沈《しず》む。

地を蹴《け》り、レイフェルドの死角となる右側から喉元目がけて飛びかかる。

レイフェルドが身を翻《ひるがえ》そうとしたが、間に合わない。

毛皮に覆われた喉元に、ウォルフレッドの牙が突き立つ。もがこうとしたレイフェルドの目から光が失われ、ウォルフレッドが放すと同時に白銀の巨体が、どうっ、と地に倒れ伏す。

地響《じひび》きとともにくずおれたレイフェルドは、ぴくりとも動かない。それだけでレイフェルド側の騎士達を浮足立《うきあしだ》たせるには十分だった。

「反逆者レイフェルドは倒れた！　まだやる気か⁉　大人しく投降すりゃあ、命までは取らねえぞ⁉」

追い打ちとばかりにゲルヴィスの声が響く。逃げようとする者、諦《あきら》めて剣《けん》を下ろす者、それを捕《と》らえようとする者――。

周りが慌《あわ》ただしく動く中、口元を朱《しゅ》に濡《ぬ》らしたウォルフレッドが、銀狼の姿のまま、馬車へ駆け寄ってくる。その瞳はまだ炎《ほのお》を宿したかのように紅《あか》い。

「トリンティア！　無事か⁉」

「は、はいっ」

銀狼に変じているからだろう。いつもよりくぐもった声は、だが確かにウォルフレッドのもので。

その声を聞くだけで、胸がいっぱいで涙がこぼれそうになる。

安堵したように息をついたウォルフレッドが、突如《とつじょ》、地に伏せた。

「わたしの背に乗れ」

「え？」

予想だにしなかった言葉に、とっさに反応できない。

「『天哮の儀』まで間がない。わたしにまたがれ」

そうだ。夜明けまでもう間がない。ウォルフレッドがこんなところにいていいはずがないのに。

「で、ですが……っ」

果たして皇帝にまたがってよいものなのか。戸惑《とまど》うトリンティアに、ウォルフレッドが伏せたまま、未《いま》だ真紅に染まるまなざしを向ける。

「わたしが何のためにお前を助けに来たと思う？　わたしに祝福を与《あた》えられるのは、お前しかおらぬからだ。それともお前は……。わたしに祝福を与えるのは嫌か？」

「い、いいえっ」

反射的にかぶりを振《ふ》り、ウォルフレッドの毛皮にふれる。その途端《とたん》、炎が消えるかのように碧く戻《もど》った瞳を、ウォルフレッドが満足げに細めた。

「ああ……。やはり、わたしを癒《いや》す乙女《おとめ》はお前しかおらぬ。……一緒《いっしょ》に、来てくれるか？」

「は、はい……っ！」

ウォルフレッドと一緒にならどこへだって行ける気がする。

「し、失礼します……っ」

こわごわとウォルフレッドの背にまたがる。少し固い長い毛並みの下に、引き締《し》まった筋肉を感じる大きな背中。

「痛くなどないから、しっかり掴《つか》んで身を伏せておけ。間違《まちが》っても放すなよ」

「は、はい……っ」

言われた通り、前屈《まえかが》みに身を伏せる。血や汗《あせ》の臭《にお》いに混じって、かすかに麝香《じゃこう》の甘い香《かお》りが鼻をくすぐる。

恐ろしい銀狼の姿。だが、間違いなくウォルフレッドなのだと、胸がきゅぅっと締めつけられる。

ぎゅっと長い毛を掴むと、ウォルフレッドが走り出した。

初めはゆっくりとだったが、次第《しだい》に速度が上がっていく。

風がドレスや髪《かみ》をなぶる。景色が飛ぶように過ぎていく。

ウォルフレッド達が戦っていたのは、林の中の街道《かいどう》だったらしい。だが、すぐに林が途切れ、目の前に王都の街並みが迫《せま》ってくる。

東の空は白々と明るくなってきている。夜明けまでもう間がない。

トリンティアを置いていけば、間違いなくもっと速く走れるだろうに。

「あ、あの……っ」

「話すな。舌を噛むぞ」

口を開いた途端、注意が飛んできた。

トリンティアが落ちないように加減して走ってくれているとわかるものの、疾走《しっそう》する銀《ぎん》狼《ろう》の背は、気を抜《ぬ》けば振り落とされてしまいそうだ。

先ほどは反射的に頷《うなず》いてしまったが、祝福を与えられるのがトリンティアだけというのは、どういうことだろう。まさか、ソシアやイレーヌの身にも、何かあったのだろうか。

トリンティアが不安に震《ふる》えている間にも、ウォルフレッドはぐんぐん進んでゆく。

耳に届くのは、ウォルフレッドの爪《つめ》が石畳《いしだたみ》を蹴る音と、耳元で唸る風の音だけだ。

どんどん王城が近づいてくる。前に見た半円形の建物では、今ごろ貴族達が大勢集まり、『天哮の儀』の始まりを今か今かと待っていることだろう。

王城の高い外壁《がいへき》が迫る。迎《むか》え入れるかのように大きく開かれた通用門の一つに、ウォルフレッドが飛び込んだ。

トリンティアには、どこなのかわからぬ王城の庭を、ウォルフレッドは迷いなく駆《か》けてゆく。ざわめく大勢の人の気配がしたかと思うと。

角を曲がった途端、半円形の建物が目の前に広がる。広場を埋《う》め尽《つ》くしているのは、数多《あまた》の貴族達だ。

端《はし》にいた貴族の何人かが、突然現れた銀狼にぎょっと目を見開く。広場にいる者達全員の視線を集めながら、トリンティアを背に乗せたウォルフレッドが、弧《こ》を描《えが》く階段を駆け上がる。

最上段のバルコニーの中央に着いたところで、ウォルフレッドが初めて足を止めた。

「大丈夫《だいじょうぶ》か？」

「は、はい……」

答えながら、早く降りなければと焦《あせ》る。だが、焦る心とは裏腹に、固く握《にぎ》りしめていた手は、その形で凍りついてしまったかのように、なかなかほどけない。

苦労して指を開き、滑《すべ》り落ちるようにウォルフレッドの隣《となり》に降り立つと、柔《やわ》らかな声で「祝福を」と促《うなが》された。

「ええっ⁉　あ、あの……っ⁉」

急にそんなことを言われても、何をどうすればよいのかわからない。

そもそも、大切な『天哮の儀』なのに、トリンティアごときがウォルフレッドを祝福していいものなのだろうか。

「何でも、お前の好きでよい。早く」

急《せ》かされ、混乱の極《きわ》みに達する。

「トリンティア」

甘く響《ひび》く、優《やさ》しい声。考えるより早く、身体《からだ》が動いていた。

爪先立《つまさきだ》ちで伸《の》び上がり、自分の頭ほどの高さにある銀狼の首に、両腕《りょううで》で抱《だ》きつく。

決して伝えられない恋心《こいごころ》を、抱きしめるように。

長い毛並みが肌《はだ》をくすぐり、麝香の甘い香りが揺蕩《たゆた》う。

もう二度とふれられないだろう白銀の毛並みに顔をうずめた途端、毛皮の下の筋肉が震えた。

ウォルフレッドから、高く伸びやかな遠吠《とおぼ》えが放たれる。

驚《おどろ》いて思わず腕を離《はな》したトリンティアの目を射たのは、東の地平から顔を出した太陽が放つ、清冽《せいれつ》な曙光《しょこう》だ。

銀の毛並みが朝日を浴びて、まるで内側から光を放つかのようにきらめく。

ざっ、と、強風に麦の穂《ほ》が打ち伏《ふ》すように、並み居る貴族達が片膝《かたひざ》をつき、頭《こうべ》を垂れる。

どこまでも伸びやかに、ウォルフレッドの遠吠えが響き渡《わた》る。

新しい治世の始まりを言祝《ことほ》ぐように。

暁《あかつき》に染まる天の彼方《かなた》まで、届けとばかりに。

その中を。

胸に押し寄せる感情に、涙《なみだ》があふれる。深い安堵《あんど》に張りつめていた緊張《きんちょう》の糸が切れ――。

トリンティアは、くずおれるように気を失った。

「ゼンクール公爵《こうしゃく》は捕《と》らえ、『天哮の儀』も終わった！　もういい加減よいだろう⁉　わたしを公務から解放しろ！　しばらく誰《だれ》もわたしに話しかけるな！」

苛立《いらだ》ちを隠《かく》さず怒鳴《どな》るウォルフレッドの声に、トリンティアは目を覚ました。

反射的に身を起こし、自分がウォルフレッドの私室の寝台《しんだい》に寝《ね》かされていたのだと知る。

絹のドレスはいつの間にか清潔な厚手の夜着に着替《きが》えさせられていた。

状況《じょうきょう》が摑めないでいるうちに、かちゃりと私室の扉《とびら》が開く。入ってきたのは、皇帝《こうてい》にふさわしい立派な衣装《いしょう》を纏《まと》ったウォルフレッドだ。

その姿を見た途端、自分がしでかしたとんでもない行為《こうい》の数々を思い出す。

銀狼と化したウォルフレッドにまたがるなんて不敬を犯《おか》し、それを大勢の貴族達に見られた上に、『天哮の儀』の途中で気を失って――。

「も、申し訳ございませんっ！」

とにかく謝罪せねばと、掛布《かけふ》をはねのけ、寝台から下りようとした途端、敷布《しきふ》に足を取られた。

「ひゃっ」

ずるりと寝台から落ちそうになったところを、駆け寄ったウォルフレッドに、すんでのところで抱きとめられる。

「も、申し訳ございません……っ」

失敗続きの情けなさに泣きそうになりながら詫《わ》び、身を離《はな》そうとすると、逆にぎゅっと抱きしめられた。甘やかな香りが、さらに強く揺蕩う。

「何を謝ることがある？　身体は何事もないか？」

「は、はいっ、陛下が抱きとめてくださいましたので……」

答えると、端整《たんせい》な面輪《おもわ》がしかめられた。その表情に、ウォルフレッドの問いが別の意味も含《ふく》んでいたのだと悟《さと》る。

「あ、あのっ、大丈夫です。レイフェルド殿下《でんか》に捕《つか》まっていた時も、何、も……」

レイフェルドに力ずくでのしかかられた時の恐怖《きょうふ》が甦《よみがえ》り、勝手に身体が震え出す。

固く唇《くちびる》を噛《か》んで、こぼれ出しそうな悲鳴を堪《こら》えていると、不意にウォルフレッドに横抱きに抱き上げられた。

トリンティアを抱いたまま、ウォルフレッドが寝台に腰《こし》かけたかと思うと。

「すまなかった……っ！」

ぎゅっと抱きしめられ、詫びられる。

「お前を守ると誓《ちか》ったのに、何度も破った挙句、あのように恐《おそ》ろしい目に遭《あ》わせてしまうとは……っ。いったい、お前にどうやって詫びればよいのか……っ」

絞《しぼ》り出すようなウォルフレッドの声は、トリンティアの胸まで痛くなるほど、苦い。

トリンティアは驚いてぶんぶんとかぶりを振《ふ》る。あまりの激しさに、ウォルフレッドの腕がわずかに緩《ゆる》んだ。

「ど、どうして陛下が謝られるのですかっ⁉　お詫び申しあげなくてはならないのは、私のほうですのに！　私のせいで、陛下にとんでもないご迷惑《めいわく》を……っ」

大切な『天哮の儀』の直前だったというのに、レイフェルドを討《う》つためとはいえ、トリンティアを助けてくれた。それだけでもう十分だ。トリンティアなどのことより。

「あのっ、ソシア様とイレーヌ様はご無事なのですか⁉」

問うと、ウォルフレッドが虚《きょ》をつかれた顔をした。

「ソシアとイレーヌ？　二人とも何事もないが……。なぜ、そんなことを聞く？」

「だって……。私を『天哮の儀』のために連れ帰ったのは、お二人に何かあったからでございましょう？　ソシア様にまで何かあったのでしたら、私……っ」

初めて出会えた、亡《な》き母に縁《ゆかり》のある人なのに。『天哮の儀』を妨害《ぼうがい》するために、ソシアの身まで脅《おびや》かされていたらと思うと、心配でたまらない。

「大丈夫だ。ソシア達には何も起こっておらぬ。安心しろ」

ウォルフレッドの大きな手のひらが、優しくトリンティアの背をすべる。

「そうなのですね……。よかった……っ」

ほっ、と大きく息をつく。

「わたしが無理を押してお前を連れ帰ったのは……」

言いかけたウォルフレッドが、途中で、ふいと顔を背《そむ》ける。

「すまぬ……。お前の意に沿わぬことは承知しているのだが……」

歯切れの悪い、苦い声。

ああ、とトリンティアは絶望と共に悟る。ついに、この日が来たのだ。お前など不要だと――ウォルフレッドに、別れを言い渡される日が。

泣かずに受け止めなくては、と唇を噛みしめる。せめて最後くらい迷惑をかけたくない。

震《ふる》えながら待つトリンティアの耳に、ウォルフレッドの嘆息《たんそく》が届く。意を決したように、ウォルフレッドが小さく息を吸い込み。

「林で言った通り、わたしがお前を強引に連れ帰ったのは、お前に祝福を与《あた》えられたかったからだ。わたしがそばにいてほしいと願う『花の乙女《おとめ》』は……。お前しか、おらぬ」

ウォルフレッドのあたたかな手のひらが、うつむくトリンティアの頬《ほお》を、そっと包む。

「愛している、トリンティア」

告げられた言葉に、思考が止まる。弾《はじ》かれたように顔を上げた途端《とたん》、開けたまなじりから、ぽろりと涙がこぼれ出た。

まだ、夢から醒《さ》めていないのだろうか。こんな幻聴《げんちょう》を聞いてしまうなんて。

トリンティアの涙を見たウォルフレッドの端整な面輪が、切なく歪《ゆが》む。

「わかっている……。こんな想《おも》いを告げられても、迷惑極まりないと。わたしのそばにいるせいで危険な目にばかり遭い……。恐ろしくて逃《に》げたいのだと承知している。だが」

ウォルフレッドの両腕が、ぎゅっとトリンティアを抱きしめる。

放さないと言いたげに、強く、きつく。

「もう、わたしはお前以外の『花の乙女』など、考えられぬのだ。お前をそばから離すことなどできぬ。たとえお前に怯《おび》えられ、なじられようとも」

痛みを孕《はら》んだ苦い声に、トリンティアはろくに動かせない首を必死で横に振る。

「ちが……っ、違《ちが》います……っ」

いったい、なんという夢に迷い込んでしまったのだろう。

けれど、たとえ夢の中でもウォルフレッドの痛みを癒《いや》したくて。

「違いますっ。陛下のおそばに置いていただきたいのは、私のほうです！　陛下のおそばを離れたいなんて、一度も思ったことはございませんっ。たとえ、他《ほか》の『花の乙女』が侍《はべ》ろうとも、片隅《かたすみ》でよいから、どうか恋《こい》――」

口にしてはならぬ恋心まで伝えてしまいそうになり、慌《あわ》てて口をつぐむ。

だが、ウォルフレッドは聞き逃《のが》してくれなかった。

「恋？　何だ？　何を言おうとした？」

碧《あお》い瞳《ひとみ》が、心の奥まで見通そうとするかのように、トリンティアを覗《のぞ》きこむ。

トリンティアは目をつむってぶんぶんとかぶりを振った。

「何でもないのですっ。どうかお忘れくださいませ。愚《おろ》かな侍女《じじょ》の戯言《たわごと》――、っ⁉」

不意に、甘やかな香《かお》りが強く薫《かお》る。かと思うと、唇を柔《やわ》らかなものにふさがれていた。

抵抗《ていこう》も、言葉も、すべてが融《と》ける。ただ、唇だけが燃えるように熱い。

「トリンティア」

ゆっくりと唇を離したウォルフレッドが、名を呼ばう。その声に導かれるようにまぶたを開けると、碧い瞳とぶつかった。

「わたしは、お前を愛している。お前は？　お前の心を、どうかわたしに教えてくれ」

愛《いと》しさにあふれた真っ直《す》ぐなまなざし。

祈《いの》るように告げられた言葉に、トリンティアの口が勝手に想いを紡《つむ》ぎ出す。

「わ、私も……。私も、陛下をお慕《した》い申しあげております……っ」

トリンティア、と呼ばれた名は、ふたたび落とされたくちづけにまぎれてほどける。

ふれれば壊《こわ》れる宝物をそっと確かめるような、初めて交《か》わした時とは雲泥《うんでい》の差の優《やさ》しいくちづけ。

どうすればうまく息ができるのかわからない。

戸惑《とまど》っていると、ウォルフレッドの面輪がゆっくりと離れた。は、と熱のこもった息を吐《は》き出した面輪は、うっすらと上気して、思わず見惚《みほ》れてしまうほどなまめかしい。

「やはり、お前はことさらに甘いな。……融けてしまいそうになる」

甘やかな笑《え》みに、トリンティアの思考のほうが融けてしまう。混乱のあまり、何も考えられない。

と、ウォルフレッドの膝《ひざ》の上から、そっと寝台に横たえられた。次いで乗ってきたウォルフレッドの重みに、敷布《しきふ》が柔らかく沈《しず》む。

「トリンティア」

宝物のように名を紡いだウォルフレッドが、ふたたびくちづけを落とす。

翻弄《ほんろう》されて、どうすればよいのかわからない。うまく息ができなくてかすれた声を洩《も》らすと、面輪を離したウォルフレッドが、困ったように眉《まゆ》を寄せた。

「そのように愛らしい声で惑わせてくれるな。愛らしすぎて……。いつまでもくちづけていたくなる」

「っ⁉」

甘やかに囁《ささや》かれた言葉に、息を呑《の》む。

「そ、それは……っ」

反射的にふる、とかぶりを振ると、ウォルフレッドの端整な面輪が哀《かな》しげに歪んだ。

「……わたしにくちづけられるのは嫌《いや》か？」

「ち、違いますっ！　そうではなくて……っ」

不安を宿した頼《たよ》りない声に、弾かれたように首を横に振る。

「そのっ、嬉《うれ》しいと同時に恥《は》ずかしすぎて、心臓が壊れるのではないかと……っ。で、ですが……っ」

燃えるように顔が熱くなるのを感じながら、おずおずとウォルフレッドを見上げる。

「陛下の苦痛が少しでも癒されるのでしたら、私……」

恥ずかしさに、語尾《ごび》がもごもごと消えていく。

「まったく、お前は……」

ウォルフレッドが特大の溜息《ためいき》をついたかと思うと、トリンティアを強く抱《だ》きしめる。

「わたしを惑わせるなと言っただろう？　何より」

わずかに腕《うで》を緩めたウォルフレッドが、トリンティアの目を真っ直ぐ見つめる。

「お前をそばに置いたのは『花の乙女』ゆえだが、お前を愛したのは『花の乙女』だからではない。どんな時でも相手を思いやり、心を癒そうとするお前の優しさに魅《み》せられたのだ。たとえお前が『花の乙女』でなくとも、わたしがそばにいてほしいのは、トリンティア、お前だけだ」

ウォルフレッドの言葉に、見開いた目から、抑《おさ》えきれぬ涙《なみだ》があふれ出す。

どうして、ウォルフレッドはいつも、トリンティアが本当に欲しい言葉を贈《おく》ってくれるのだろう。

信じられぬほどの幸福に、涙が止まらない。

ウォルフレッドが困ったように眉を下げた。

「お前は涙もろいのだな。お前の涙を見ると、どうすればよいかわからなくなる」

「も、申し訳……」

トリンティアの謝罪をくちづけでふさいだウォルフレッドが、指先で優しく涙をぬぐう。

「謝るな。ただ、わたしがお前が愛しくて、大切にしたいのだ」

面輪《おもわ》を離《はな》したウォルフレッドが、もう一度、優しくトリンティアを抱きしめる。

「昨日はいろいろなことがありすぎて疲《つか》れただろう？　もう少し休め。お前が起きるまで、ずっとそばについていよう」

額に優しいくちづけを落とされ、そっと頭を撫《な》でられる。

「……夢では、ありませんか……？」

もし目覚めた時に、すべてが幻《まぼろし》と消えていたらどうしよう。あまりに幸せすぎて、信じられなくて、不安を隠《かく》せず見上げると、ふはっ、とウォルフレッドが苦笑《くしょう》した。

「夢などではない。信じられぬのなら、お前が信じてくれるまで、何度でも愛を囁こう」

言うなり、「愛している、トリンティア」とくちづけられ、思考が沸騰《ふっとう》する。

「へ、陛下……っ」

夢ではないとわかって、身体中が熱を持つ。

「どうだ？　信じられそうか？」

ちゅ、ちゅ、とついばむようなくちづけを落としたウォルフレッドが、笑んだ声で問う。

「は、はい……っ。ですから、もう……っ」

嬉しさで涙がこみ上げてくる。潤《うる》んだ瞳で見上げると、強い光を宿したウォルフレッドの碧い瞳とぱちりと目が合った。

「夢になど、させたりするものか。目覚めた後も、幾度《いくど》の朝を迎《むか》えても……。わたしが隣《となり》にいてほしいと願うのは、お前だけだ」

心の芯《しん》まで貫《つらぬ》くような力強い声に、息が止まりそうになる。

「はいっ、はい……っ！」

どうすればこの幸せをウォルフレッドに伝えられるだろう。

「私も、ずっと陛下のおそばに……っ」

ぽろぽろと涙をこぼしながら何とか想《おも》いを伝えようとすると、ぎゅっとウォルフレッドに抱きしめられた。

「ああ、決してそばから離すものか。愛しいトリンティア。わたしの大切な花……。もう決して、誰《だれ》にもお前を傷つけさせたりはせぬ。だから……。ずっとわたしのそばで咲《さ》いてくれ」

壊れ物にふれるように、優しくトリンティアの涙をぬぐったウォルフレッドが、ちゅっと額にくちづける。

ベラレス公爵《こうしゃく》の招待状が届いた日、バルコニーで誓《ちか》いのくちづけを交わした日のように。

「はい……っ」

甘やかな麝香《じゃこう》の香りに包まれ、気が遠くなりそうな幸せを感じながら、愛しいウォルフレッドの腕の中で、トリンティアはこくんと深く頷《うなず》いた。